KB020057

로크미디어가
유혹하는
재미있는 세상

ROK
MEDIA
로크미디어

다시 사는
재벌가
망나니

다시 사는 재벌가 망나니 13

2021년 12월 17일 초판 1쇄 인쇄
2021년 12월 22일 초판 1쇄 발행

지은이 맹물사탕
발행인 김정수 강준규

기획 이기헌 왕소현 박경무 강민구
책임편집 김홍식
마케팅지원 배진경 임혜솔 송지유 이영선

발행처 (주)로크미디어
출판등록 2003년 3월 24일
주소 서울시 마포구 성암로 330 DMC첨단산업센터 318호
Tel (02)3273-5135 **편집** (070)7860-2726 **Fax** (02)3273-5134
홈페이지 rokmedia.com **E-mail** rokmedia@empas.com

© 맹물사탕, 2021

값 8,000원

ISBN 979-11-354-6868-1 (13권)
ISBN 979-11-354-9456-7 04810 (세트)

다시 사는 재벌가 망나니

맹물사탕 현대 판타지 장편소설

13

Contents

1장

박길태는—소위 건달이라는 이들이 주먹질 좀 할 줄 안단 정의하에서 말이지만—엄연한 의미에서의 건달은 아니었다.

굳이 따지자면 건달과 양아치 사이에 걸친 반달쯤 될까.

그런 그도 올해로 마흔 줄에 접어들었고, 이미 업계에선 적잖은 나이인 만큼 제법 오래전부터 조지훈을 '모셔 왔다'고 자부하는 몸이었다.

하지만 지금, 그 동기들이 조광 내의 '합법적이고 버젓한' 사업체 명함을 파고 어깨에 힘을 주며 다니는 것과 달리, 그는 조직 내에서 별거 아닌 심부름이나 시키면 그걸 하고, 기둥서방질을 하며 '형님'들에게 용돈이나 받아 쓰는 처지였다.

박길태가 조지훈을 알게 된 건 그가 아직 20대이던 시절,

그가 관리하던 업소에 조지훈이 찾아오고 나서부터였다.

당시 박길태는 그래도 서울의 괜찮은 고등학교를 나와 양아치들 사이에선 제법 머리 좀 쓴다는 평을 받았고, 동네에서 힘깨나 쓴다는 이들이 모여 조직한 패거리의 이인자(또는 삼인자)의 위치에서 깐족대며 제법 뻗대고 다녔다.

그건 참 '좋은 시절'이었다.

그러던 박길태의 사업장에 조지훈이 찾아왔고, 그가 '인수합병'이라 부르는 과정을 거쳐 박길태가 속한 패거리는 조지훈 휘하에 들어가게 된다.

초창기엔 박길태의 반달 생활도 썩 나쁘지 않았다.

조지훈은 누울 자리 봐 가며 발을 뻗는 박길태를 제법 아꼈고, 박길태는 욱하기 일쑤인 조지훈 아래서 적당한 사탕발림과 아첨으로 이럭저럭 높은 직위까지 올랐다.

그러나 호시절은 길지 않았고.

박길태의 몰락은 조지훈의 몰락과 궤를 같이했다.

소위 '범죄와의 전쟁'이라 회자되는 정부의 '10.13 특별선언'이 떨어지고, 하나둘 일이 꼬이기 시작했다.

그건 평소 때라면 흘려듣기 일쑤인 정부의 빈말이 아니었다.

그즈음 이미 '합법적인 사업'으로 전환을 이행하던 조설훈 파벌과 달리, 상황에 안주하고 있던 조지훈 측은 10.13 특별선언의 직격탄을 맞았다.

한솥밥을 먹던 녀석들이 경찰에 끌려갔고, 박길태가 관리하던 물장사 업장 여럿이 문을 닫았다.

이때 조직 내에서는 박길태 홀로 무사했던 것을 두고 '동료를 팔아먹었다'고들 수군댔고, 그 소문의 진위 여부야 어쨌건 하나둘, 주위 사람이 떨어져 나갔다.

이쯤 되니 조지훈도 그 이후 눈에 씐 콩깍지를 벗어 버리고 '큰 기준에 맞추면' 그냥 그저 그럴 뿐인 박길태와 거리를 두기 시작했다.

그럼에도 박길태를 향한 의리는 남아서, 조지훈은 알게 모르게 갖은 구박 와중에도 박길태를 챙겨 주곤 했는데.

그리고 오늘.

'X됐다!'

박길태는 어제 오후부터 지금껏 줄곧 초조해하고 있었다.

'도대체 어디서부터 잘못된 거지?'

혼수상태에 빠진 영감탱이 앞에서 당최 누가 무슨 말을 늘어놓건 그가 알 바는 아니었다.

'애당초 그럴듯한 이야기가 나올 리도 없고.'

그래, 생각해 보면 처음부터 말도 안 되는 명령이었다.

조지훈 그 멧돼지 같은 자식이 '도청기를 설치해 두라'는 말도 안 되는 명령을 내린 것부터, 아니 박길태 정도 되는 짬밥에 병실을 지키는 것부터가 문제였다.

……정작 박길태 스스로는 당시만 하더라도 '이제야 나를

종용할 생각인가' 하고 들떠 했단 건 이미 기억 저편에 사라진 지 오래였다.

어제는 분명, 평소와 다를 것 없는 일요일 오후였다.

원래라면 박길태의 짬에서 할 일도 아닌, 병실 앞을 지키는 지루한 업무.

하지만 박길태 스스로는 신뢰의 증거라 여기며 은근한 자부심을 느끼던 그 일.

그는 조설훈이 방문 예정이라는 연락을 듣자마자 평소처럼 조성광이 누운 베개맡에 도청기를 숨겼다.

그리고 조설훈의 병문안이 끝나고, 그는 자연스럽게 도청기를 회수하려다가 조세화와 웬 꼬맹이가 방문하는 것을 보고 잠시 상황을 살피게 되었다.

되바라진 꼬맹이들이 꼴에 소꿉장난처럼 연애 놀이라도 하는 거겠지.

조세화가 코를 훌쩍이며 사 들고 온 꽃의 화분을 갈러 움직이는 것까지 보았다.

길지 않은 면회가 끝나고, 박길태는 여유롭게 도청기를 가지러 병실로 돌아갔다.

하지만 그가 병실로 들어가 평소처럼 베개맡에 손을 집어넣었을 때, 도청기는 이미 사라지고 없었다.

그리고 조성광의 병실에 설치해 둔 도청기가 사라졌다.

문제는 사라진 '도청기'가 누구 손에 들어갔느냐 것이었다.

처음엔 '애당초 깜빡하고 설치도 하지 않았던가' 하고 생각했으나, 그건 현실 도피에 기반을 둔 낙관적 기망에 불과했다.

그랬다간 조지훈에게 고막이 찢어질 만한 귀싸대기를 얻어맞을 테니까.

그러니 돌이킬수록 그는 스스로 도청기 설치를 마쳤다는 생각과 자신이 조지훈의 지시를 받아 설치한 도청기가 사라졌다는 확신 속에서 입안이 바싹 마르고 온몸의 핏기가 싸늘하게 식어 가는 것을 느꼈다.

가만히 있어도 식은땀이 줄줄 흘렀고, 생각할수록 어디론가 숨고 싶었다.

'……설마 조설훈이 챙긴 건 아니겠지?'

그러잖아도 어제는 조설훈이 문병을 다녀간 참이었다.

만약 도청기가 조설훈의 손에 들어갔다면, 지금이라도 조설훈에게 바짝 엎드려 모든 것을 고하는 게 나을지 모른단 생각마저 들었다.

자신은 조지훈의 명령에 따랐을 뿐이고, 그 외 어느 것도 자신의 의사가 아니었단 진심을 보인다면, 잘만 하면 용서를 받을 수 있을지 모른다는 생각이 그를 사로잡았다.

'아니, 그럴 리가.'

분명 조설훈에게 밀고하는 즉시 좋은 꼴은 보지 못하게 될 것이고, 더군다나 이용 가치가 없어졌다는 판단이 서자마자 그는 쥐도 새도 모르게 이 세상에서 사라지게 될지 모른다.

그러잖아도 얼마 전, 동기에게 건너 건너 들은 바론 조설훈 파벌 쪽에서 '작업'을 마무리했단 소문마저 돌고 있었다.

'……만일 도청기가 조설훈의 손에 들어갔다면 일이 터져도 진즉에, 어젯밤이나 오늘 새벽에 일이 터졌을 거야.'

어제는 그도 내내 똥줄과 줄담배를 태우느라 경황이 없었지만, 아마 분명 그랬을 것이다.

'그럼 누구지?'

병실을 나설 당시의 조세화는 평소와 다르지 않았으니.

'……설마 그 꼬맹이인가?'

박길태는 조세화와 함께 찾아온 뺀질뺀질한 얼굴의 소년을 떠올렸다.

'빌어먹을, 대체 뭐 하는 애새끼야? 그걸 어떻게 손에 넣었어?'

여행용 캐리어에 비자금과 옷가지를 밀어 넣으면서, 박길태는 괜히 이성진(지금 시점에선 그도 조세화와 동행했던 것이 누구란 걸 모르고 있었지만)에게 욕지기를 뱉었다.

만일 그 꼬맹이가 도청기를 손에 넣었다면, 조세화에게 이를 알릴 것이고.

그 남자 친구에게 도청기의 존재를 들은 조세화가 조설훈에게 쪼르르 달려가 이를 일러바치는 건 이제 시간문제일 뿐이었다.

오늘 새벽에야 제정신을 차린 박길태는—별 의미는 없겠지만—한동안 숨어 지내야겠다고 생각했다.

박길태는 지금 어딘가 한적한 곳에서—이를테면 섬이라든가—몸을 숨기고 있다 보면 이 지긋지긋한 일이 모두 끝나고 없을지 모른단 근거 없는 낙관 속으로 도피 중이었다.

그리고 삐삐가 왔다.

무심결에 삐삐를 살핀 그는 순간 이번 연락이 심상치 않은 것임을 직감했다.

일부러 조금 멀리 떨어진 공중전화 부스까지 찾아간 박길태는 소리샘으로 연결된 음성 메시지를 들으며 마른침을 꿀꺽 삼켰다.

'조세광!'

조세광은 이력저럭 산전수전 다 겪었다고 자부하는 박길태 스스로도 만만찮은 애새끼란 생각을 하는 상대였다.

더군다나 (어쩌다 보니)조지훈 파벌에 속한 박길태로서는 조설훈의 친자식인 조세광이 여간 껄끄러운 입장이기도 했다.

그리고 정황상, 도청기는 그 손에 들어가 있었다.

"……."

숙소로 돌아온 박길태는 만화책을 감아 둔 복대를 두른 뒤 정장 상의를 걸쳤다.

뒤이어 그는 장롱 깊숙한 곳에 숨겨 둔 박스를 열었다.

박스 안에는 그가 조지훈의 명령으로 도청한 카세트테이프의 녹음본이 잔뜩 들어 있었다.

만약 잘못해서 일이 꼬이게 되면 혹시나 싶어 떠 놓은 복사본이었다.

'나 혼자선 안 죽어!'

만약, 일이 잘못되면 이걸 공개할 생각이라고, 조세광 앞에서 한번 뻗대 볼 생각이었다.

그리고 그 안쪽.

그가 '잘나가던 시절'에 어렵사리 구한 리볼버.

이따금 〈더티 해리〉 속 클린트 이스트우드에 빙의되어 거울을 보며 폼을 잡곤 하던, 하지만 .44매그넘을 쓰는 영화와는 달리 정작 가진 바 구경은 38구경에 불과한 리볼버.

"……."

이걸 쓸 일이 없으면 좋겠지만.

박길태는 권총을 바지춤에 찔러 넣고, 박스를 챙겨 든 뒤 이를 중고차 트렁크에 실었다.

조세광을 오래 기다리게 할 수는 없으니 빠르게 움직여야 했다.

박길태의 차가 움직이고.

그는 조용히 그 뒤를 쫓는 자동차가 한 대 있었다는 걸 눈치채지 못한 채 애인이 사는 집으로 향했다.

예상대로 조세광은 **뺑뺑이**를 돌렸다.

처음 만나기로 한 접선 장소에는 회동 자리 어디선가 스치듯 본 적 있던 녀석이 다른 녀석을 대동한 채 차에 기대어 기다리고 있었다.

'조세광의 오른팔이었나, 그랬지. 이름이 김수영⋯⋯이었나. 아마.'

그는 조세광이 줄곧 데리고 다니는 녀석으로, 20대 초반 가량인 나이에 비해 주먹질깨나 잘하는 녀석이란 이야기를 어디서 들은 기억이 났다.

조세광 주위에는 그런, '충성을 바치는 친구'가 여럿 있었다.

호부 아래 견자 없다고, 조세광은 벌써부터 조광 그룹의 후계자로 거듭나기 위한 밑 준비를 철두철미하게 해 오고 있었다.

그리고 박길태는 그런 늑대 같은 놈에게 덜미를 잡히고 만 셈이었다.

박길태가 차를 세우자, 김수영은 운전석 쪽 유리창을 손가락으로 툭툭 두드렸다.

박길태는 품속의 회칼을 의식하면서 창문을 내렸고, 김수영은 차 내부를 둘러보더니 툭 하고 물었다.

"왜 이렇게 늦어?"

거의 초면이나 다름없는 사이인데 어린놈이 말이 짧군.

살짝 울컥한 박길태는 조금 강하게 나가기로 했다.

바지춤 뒤쪽의 리볼버가 그에게 용기를 주었다.

"갑자기 불러내 놓곤 뭔 개소리냐?"

"……."

"눈깔아, 새끼야."

전성기에 비해선 한물갔다고는 해도, 또 동기들과 달리 명함에 박아 넣을 만한 한자리를 차지하지 못했다곤 해도.

나름대로 눈칫밥 먹어 가며 조직에 오래 몸담아 온 박길태는 조지훈이 이래저래 써먹는 패이기는 했고, 혈기 왕성한 굴러온 돌에 마냥 밀릴 만큼 호락호락하진 않았다.

'……살짝 쫄긴 했지만.'

잠시 말없이 박길태를 노려보던 김수영은.

"흥."

코웃음을 치며 본네트를 쿵쿵 두드린 후 조수석 쪽으로 왔다.

"문 열어. 옆자리에 탈 거니까."

"……."

박길태가 문을 열자 김수영은 기계적인 동작으로 조수석에 올라탔다.

"운전해."

이 자식이 계속 말이 짧네.

"……어디로?"

"일단 운전하면 말할 거야."

표면상으론 험악한 분위기가 오가는 중이었으나.

사실 그 순간 박길태는 조금 안도하고 있었다.

장소에서 곧장 칼부림이 벌어지지 않을까 대비하고 있었던 박길태로선, 김수영이 운전대를 맡긴 시점에서 이 상황에 협상의 여지가 있을지도 모른단 생각을 떠올리고 있었다.

조세광은 지금 도청기 건으로 깊이 연루되어 있는 자신을 끌어들이려는 생각인 것이다.

'……그렇다곤 해도 결국엔 놈의 손바닥 위에서 재롱을 떨어야겠지만.'

어차피 그 짓도 오래가진 않을 것이다.

박길태는 적당히 눈치를 보다가 곧바로 튈 생각도 하고 있었다.

암만 날고 긴다고 해 봐야 결국엔 애새끼.

자신이 작정하고 숨으면 찾을 수 없으리라.

박길태가 그 뒤를 미행하는 차와 조수석의 김수영을 의식하며 두세 번 텅 빈 공터를 찾았을 무렵.

김수영은 핸드폰을 끊은 뒤 지시를 이어 갔다.

"Y구 ××××……."

그 명령에 박길태는 비로소 거기가 조세광이 기다리고 있는 장소이리란 직감을 했다.

'씁, 귀찮게 하긴.'

한편으론 조지훈에게 알리지 않고 오길 잘했단 생각을 떠올렸다.

이윽고.

덜컹, 덜컹, 박길태의 차가 거친 콘크리트 포장도로를 올라 Y구 야산을 향했다.

야트막한 야산엔 무슨 건물을 세우다 만 흔적이 역력했고, 김수영은 손가락으로 공터 한 지점을 가리키며 덤덤하게 지시했다.

"안쪽으로 가서 차 세워."

박길태는 시키는 대로 했다.

"내려."

차에서 내리고, 김수영은 차에 기댄 채 말없이 담배에 불을 붙였다.

후우, 김수영이 연기를 뿜는 사이, 합류 지점부터 줄곧 뒤따라온 차에서 조세광의 또 다른 부하가 따라 내렸다.

뒤이어 박길태를 에워싸듯 그를 사이에 두고 선 두 사람.

김수영이 담뱃갑에서 한 대를 길게 뽑아 박길태에게 권했다.

"한 대?"

"……줘 봐."

셋은 나란히 서서 담배를 태웠다. 그 사이 아무도 말을 하지 않았다.

공터엔 어색한 침묵……이라는 말보단 묘한 긴장감으로 가득했다.

'어이구, 내 팔자야…….'

그즈음, 야산을 오르는 자동차 엔진 소리가 들렸다.

그 엔진 소리에 김수영은 즉시 담배를 버리며 꽁초를 구둣발로 비벼 끄더니 정자세로 섰다.

공터로 자동차 한 대가 올라오더니, 간격을 두고 한 대가 더 왔다.

조세광은 그중 뒤에서 온 외제 세단에서 내렸고, 그 뒤를 따라 차에서 우르르, 조세광의 똘마니들이 내렸다.

'……많이도 끌고 왔다.'

박길태는 애당초 여기서 뭘 어쩌겠단 생각은 추호도 하지 않았지만, 그는 괜스레 이래서야 바지 뒤춤의 리볼버도 무용지물이겠단 생각을 하며 위축되었다.

조세광은 주머니에 손을 찔러 넣은 채 이쪽으로 저벅저벅 다가왔다.

"길태야, 오랜만이다."

내가 첫사랑에 실패만 안 했어도 너 만한 자식이 있다, 새끼야.

아직 대가리에 피도 안 마른 놈의 반말에도 박길태는 욱하려는 걸 참아 가며 비굴한 미소로 그를 맞았다.

"예, 도련님, 그간 별고 없으셨습니까."

조세광은 그 눈에 언뜻 경멸의 빛을 어렸다가 입가로 비웃음을 흘렸다.

"긴말할 건 없고."

그는 가타부타하는 일 없이 안주머니에서 카세트테이프를 꺼내 보란 듯 흔들어 보였다.

"이게 뭔지는 잘 알지?"

역시 도청기는 조세광의 손에 들어간 거였나.

짐작은 했으나 예상하던 것이 실체를 띠고 눈에 밟히기 시작하자 박길태는 입안이 바싹 마르는 걸 느꼈다.

"……예, 물론입니다."

"나 참."

조세광은 피식 웃더니 매서운 눈으로 박길태를 노려보았다.

"작은아버지가 시켰냐?"

"예."

여기서 그가 모르는 일이라며 잡아떼거나 단독 범행이라고 우기는 건 무의미했다. 더욱이 박길태는 그렇게까지 해가며 조지훈과 지킬 만한 의리는 없었다.

그러면서도 박길태는 스스로 '대답이 너무 빨랐나' 하고 자책하긴 했지만.

조세광 역시 박길태 같은 잔챙이에게 그런 걸 기대하지는 않았고, 또 박길태 개인에겐 아무런 흥미가 없었으므로 곧장 말을 이었다.

"언제부터야?"

"……얼추 두세 달 전입니다."

"얼버무리지 말고 정확히 말해."

박길태는 식은땀을 흘리며 바짓단에 내린 손으로 손가락 셈을 했다.

"그게, 그러니까, 제가 회장님 병실에 배치된 게 세 달 전이고, 그다음 주부터 도청을 시작했으니 2달 하고 3주째입니다."

뱉고 보니 그렇게까지 디테일할 필요는 없었던 것 같지만.

또 한편으로는 방금 전 대답 여하에 따라 '내가 도청한 건 몇 개 되지 않는다'며 잡아뗄 수도 있었다며 후회했다.

그건 언제 땅속에 파묻힐지 모를 이 장소의 분위기 때문이라고, 박길태는 자책했다.

"제법 오래됐군. 주된 도청 대상은 아버지였나?"

이어진 조세광의 말에 박길태는 어쨌건 고개를 끄덕였다.

"예."

"도청기의 존재를 알고 있는 건 또 누가 있냐?"

"……제가 알기로는 조지훈 사장님과 저 둘뿐입니다."

조세광이 턱을 긁적였다.

"그건 좀 이상한걸. 너는 아버지의 방문에 맞춰 도청기를 감추는 방식을 썼겠지. 그러자면 도청기를 설치하기 전 아버지의 방문을 알리는 공모자가 한둘쯤 더 있어도 이상하지 않을 텐데?"

박길태는 그 지적에 가슴이 뜨끔하면서도 필사적으로 항변했다.

"아닙니다! 물론 조설훈 사장님의 일정을 보고받기는 했습니다만, 그건 어디까지나 회장님의 병실 앞을 지키는 보디가드로서 마땅히 수행해야 할 일이었고, 어, 저기, 다른 녀석들도 그렇게들 하고 있습니다."

그 말에 조세광은 박길태를 물끄러미 쳐다보다가 바닥에 침을 퉤 하고 뱉었다.

"거짓말이면 재미없을 줄 알아."

"……."

"됐고. 이것 외에 다른 카세트테이프가 있지?"

박길태는 순간 그가 따로 보관해 둔 녹취본을 떠보는 것이 아닌가 싶어 움찔했지만, 조세광도 이번만큼은 그런 세세한 걸 걸고넘어지는 것처럼 보이지 않았기에 박길태는 최선을 다해 시치미를 뗐다.

"예. 조지훈 사장님께 있습니다."

"거기 접근할 수 있나?"

……이 새끼가.

박길태는 조세광의 말에서 의도하는 바를 읽어 내곤 얼굴의 핏기가 싹 가셨다.

　"부, 불가능합니다! 그건 조지훈 사장님의 개인 금고에 보관 중이어서……."

　"응? 아, 됐어. 그럼 어쩔 수 없지."

　정작 조세광은 그냥 뱉어 봤다는 식으로 어깨를 으쓱였고, 박길태는 속으로 그가 알고 있는 가장 심한 욕을 뇌까렸다.

　"길태야."

　"……예, 도련님."

　조세광이 가까이 오라는 듯 손가락을 까딱였고, 박길태는 보이지 않는 목줄이라도 채운 것처럼 거부하지 못하고 그 앞으로 갔다.

　박길태는 마음 같아선 뒷주머니의 리볼버로 조세광의 머리를 한 방 쏴 버리고 싶었다.

　그야, 그 뒤를 바짝 따라오는 김수영의 존재감에 생각만 할 뿐 엄두도 낼 수 없었지만.

　생각하는 사이 틱, 하고 조세광이 박길태와 어깨동무를 했다.

　박길태가 조직 내에서 소위 무투파로 분류되는 부류는 아니었지만, 그래도 어느 정도, 제 한 몸 건사할 정도는 주먹질을 할 줄 알았다.

　하지만 조세광 앞에서는 그럴 생각도 하지 못했다.

이제 막 고등학생이 되었을 뿐인 조세광은 또래에 비해서도 덩치가 커다랬고, 지금도 어지간한 성인에 맞먹을 정도였다.

자신의 목을 뱀처럼 휘감은 조세광의 굵은 팔뚝을 의식하는 사이, 조세광이 목소리를 낮춘 채 말을 던졌다.

"내용은 들어 봤나?"

"……."

"모르는 척 하지 마. 나라도 한 번쯤 들어 볼 텐데, 안에 든 내용을 전혀 모르진 않을 거 아니야."

"예……."

조세광의 손가락이 박길태의 목울대 어귀에서 멈췄다.

"복사도 떠 놨지?"

여기서 잘못 대답하면, 그대로 목을 조를 것이란 예감.

이 상황에서는 잡아뗄 수도 없다.

박길태는 고개를 끄덕이지도 못한 채 눈을 깜빡였다.

"예."

"그랬구나."

조세광은 손가락을 툭 하고 튕겨 박길태의 턱을 가볍게 치곤 그대로 팔뚝에 힘을 가했다.

"그거 가지고 나한테 와."

소름이 끼칠 만큼 스산한 어조.

조세광은 그보다 한 수 위였다.

그 굴욕감과 당혹감 사이에서, 박길태는 자신이 이미 조세광의 손바닥 위에 놓여 있었다는 걸 자각했다.

박길태는 조세광에게 목이 졸린 채, 얼른 고개를 끄덕였다.

"잘 생각했어. 말 잘 듣네."

스르르, 팔뚝에 가한 힘이 풀리고 박길태는 켁켁, 숨을 고르며 비틀거렸다.

"그래, 이렇게 협조적으로 나오면 얼마나 좋아. 응?"

"……."

"수영아."

조세광의 말에 기립해 있던 김수영이 고개를 돌렸다.

"얘랑 차 타고 가서 물건 가져와."

"응."

김수영은 아직 몸을 가누는 중인 박길태의 등을 툭 하고 치며 그를 원래 타고 온 차로 이끌었다.

그나마, 불행 중 다행인 일은 아직 이 일이 조설훈이나 조지훈에게 보고되지 않고 조세광 선에서 처리되고 있다는 점이었다.

박길태는 조세광이 어째서 조설훈에게 보고하지 않고 자신의 선에서 일을 처리하려는 건지 알 수 없었지만, 거기에 대해선 신경 쓰지 않기로 했다.

'염병, 혹이 붙어 있는 지금으로서는 도망도 못 치게 됐군.'

지금으로서는 어떻게든 조세광의 '선처'에 기대어 볼 수밖에.

'그조차도 내가 무사할 확률은 낮지만.'

……아마, 한동안 이용만 당하다가, 그놈의 허물조차 없는 의리 때문에, 건달 세계에서도 쫓겨날 것이 뻔했다.

아니, 목숨은 부지할 수 있을까.

뼈 한두 마디 부러지는 정도로 끝나면 좋을 텐데.

이럴 줄 알았다면, 서울로 올라오는 것이 아니었다.

차라리, 이럴 줄 알았으면 그때 자신과 김수영, 똘마니 셋만 있을 때 리볼버를 써 버려야 했다고, 박길태는 후회하고 있었다.

……그럴 용기도 없었지만.

'……내 인생이 그렇지. 뭐.'

해야 할 때 하지 못했다.

하지 말아야 할 건 해선 안 됐다.

그걸로 후회한 적이 한두 번이었어야지.

'도대체, 내 인생은 어디서부터 꼬이기 시작한 거지?'

어쩌면, 서울로 상경했을 때부터.

아니, 중학교 때 성적을 위조했던 그때부터 일이 꼬이기 시작했을지 모른다.

점수를, 너무 높였다.

그리고 아버지는 배를 사려고 모아 둔 돈을 털어 자신을 서울에 있는 고등학교로 보냈다.

그 역시 비린내 가득한 고향에서 고기잡이를 하고 싶진 않았기에 서울로 향하는 기차에 곧장 몸을 실었다.

하지만 서울은 촌에서나 통하던 야바위는 더 이상 통하지 않았고, 박길태는 겉돌기 시작했다.

집에서 보내오는 하숙비에 손을 댄 것도, 담배 심부름을 시작했던 일도, 동네 양아치들과 어울려 술을 홀짝이던 일도 생각났다.

또, 고향에 돌아가 아버지에게 배 한 척을 사 주겠다던 해묵은 포부마저도.

'……도망? 이제 와서 어디로? 언제까지?'

박길태는 털레털레, 도살장에 끌려가는 소처럼 자차로 돌아갔고.

조세광은 잠시 그 뒷모습을 물끄러미 지켜보다가 아차, 하며 목소리를 높였다.

"야, 잠깐만."

김수영이 발걸음을 멈췄고, 박길태도 고개를 돌렸다.

"길태야. 이거 가져가야지?"

조세광은 왼손에 든 카세트테이프를 흔들며 다가와 양복 안주머니에 물건을 찔러 넣었다.

"어제 나온 물건, 아직 보고도 안 했을 텐데, 시간은 벌어야 할 거 아니야. 안 그래?"

뒤이어, 조세광은 씩 웃으며 손바닥으로 정장과 맞닿은, 위쪽 안감을 손바닥으로 툭툭 두드려 주었다.

그리고 별것 아닌 동작은 조세광의 손바닥은 만화책과 복대로 감아 둔 박길태의 배까지 닿았다.

"……어?"

박길태의 배에서 느껴지는 이물감에 조세광은 눈을 가늘게 뜨더니 이내, 천진하게 웃었고, 망치 주먹으로 박길태의 배를 제법 세게 후려쳤다.

"억!"

박길태는 둔탁한 충격에 허리를 굽혔다.

"새끼, 이거 봐라."

그 즉시 조세광은 자연스러운 동작으로 박길태가 바짓단에 밀어 넣은 와이셔츠를 빼더니, 복대와 만화책을 보란 듯 꺼내 보였다.

"여기서 칼부림이라도 할 줄 알았냐? 응? 뭐야, 너 이런 거 읽냐? 어디 보자, 홍차왕자님……."

조세광의 목소리에 그 부하들이 실실, 따라 웃기 시작했다.

"이런 건 내 동생이나 보겠다, 새끼야. 보려면 좀 더, 응? 그럴듯한 걸……."

조세광은 웃으면서 박길태의 맨살을 손가락으로 쿡쿡 찔러 댔고.

그 바람에 공교롭게도. 박길태가 바지 뒷단에 찔러 넣은 리볼버가.

툭, 하고 부드러운 흙바닥 위에 떨어졌다.

"……."

"……."

검고 낯설며, 이질적인. 영상 매체에서나 봐 오던, 이 자리에 있어선 안 될 물건.

뒷간으로 밀려난 퇴물 박길태를 어릿광대 삼으며 한바탕 비웃어 보려던 자리가 순식간에 찬물을 끼얹은 듯 싸하게 가라앉았다.

그 누구도 아무 동작도 못 하던 때, 조세광은 본능적으로 박길태의 목을 휘감고 발을 걸어 넘어뜨리곤 그 가슴팍을 무릎으로 찍었다.

"커헉!"

박길태의 바람 빠진 신음과 동시에 조세광은 팔을 뻗어 바닥에 떨어진 리볼버를 줍곤 총구로 박길태의 이마를 겨눴다.

"……와, 씨잇팔."

박길태는 어안이 벙벙한 가운데, 흉부로 느껴지는 뒤늦은 통증마저 눈치채지 못하고 있었다.

조세광은 총부리를 겨눈 채 천천히 일어서며 박길태를 내려다보았고, 그제야 박길태는 자신을 향해 총부리가 겨눠진 채라는 걸 자각하며 우뚝 굳었다.

"하, 씨팔."

반면 조세광은 어처구니가 없는 건지, 아니면 방금 전 취했던 스스로의 행동에 감탄한 채인 건지 웃음 섞인 욕지기를 뱉었다.

이 자리에서 가장 위험한 물건이, 여기서 가장 손에 들어가선 안 되는 인물의 손에 들어갔다.

뒤이어 조세광은 새로운 장난감을 주운 어린아이처럼 천진하게 웃으며 물었다.

"이거 진짜 총이냐?"

켈룩, 박길태는 대답 대신 흉부에서 올라오는 통증에 기침을 뱉었다.

조세광은 입맛을 다시며, 한쪽 눈을 찡그리며 가늠쇠를 바라보았다.

"생각보다 무거운데…… 어? 총알도 있네?"

그리고 조세광은 리볼버 탄창 옆구리의 황동색 총알을 보며 히죽 웃었다.

"야, 박길태 이 새끼야. 너, 이런 걸 들고 다녔냐? 응?"

이제는 조세광도 손안의 감촉에 익숙해진 모양인지 박길태를 향한 총구를 이리저리 조준하며 기쁨에 어린 장난을 치고 있었다.

"나 죽이려고? 이거, 쏘면 나가는 거지?"

만일 이 자리에 개인화기 사용 경험이 있는 강이찬이 있었다면 그 손에 든 리볼버는 공이를 당기지도 않은, 장전되지 않은 채로 머물러 있을 뿐이라는 걸 알았겠지만.

공교롭게도 이성진은 이 자리에 오지 않았다.

그러다 보니 조세광을 비롯해 이 자리의 그 누구도 상황을 눈치채지 못하고 있었다.

아니, 단 한 사람.

평소 거울을 보며 리볼버를 든 자신을 감상하곤 하던 박길태만이 그 사실을 눈치챘다.

거기에 생각이 미치다니.

그건, 박길태 스스로가 생각하기에도 참 신기한 일이었다.

만화책으로 복대를 둘렀던 자신의 준비를 비웃던 저 새파랗게 어린 것들의 웃음소리.

구겨진 자존심과 미련했던 지난날의 상징이면서, 그에게 남은 자존심 한 줌의 원천. 그리고 자신이 가장 애정하던 대유물이 역으로 스스로를 위협하는 상황.

어쩌면 이 사건은, 그 보물을 다룰 줄도 모르는 타인—그것도 철부지 애새끼—에게 빼앗긴다는 것이 박길태의 역린을 건드린 것에서 기인한 걸지도 모른다.

도구에 불과한 것에 자신을 대입하는 어리석음은 비단 박길태만의 불찰은 아니었다.

누군가에겐 그것이 대출을 당겨 장만한 아파트일 수도 있었고, 빛바랜 채권 용지, 감가상각에 갉아 먹히는 자가용, 몇 백만 원이면 살 수 있는 시계일 수도 있으리라.

주안점은 그 물건이 개인에게 끼치는 개인적인 가치였다.

리볼버는 박길태에게 그의 별것 아닌 인생 속 '전성기'를 상징했다.

그때는 아직, 조광이 지금처럼 맹숭맹숭한 '합법적 사업체'로 있기보단 조직폭력배로서 건재하던 나날이었다.

조지훈 파벌의 일원으로서 총애를 받으며 호가호위(狐假虎威)하던 그 시절.

박길태는 전국에 난립하기 시작한 관광호텔과 카지노 사업권, 사우나에서 더듬더듬 일본어를 내뱉던 시절을, 그 이권을 챙기기 위해 찾아온 야쿠자가 '하잇' 하며 그 앞에 고개를 숙이던 때를 주마등처럼 떠올리고 있었다.

그가 리볼버를 '선물로 받았던' 그때만 하더라도 주먹으로 맞붙으면 이길 리가 없는 덩치들이 정수리를 드러내며 굽실거렸고, 그 앞, 탁자 위에는 발음하기도 힘든 21년산 증류주가 즐비했던 데다 양옆에는 화장분 냄새가 짙게 밴 여자들이 앉아 있었다.

박길태의 자아는 리볼버에 덧씌워져 있었고, 그가 이 별것 아닌 삶을 지탱하게 하는 뿌리이자 기둥이었다.

그래서 박길태는 자신이 권총을 들고 거울 앞에서 폼을 잡았던 횟수만큼이나 그 총을 세상에서 가장 잘 안다고 여겼다.

언젠가는 그 발포의 열망을 이기지 못하고 아무도 찾지

않는 교외의 저수지에서, 소중한 총알 한 발을 쏴 보기까지
했다.

총소리는 생각보다 컸고, 지레 겁에 질린 박길태는 질겁하
며 차에 올라타 부리나케 서울로 올라오긴 했지만.

어쨌건.

기억이 틀리지 않았다면 그때 쏜 탄피는 그대로 약실에 들
어 있을 것이고, 어디서 본 상태 그대로, 빈 탄환을 '안전장
치'로 걸어 두었을 것이다.

그리고 자신은, 총에 익숙지 않은 저 망할 애새끼로부터
권총을 '돌려받아' 저 머리통만 날려 버릴 수 있다면 만사가
해결될 것이라 생각했다.

광기는 이성을 흐리게 만든다. 그 찰나의 반짝임은 마치
광명처럼 번뜩이는 빛을 발하기도 하는데, 그러나 이는 되레
이성의 선명한 빛을 지우는, 나방을 끌어당기는 불빛에 불과
한 것이었다.

항상 이론은 그럴듯하다.

하지만 현실에선 영화처럼 멋진 장면은 좀처럼 나오지 않
는다.

박길태는 엉거주춤한 자세로 쪼그려 앉더니, 그대로 무릎
을 뻗어 조세광에게 낮은 자세에서 태클을 가했다.

"어?"

그건 조세광의 방심 때문이었다고 해도 무방했을 것이다.

권총의 존재, 기묘하게 들뜬, 한편으론 긴장감 가득한 장소, 공사장의 콘크리트 가루와 부엽토 내음이 뒤섞인, 여름 숲이 내뿜는 눅눅한 습기, 어딘지 모르게 비현실적인 감각.

조세광의 시야는 나뭇잎 사이로 떨어지는 햇살을 보았고, 그 몸은 균형을 잃으며 비꾸러져 쿵, 바닥에 쓰러졌다.

순간, 조세광은 대체 무슨 일이 벌어진 건지 분간이 안 됐다.

방아쇠를 당기면 나간다.

그 단순한 구조만큼이나 리볼버에는 안전장치가 없다고들 한다.

하지만 '만에 하나'를 대비하는 방법은 있었다.

육혈포(六穴砲)라고도 불리는 리볼버의 약실에 들어가는 탄은 그 이름대로 6발.

그러나 약실 하나를 비워 둠으로써 '실수로 방아쇠가 당겨지는' 경우를 대비할 수 있었고, 더욱이 박길태의 리볼버는 공이를 뒤로 당기는 콕킹을 해 두지 않을 경우 방아쇠에 가해지는 장력은 생각 이상으로 뻑뻑했다.

또, 그 순간 방아쇠를 섣불리 당기지 못했던 건 생애 처음으로 총을 쥐어 본 조세광의 심리적 저항감도 일조했으리라.

만일 공이를 미리 당겨 두었다면 약간의 저항만으로 사격이 가능했겠고 박길태가 덤벼드는 틈을 만들지 않을 수 있었겠지만, 조세광은 총을 쥐어 본 게 이번이 처음이었다.

그래서 조금, 당기는 게 늦었다. 그리고 박길태는 지나치게 가까웠다.

조세광은 엉겁결에 방아쇠를 당겼고 탄창이 돌며, 딸각, 공이가 빈 약실을 후려쳤다.

그 정도 빈틈만으로도 충분했다.

'내 예상이 틀리지 않았어!'

뇌를 덮어씌운 광기와 아드레날린은 이번에도, 이 모든 일을 '계획대로의 일'이란 착각을 불러일으키며 박길태를 채찍질했다.

그리고 박길태는 몸을 바짝 붙이며, 필사적으로 공이 사이에 손가락을 밀어 넣었다.

"이이익!"

어째서?

분명 총알이 있었는데? 조세광은 다시 방아쇠를 당겼다.

'왜 나가질 않아?!'

공이가 약실을 때리지 않으면 총은 격발되지 않는다.

리볼버의 공이는 양손으로 기도하듯 권총을 쥔 박길태의 애꿎은 손가락만을 찝었고, 그다음 방아쇠울은 리볼버 탄창을 붙든 손바닥의 장력에 가로막혀 약실을 회전시키는 대신 손가락 끝에 뻑뻑하게 들러붙었을 뿐이었다.

총기는 사람을 평등하게 만든다고 했다.

두 사람은 지금 나이도, 지위도 아랑곳없는 상태에서 서로가 이 비대칭전력을 손에 넣기 위해 엉겨붙어 있었다.

다만 이 자리에서의 그 평등함은 인권과는 무관하게, 두 인간을 짐승 단계로 격하시키는 하향식 평등을 가져왔을 뿐이었다.

그것도 평등이라면, 평등이리라.

"기이익!"

누구 입에서 나온 건지도 모를, 잇사이로 새어 나온 짐승 같은 신음 소리.

박길태의 머리통은 총구를 피해 고개를 푹 수그린 채 조세광의 턱을 짓이기듯 후려쳤다.

퍽, 하고 턱 아래를 갈기는 아찔한 감각에 조세광은 되레 제정신을 차렸다.

그리고 총구를 피해 엉거주춤한 자세로 서 있던 김수영과 조세광의 눈이 마주쳤다.

"뭐 하는 거야! 이 새끼 쳐내!"

조세광은 바락바락 고함을 질렀다.

김수영은 분노와 공포, 광기로 번들거리는 조세광의 두 눈, 핏발 선 흰자위를 보자마자 반사적으로 한 걸음을 내디뎠다.

하지만 그 상태에서 즉시, 둘은 몇 바퀴인가, 바닥을 나뒹굴었다. 누가 위이고 누가 아래인지 모를 이 상황은 김수영을 당황케 했다.

"그으윽!"

조세광은 한쪽 발에 힘을 싣고, 도로 몸을 뒤집어 박길태를 위로 올라가게 만들었다.

불리한 자세였지만, 여기서 김수영이 찰거머리처럼 들러붙은 박길태를 떼어 내기만 한다면, 해결될 문제라고.

조세광은 그 와중에도 냉정하게 사태를 파악하고 있었다.

김수영은 조세광의 기대를 배반하지 않았다.

하지만 김수영이 조세광만큼만 냉정했더라도, 상황은 조금 달라지지 않았을까.

이를테면 주먹으로 겨드랑이 아래 급소를 노린다거나, 팔을 사이로 밀어 넣어 총구를 위로 향하게 했을 수도 있었겠지만.

그는 그 앞에 등을 보인 박길태의 겨드랑이 사이에 손을 찔러 넣었다.

"으아아아!"

박길태는 울부짖는 것 같은 고함을 내지르며 젖 먹던 힘까지 짜내 김수영을 뿌리쳤다.

그 바람에 땀과 흙이 뒤섞인 박길태의 손이 미끄러지며 공이를 놓쳤고.

탕!

모두의 생각 이상으로 커다란 총성이 야산에 울려 퍼졌다.

총소리에 놀란 멧비둘기가 일제히 푸드덕 날아올랐다.

동시에 위잉, 하고 울리는 이명이 박길태의 머릿속을 때렸다.

박길태의 귓바퀴 바로 옆에서 발사된 권총은 그 소음만으로 그의 머릿속을 휘저어 놓았고, 이는 박길태로 하여금 이 공간과 자아를 단절시키며 마치 우주 속 아무것도 없는 공간을 유영하고 있단 착각과 함께 손가락 끝을 뻣뻣하게 뻗게 했다.

박길태는 멍한 눈을 한 채 반사적으로 김수영을 돌아보았다.

김수영이 엉덩방아를 찧었다.

그 찰나, 박길태는 도로 자신의 불찰을 자각하면서 고개를 돌렸다.

박길태의 눈에 들어온 건, 검은 구멍이었다. 왼쪽 눈이 살피는 검은 구멍과 오른쪽 눈이 살피는 조세광의 파리해진 얼굴, 광기에 찬 눈동자, 그리고.

다시 한번.

탕!

그게 박길태가 본 세상의 마지막 모습이었다.

박길태의 고개가 뒤로 꺾이듯 젖히고, 도로 앞으로 꺾였다.

"허억, 씹, 헉, 씹새끼가 헉……."

품에 안기듯 고꾸라진 박길태의 시체, 조세광은 자신의 몸을 내리누르는 박길태의 몸을 옆으로 치우며 발버둥을 쳐 뒤로 물러났다.

"개 같은 새끼, 후우, 좆같게……."

조세광이 손바닥으로 얼굴에 튄 피를 닦으며 침을 퉤 하고 뱉었다.

뱉은 침은 그대로 조세광의 배에 묻었지만 아랑곳할 상황은 아니었다. 이미 옷가지는 흙으로 범벅이 되어 있었고, 심지어 뭔지 모를 살점, 뇌수, 연분홍빛 조각 따위로 바짓단이 지저분했다.

지금 조세광에겐 사람을 죽였단 자각보다도 이 지경까지 몰고 간 상황에 대한 분노가 앞섰다.

조세광은 비척비척 몸을 일으키며 욕을 뱉었다.

"늦었잖아, 새……끼야……."

조세광은 말을 하려다 말고, 김수영을 내려다보며 말끝을 흐렸다.

흙바닥 위에 주저앉은 김수영은 손바닥으로 배를 움켜쥐고 있었다.

그 손바닥 사이, 와이셔츠를 붉게 물들이며 번져 가는 핏물.

김수영은 손바닥을 슬며시 뗐다.

찐득한 핏물이 그 손바닥 위를 덮듯이 묻어났다.

재수 없게도 방금 전 몸싸움이 한창일 때 발사된 초탄이 김수영의 복부에 닿은 것이리라.

"……뭐야."

조세광은 멍하니 중얼거렸고.

김수영은 눈물범벅이 된 얼굴로 목소리를 쥐어짜 냈다.

"세, 세광아, 나, 병원……."

……병원?

그 흐느끼듯 중얼거린 말, 그 순간 마치 지금껏 침묵하고 있다가 이제야 발성하는 것처럼, 스핏스핏 찌르르르, 매미가 내는 소음이 조세광으로 하여금 현실을 자각시켰다.

조세광은 퍼뜩 정신을 차렸다.

그리고 조세광의 시선이 쓰러진 박길태를 향했다.

꿈틀, 꿈틀, 사후경직으로 손가락을 떠는 박길태는 남은 한쪽 눈을 뜬 채로 초점 없이 하늘을 올려다보는 중이었다.

야산의 흙이 박길태의 관통된 눈과 이어진 머리 아래로 피를 빨아들이고 있었다.

자신은 방금, 사람을 죽인 것이다.

그리고 김수영은 팔이나 다리를 스친 것이 아닌, 복부에 총상을 입고 있었다.

의학적 지식은 없지만 조세광도 어디서 주워들은 건 있었다.

상해를 입히는 자체는 칼이나 총이나, 다르지 않다.

만일 총상으로 장기를 다친 것이라면, 지금 김수영은 죽어

가고 있는 중이었다.

한시가 급한 상황이지만.

'……뭐? 병원에 가자고?'

만일 김수영을 병원으로 데려간다면 분명, 그 상처가 총상에 의한 것임이 드러나리라.

그리고 박길태를 죽인 건 다름 아닌 자신.

조광 그룹의 장남이 '정당방위'라곤 하나 사람을 죽였다고? 살인을 했다?

이 사건은 어디까지나 정당방위, 라는 말로 덮을 수 있는 것이 아니었다.

자신의 살인이 외부로 알려졌다간, 가문의 돈을 쏟아부어 기소유예를 받아 내더라도, 외적으로 잃는 게 무수했다.

문제는 하필이면 조지훈과 경쟁 중인 이 시국에 벌어진 일이란 점이었다.

아버지, 조설훈의 불호령과 손찌검 따윈 아무래도 좋다.

어림도 없는 소리다.

조세광으로선 그런 리스크를 감수할 생각은 추호도 없었다.

그러니, 김수영을 병원에 데려가 이 사건이 드러나느니, 차라리…….

순간 조세광은 생각했다.

'……죽일까.'

이미 벌어진 일이니 박길태의 시체는 처리해야 했고, 시체 하나나 둘이나, 들이는 수고는 별반 차이가 없었다.

마침 리볼버의 방아쇠는 아직 진흙처럼 조세광의 손가락 끝에 엉겨 붙어 있었다.

조세광은 손가락 끝으로 방아쇠를 핥듯이 매만졌고, 그대로 팔을 뻗어 김수영을 조준할까, 생각했다.

그때 김수영의 눈이 조세광의 손에 닿았다. 고통과 공포에 질린 눈이 조세광을 보았다.

하지만.

'아니, 냉정하게 생각해야지.'

상황, 그리고 목격자. 확정 요소 몇 가지. 주위에 보는 눈이 많아도 너무 많았다.

이 상황에도 조세광은 냉정하게 사태를 분석하고 활로를 찾았다.

'좋아.'

조세광은 손을 뻗어 방아쇠를 당겼다.

탕! 한 발.

방금 전 부지불식간에 쐈던 때는 몰랐으나, 반동과 저항감이 생각보다 만만치 않았다.

간격을 두고, 탕! 두 발.

탕! 세 발.

딸각. 탄두가 나간 뒤의 빈 탄피를 때리는 공이 소리. 이후, 몇 차례 딸각거림 뒤에야 조세광은 방아쇠 당기는 일을 관뒀다.

그렇게 바다을 향해 헛되이 날려 버린 탄환.

조세광을 제외한 모인 인원들은 조세광이 탄창을 비울 때까지 움찔거리기만 할 뿐 아무 대처도 못 하고 있다가, 그가 총을 모두 쏘고 나자 그제야 저마다 눈치를 살피기 시작했다.

이후, 조세광은 주머니에서 손수건을 꺼내 총에 남은 지문 따위를 말끔하게 닦아 내곤 김수영에게 가서 그 앞에 쪼그려 앉았다.

"수영아."

김수영은 전에 없이 다정한 조세광의 목소리를 들으며, 통증과 공포에 질린 얼굴을 다잡았다.

"으, 응?"

"내가 너 아끼는 거 잘 알지?"

"……."

"우리 이렇게 하는 건 어떨까……."

조세광은 빙긋 웃으며 말을 이었다.

"박길태는 그간 아무도 모르게 꾸준히 불법적인 도청을 해 왔어. 그리고 무언가 그럴듯한 정보를 손에 넣곤 나를 협박해 돈을 뜯어내려 했지."

당장 병원으로 달려가도 시원찮을 이 상황에 대체 무슨 개 같은…….

하지만 김수영은 속으로만 말을 삼켰을 뿐, 그 미소 앞에 아무 말도 하지 못했다.

조세광이 말을 이었다.

"그러던 박길태는 뭔가 껀수를 잡았다고 여기곤 나를 만나기 전에 너에게 먼저 연락을 했지. 하지만 상황은 박길태의 생각대로 돌아가지 않았어. 너는 나 없는 자리에서 박길태와 다툼을 벌였고……. 박길태가 먼저 총을 쐈지."

설마.

하지만 설마가 사람 잡는다고, 조세광은 리볼버를 김수영의 손에 억지로 쥐여 주었다.

김수영은 지금 조세광이 박길태 살해 혐의를 자신에게 덮어씌우려는 것을 확신했다.

김수영은 감히 저항도 하지 못하고 리볼버를 잡았고, 조세광은 리볼버를 쥔 김수영의 손을 두 손으로 포개 쥐었다.

"물론 형량을 줄이기 위해서 내가 가진 최선을 다할 거야. 남은 가족들도 부족함 없이 돌봐 줄 예정이고. 아, 동생 미용대학 갔댔지? 그것도 물론 챙겨 주고말고."

"……."

"이건 정당방위이니까, 잘만 하면 기소유예를 받게 될 수도 있을 거다. 기소유예, 알지? 그건 감방에 들어가는 것도 아니고, 밖에 나와서 잠깐 얌전히만 지내고 있으면 끝나는 거거든. 아주 잠깐만 구치소에 들어가 있으면 끝나는 일이야. 그 뒤? 물론 너는 그 뒤부턴 내 오른팔로 남을 거고. 어때, 해 줄 거지?"

김수영은 인상을 찌푸리며 목소리를 쥐어짰다.

"……그, 그렇게 할게."

이 상황에 김수영은 조세광의 제안—아니, 협박?—을 거절할 입장이 아니었다.

김수영은 지금, 그저 한시라도 빨리 자신을 병원에 데려가 주었으면 하고 바랄 뿐이었다.

"좋아, 좋아. 이 은혜는 잊지 않을게. 나 의리 하난 끝내주잖아?"

의리? 의리는 개뿔. 의리를 입에 담는 작자가 남에게 자신의 죄를 덮어씌우나?

하지만 의리라는 감정적 자산에 기대는 집단일수록, 그리고 집단에 '가족 같은'을 표방하는 곳일수록 감정적 착취가 빈번하게 일어나는 법이었다.

사람은 가장 필요로 하는, 그리고 자신에게 결핍된 것일수록 그 가치를 부르짖는다.

이미 돌이킬 수도 없이 평범함과는 거리가 멀어져도 한참은 멀어진 인생이었지만, 김수영은 이제야 뒤늦게 그런, 인생의 비의 한 자락을 깨달았다.

조세광은 몸을 일으키곤 미소를 거두며, 김수영 뒤에 우물쭈물하며 서 있던 남자를 손가락으로 가리켰다.

"야, 거기, 너. 이름이……."

김수영의 뒤를 쫄래쫄래 따라다니던 놈이었는데……. 조세광의 머릿속에 그 덤 같은 녀석의 이름이 들어 있을 리 없었다.

"지동훈입니다."

조세광은 손가락을 튕겼다.

"아, 그랬지. 맞아. 지동훈, 지동훈……."

입안에서 몇 차례 지동훈의 이름을 굴린 조세광이 재차 명령을 이어 갔다.

"동훈이 너는 잠시 김수영을 데리고 피신해 있어."

병원에 가는 게 아니고?

조세광은 그런 김수영과 지동훈의 시선을 눈치챘는지, 거뒀들였던 미소를 다시 지었다.

"몇 가지 일만 마치면 곧장 병원에 데려갈 테니까 조금만 참아 줘. 일이 제대로 돌아가게 하려면 알리바이는 만들어야 할 거 아니야?"

조세광이 고개를 돌렸다.

"야, 동훈이한테 차 한 대 줘라. 부축하는 거 좀 도와주고."

부하들은 눈치를 살피더니 개중 가장 짬이 낮은 녀석 하나의 어깨를 밀었고, 녀석은 딱딱한 행동거지로 지동훈과 힘을 합쳐 김수영을 부축했다.

"으, 으으……."

"조금만 참아."

지동훈은 고통에 신음하는 김수영을 달래며 조세광 뒤편의 차로 향했고.

조세광은 그 등 뒤로 목소리를 높였다.

"걱정 마, 의사 보낼게. 야매긴 해도 실력은 있는 양반이야."

그사이 조세광은 시계와 팬티만 남기고 옷을 홀렁홀렁 벗기 시작했다.

"뭣들 하고 있어? 물 가져와, 물."

부하 하나가 부리나케 차로 달려가 미네랄 워터의 뚜껑을 따서 조세광에게 바쳤고, 조세광은 그걸 벌컥벌컥 들이켜더니 머리에 끼얹곤 손수건에 물을 적셔 얼굴에 남은 핏기를 닦았다.

이후 조세광은 물에 젖은 머리를 쓸어 올리면서, 아무것도 하지 못하고 서 있는 부하를 힐끗 쳐다보았다.

"구경났어? 할 일 해."

"……예?"

"……됐다. 내가 지시 안 하면 뭐 하나 제대로 하는 게 없어."

그렇게 말하면서 조세광은 아무렇지 않게 박길태의 시체를 뒤적이더니 주머니에서 열쇠를 꺼내 부하에게 포물선으로 던졌다.

"너, 애들 몇 명 데리고 가서 박길태 그 새끼 집 좀 뒤져
봐."

"……그, 그게……."

조세광이 인상을 찌푸렸다.

"새끼야, 가서 카세트테이프 싹 다 긁어 오라고."

"예? 아, 옙!"

"아, 이 옷은 전부 태워 버려."

"예, 옙! 애들아!"

……쓸모없는 것들.

조세광은 고개를 저으며 주위를 두리번거렸다.

혹시라도 증거가 남을 만한 것이 없을까, 싶어 찾던 조세
광이 바닥에 널브러진 박길태의 복대와 만화책을 발견하곤
픽, 웃었다.

"……하여튼."

조세광은 만화책을 뒤적이다가 야산을 향해 힘껏 던졌
고, 김수영을 태운 차가 출발하는 것을 보며 자신의 차로
향했다.

'어디 보자, 트렁크에 갈아입을 옷이 있었지.'

김수영을 죽이는 것보단, 그리고 그 시체를 처리하는 것보
단 훨씬 일이 수월해졌다고 자찬까지 해 가며, 조세광은 주
섬주섬 골프 웨어를 걸쳤다.

'아참, 여기 있었던 놈들 명단은 확보해 둬야겠군.'

조세광은 바지를 걸치면서, 저 멀리, 부하들이 자신이 벗어 둔 옷가지를 비닐봉지에 담는 모양을 보았다.

'쓥, 저 구두는 제법 맘에 들었던 건데.'

그래도, 조세광은 김수영을 대타로 세우는 건 그 자리에서 떠올린 것치곤 나쁘지 않은 생각이었다고 다시 한번 스스로 자찬했다.

구봉팔은 승용차 뒷좌석에 앉아 서류를 뒤적이고 있었다.

'처리할 일이 제법 많군.'

정화물산의 감시역에서 본격적인 실세로 거듭난 뒤부턴 구봉팔의 승인이 필요한 일의 가짓수도 늘어나 있었다.

이뿐이랴, 그가 이사장 직함을 달고 있는 새마음아동복지재단이 조광의 자금 세탁 목적이 아닌 제대로 된 복지재단으로 거듭나기 시작하면서 각종 기부금을 관리하는 일까지 도맡아야 했다.

이성진은 구봉팔에게 '필요하면 사람을 보내 주겠다'고 했지만, 구봉팔은 일단 사양해 둔 상태였다.

'……일단은, 말이지.'

하지만 일은 구봉팔이 예상하던 것보다 커졌고, 때때론 전

문성과 경험칙을 요하는 일도 더러 있을 정도였다.

'……이러다간 그 꼬마 사장님에게 인력 파견을 부탁해야 할지도 모르겠군.'

그래도 그가 할 수 있는 한도에선 최선을 다해 보려는 중이었다.

(이것도 이성진이 시킨 일이긴 했지만)구봉팔도 슬슬 자신의 사람을 부려야 했고, 밑에 있는 애들에게 그럴듯한 직함 하나씩은 파 주어야 하리라 생각했으므로.

'그보단…… 당최 뭘 하려는 건지는 잘 모르겠지만 모쪼록 일찍 끝내 주면 좋겠는데.'

게다가 지금은 돈 들어갈 곳이 많았다.

비록 이성진의 지시로 Y구의 요한의 집 공사는 일시 중단해 둔 상태지만.

공사 일이란 시간을 끌면 끌수록 돈이 새어 나가기 마련이었다.

물론 그 부족분은 후원자들의 주머니가 아닌 이성진이 감당하는 것이라곤 했지만, 아니 따지고 보면 가장 큰 후원자가 다름 아닌 이성진이니 그것도 좀…….

생각하다 보니 왠지 사고방식이 이성진에게 옮아간 것 같다고 생각하면서, 구봉팔은 쓴웃음을 지었다.

'이제 와서 건실하게 살아 보자고 생각할 만큼 염치가 없진 않아.'

어차피 이성진이 자신을 부리는 것도, 그로 하여금 몇 가지 '지저분한 일'을 맡기기 위함일 것이다.

오늘, 이번 일만 하더라도 이성진의 긴급 지시하에 이뤄진 일이어서 만사 제쳐 두고 밑에 애들을 소집한 상태였다.

지금 구봉팔은 박길태의 집—이걸 제대로 된 집이라 불러도 좋을지는 모르겠지만—이 보이는 근처에 주차를 해 두고 상황을 보는 중이었다.

박길태는 현재 서류상으로는 '건물주'이나 사실상은 실패한 부동산 건물의 관리인이나 마찬가지로, 1층은 비디오 대여점, 2층은 태권도장인 생활 시설 근린 상가 건물인 3층에서 생활하고 있었다.

어찌 보면 그는 실패한 건달의 전형이었다.

박길태는 구봉팔도 한두 번 면식이 있던 인물이었다.

한창때는 조지훈의 오른팔을 자처하며 거들먹거리기도 했으나 정작 조지훈은 조금 귀찮아하던, 그런 주제에 은퇴도 하지 않고 짬밥만 높아서 이래저래 굴리기도 귀찮은 부류.

이를 회사에 비유하면 자리만 차지할 뿐인 무능한 차장쯤 될까.

호가호위하던 박길태는 제 주제도 모르고 구봉팔에게 턱짓으로 무언가 명령을 하려 했으나, 한 번 노려봐 주니 깨갱하며 꼬리를 말았던 적이 있었다.

그 뒤론 얼굴을 본 적도, 근황을 궁금해했던 적 없던 놈이었다.

'그런 놈에게 도청기를 맡기다니, 조지훈도 쓸데없는 잔정이 많군.'

어찌 보면 적절한 인편이기도 했지만, 그만큼 조지훈에겐 믿을 만한 인물이 없다는 반증이기도 하리라.

한차례 나락으로 굴러떨어지면 다시 올라오기 힘든 것이 이 바닥 생리였으니까.

'……어떤 의미에선 나도 다르지 않지만.'

건달의 말로는 두 가지다.

하나는 몸이 망가진 채 어디선가 썩어 가는 것이고.

다른 하나는 그럴듯한 명함을 파고 합법적인 사업체로 신분을 세탁하는 것.

철없고 젊은 것들은 의리니 뭐니 하며 떠들어 대지만, 현실은 부릴 대로 부려 먹히다가 쓸모가 없어졌다고 판단될 땐 가차 없이 내팽개쳐지는 바닥이었다.

"형님."

운전석에 앉은 부하의 말에 구봉팔은 잡념을 집어치우고 고개를 들었다.

"뭐냐?"

"저쪽에……."

부하가 손가락으로 가리키는 곳을 보니, 건물 앞에 차를 세우고 일단의 무리가 우르르 몰려 들어가는 모습이 보였다.

"조세광 쪽 애들 같습니다."

"……흠."

박길태의 집에 사람이 들이닥쳤다?

무언가, 상황이 심상치 않게 돌아가는 듯했다.

구봉팔은 턱을 긁적였다.

"수철이 쪽에선 연락 없나?"

"알아보겠습니다."

핸드폰으로 통화를 마친 부하가 고개를 돌려 보고했다.

"쥐새끼 하나 없답니다."

'수철이'는 박길태가 기둥서방질을 하며 용돈을 타내는 술집 작부가 있는 곳에 배치해 두고 있었는데.

구봉팔은 박길태가 박스를 들고 집을 나설 때부터 그 뒤를 감시해 왔고, 박길태는 조세광을 찾기 전 녹음 테이프가 든 박스를 애인 집에 숨겨 두었단 걸 알고 있었다.

"알겠다."

구봉팔은 즉시 핸드폰을 꺼내 전화를 걸었다.

─여보세요.

그 앳된 목소리를 앞에 두고 구봉팔이 딱딱하게 말을 받았다.

"구봉팔입니다. 통화 가능하십니까?"

잠시 부스럭거리는 소리와 짧은 뜸 들임 뒤 수화기 너머 이성진의 목소리가 이어졌다.

―네, 말씀하세요.

"일이 좀 꼬인 거 같습니다."

―……구체적으로는요?

구봉팔은 힐끗 상가 건물을 올려다보면서 말을 이었다.

"조세광 쪽 패거리가 박길태의 집에 들이닥쳤습니다."

'사교 댄스 교습'이라는 글자가 오그라들고 빛바랜 테이프가 창문가에 덕지덕지 붙은 건물 3층엔 사람 그림자가 아른거리고 있었다.

아마, 박세광이 보관하고 있으리라 생각 중인 녹음 테이프를 찾는 중일 것이다.

그렇다는 건.

"……어쩌면 박길태를 감금 중인 걸지도 모르겠습니다."

아니 어쩌면, 이미 죽은 걸지도 모르지만.

구봉팔도 차마 그런 말까진 입에 담을 수 없었다.

―알겠습니다. 계속 상황을 살펴 주세요.

"예."

통화를 마치고 구봉팔은 폴더 뚜껑을 덮으며 시트에 등을 기댔다.

그의 경험상, 사람은 쉽게 죽지 않는다.

하지만 세상엔 '만에 하나'라는 경우도 없진 않다.

'만일 그런 거라면…… 조금 귀찮게 되겠군.'

나는 구봉팔과 통화를 마치며 엘리베이터에서 내렸다.

'조금 곤란하게 되었군.'

박길태는 집을 나서며 카세트테이프를 애인에게 맡겼으니, 현재 그 집에는 도청 녹취본이 없다.

그러니 만약 상황이 꼬여 협상이 불발되고 조세광이 박길태를 감금해 협박하는 중이라면 조세광은 응당 박길태의 애인을 찾아갔을 것이다.

'애당초 박길태가 입이 무겁거나 의리를 지키는 인물이라면 처음부터 조지훈에게 도청기의 분실을 보고했을 테니까. 하지만 그러지 않았지.'

그는 자기보신주의적인 인물이다.

조금만 겁을 줘도 입에서 술술 말이 흘러나올 텐데.

그러나 주지하듯 조세광은 박길태의 집부터 찾았다.

그렇다는 건 박길태의 입에서 정보가 나올 만한 상황이 아니라는 것으로……

이렇게 되면 애당초 박길태가 약속 장소에도 나오지 않고 그대로 달아나 버린 것이란 가능성도 타진 가능했다.

'아니지, 그런 거라면 굳이 박길태가 애인에게 카세트테이프를 맡길 까닭이 없나?'

그야, 박길태가 도망 전까지 시간을 벌다가 어느 시일쯤 경찰에 해당 사실을 밝히도록 한 것일 수도 있겠지만.

그랬다간 조광 전체를 적으로 돌리게 된다. 독자적인 세력도 없고 조지훈의 말단 끄나풀에 불과한 삼류 건달 박길태가 조광 그룹 전체를 적으로 돌려 가며 그런 짓을 감수할 리스크는 없다.

또, 만일 박길태가 단순히 어디론가 튀었을 뿐이라면 조세광 측에서는 그 자체로도 차라리 '아무래도 상관없는' 일이 될 뿐이었다.

조세광은 그대로 도청기를 들고 조지훈을 찾아가면 되니까.

어차피 도청기 속 내용은 상관없다.

중요한 건 도청기를 설치했다는 그 자체.

그러니 조세광이 사람을 시켜 박길태의 집에 들이닥친 건 이 모든 일을 '없었던 일'로 해야 할 필요가 있기 때문일 것이다.

마치 짐승이 지나 온 자신의 자취를 감추는 것처럼.

그쯤 하니 나는 생각하고 싶지 않은 가설을 떠올려야 했다.

'……설마, 박길태를 죽여 버린 건 아니겠지?'

만일 그런 것이라고 하면, 그건 내게 호재일까, 악재일까.

'그것도 살인의 방식에 따라 달라지겠지만.'

사람은 생각보다 쉽게 죽는다. 재수 없게 발이 미끄러져 돌부리에 머리를 박고 죽을 수도 있는 게 사람 목숨인 것이다.

지금이라도 당장 조세광에게 전화를 걸어 상황이 어떻게 돌아가고 있는 건지 묻고 싶은 마음이 한가득했지만, 그랬다간 긁어 부스럼일 뿐이다.

'이럴 줄 알았으면 조세화를 떼어 놓고라도 따라갈 걸 그랬나.'

원래라면 장소 협조까지 해 준 내가 동행해야 마땅했으나, 이진영에 이어 허상윤까지 우리를 찾아오는 바람에 그 일은 무산되었다.

'아니지. 그랬다간 괜히 쓸데없는 일에 엮이고 말았을지도 모를 일이야.'

'만에 하나' 박길태가 죽었다면, 내가 그 살인 현장에 함께하는 건 안 될 일이었다.

'그렇게 따지면 불행 중 다행⋯⋯인데.'

떠올리다 보니 문득, 나는 자연스럽게 박길태 사망설을 전제로 사고하고 있단 걸 깨닫곤 고개를 저었다.

'뭐, 어디까지나 만에 하나의 일이지만.'

생각에 잠겨 사장실로 향하는 로비를 걷고 있으려니, 오늘따라 모처럼 윤선희가 함께 있었다.

'하긴, 복지재단 일도 궤도에 올라선 데다가 내 회사는 이렇다 할 일이 없는 상황이지.'

그리고 윤선희와 곁의 전예은이 자리에서 일어서며 나를

반겼다.

"오셨어요, 사장님."

"어서 오세요."

나는 미소 띤 얼굴로 고개를 끄덕였다.

"네. 주말 잘 보내셨나요?"

"네, 덕분에요."

"잘 보냈습니다, 사장님."

각자의 말을 들으며 나는 시저스에서 포장해 온 피자를 건넸다.

"피자 드세요. 오는 길에 사 왔습니다."

방금 전부터 줄곧 내 손을 보고 있던 윤선희가 반색했다.

"주시는 건가요?"

"그럼요."

"감사합니다. 와아, 이게 그 시저스의 화덕식 피자인가 보군요."

"드셔 보셨어요?"

"한 번쯤 가 봐야지 생각은 하고 있었는데 좀처럼 시간이 나질 않더라고요. 다시 한번 감사드립니다, 사장님."

윤선희가 방글방글 웃으며 포장 박스를 받았다.

"그럼 나중에 예은 씨랑 나눌게요."

"아, 저는 괜찮아요, 실장님."

전예은이 손사래를 쳤다.

"저는 예전에 사장님 따라가서 많이 먹어 봤거든요."

"그래요? 하지만 자취하는데…… 부실하게 먹고 다니는 건 아니고?"

"정말로 괜찮아요. 저, 혼자서도 잘 먹고 다녀요. 마침 냉장고에 오늘 저녁 찬거리도 남았고요……. 주말에 요한의 집에 갔다가 남은 걸 잔뜩 받아 와서요."

그쯤 하니 윤선희도 더는 강권하지 않고 고개를 끄덕였다.

"알았어요. 대신, 예은 씨한테는 다음에 제가 따로 한턱 쏠게요."

"……네, 감사합니다."

방금 전까지만 해도 사람이 죽었니 마니 하다가 이러고 있으니 조금 힐링되는 기분이다.

나는 자연스럽게 걸린 미소를 의식하며 물었다.

"오늘은 조금 출근이 늦었는데…… 그사이 별다른 일은 없었죠?"

"아, 넵. 일산출판사 측에서 한번 자리를 함께했으면 좋겠다는 요청이 있었습니다. 자세한 건 업무 메일로 보내 두었습니다."

일산출판사에서?

그쪽 일은 유상훈 변호사에게 일임해 두고 있었지만, 이제야 나를 만나고 싶다니 아무래도 슬슬 똥줄이 타는 모양이었다.

"알겠습니다, 메일을 살펴보죠."

슬슬 사장실로 들어가 보려는데, 전예은이 나를 보며 입을 뗐다.

"사장님, 차를 한 잔 내갈까요?"

무언가 따로 보고 할 일이 있나 보군.

나는 전예은의 의도를 눈치채곤 고개를 끄덕였다.

"네, 부탁드릴게요."

그러곤 사장실에 들어와 소파에 앉아 있으려니 얼마 지나지 않아 전예은이 차를 가지고 왔다.

"고맙습니다."

나는 빙긋 미소 지으며 전예은에게 물었다.

"예은 씨는 피자, 별로였어요?"

"아뇨, 아주 맛있었습니다. 저는 그저……."

전예은이 다만, 하고 조금 얼굴을 붉혔다.

"윤 실장님께선 아직 접해 보지 못하셨다고 해서 양보를 해 드린 것뿐이에요."

그런데 그게 얼굴을 붉힐 일인가, 해서 물끄러미 쳐다보니 전예은은 '흠, 흠' 하고 헛기침을 했다.

"……윤 실장님께선 그 피자를 빌미로 이남진 이사님을 댁에 초대하려던 생각이신 거 같아서요."

아, 그런 거였군.

윤선희는 지금 내 재종이기도 한 이남진과 교재 중이었는데, 천화초등학교 시절부터 투닥거리던 걸 생각해 보면 감회가 새로운 일이었다.

'싸우다가 정이라도 들었나.'

그리고 지금은 서로를 집에 초대하네 마네 하는 걸로 보아, 연애 전선은 이상 없이 순항 중인 모양이다.

뭐, 다 큰 성인 남녀가 집에서 뭘 하건 내 알 바는 아니었지만⋯⋯.

'그렇다곤 해도 속도위반은 자제해 줬으면 좋겠군. 덜컥 임신이라도 하면 인사 조치에 난항이 생기게 되니까.'

그보다 전예은 넌 무슨 사랑의 큐피트냐.

나는 피식 웃었다.

"예전부터 티격태격하던 걸 지켜봐 온 저로선 모쪼록 두 분이 잘되면 좋겠군요."

"네. 저도요."

더군다나 둘이 결혼에 골인이라도 하면 윤선희는 내 인척이 되는 셈이기도 했다.

'가족 관계로 묶어 두면 혹시 모를 이직도 막을 수 있겠지.'

나는 후룩 차를 마셨다.

"⋯⋯."

"⋯⋯."

⋯⋯하지만 그런 걸 보고하려고 자리를 마련한 건 아닐 테고.

지동훈과 김수영은 가출했을 당시부터 잡아 둔 숙소에 둘이서 지내고 있었다.

　이 바닥의 신출내기들은 보통은 '숙소'라 불리는 조직 소유 합숙 시설에 거하게 되지만, 아직 나이도 어리고 이렇다 할 세력이 없던 조세광은 어중이떠중이를 모아 필요할 때마다 호출하는 것으로 이를 대신하고 있었다.

　김수영은 차라리 줄빠따 맞을 일은 없으니 잘되었다며 픽 웃었다.

「그리고 조금만 있으면 제대로 된 일을 할 수 있게 될 거야. 조광 그룹 장남 줄이잖아? 내가 그런 냄새 하난 기가 막히게 잘 맡거든.」

　머리도 제법 좋았고, 싸움도 잘했던 김수영은 지동훈이 선망하는 대상이었다.

　하지만 그런 김수영은 지금 무기력하게, 침대도 없이 대충 펼친 이부자리에 누워 식은땀을 뻘뻘 흘리고 있을 뿐이었다.

　"수영아, 괜찮냐?"

　"……으으."

　지동훈은 김수영의 얼굴에서 오래전, 안치실에 누워 있던 할머니의 얼굴에 어려 있던 죽음의 색을 읽었다.

다른 말이 아니라 번들거리는 식은땀과 얕게 뱉는 숨만 아니었다면, 납빛으로 변한 김수영의 얼굴은 마치 시체나 다름없어 보였다.

'……병원에 가도 살 수 있을까?'

어쩌면 이미 때를 놓친 것일지도 모른다.

'의사는 언제 오는 거냐.'

그때, 누군가가 지동훈과 김수영이 쓰는 숙소 문을 쿵쿵 두드렸다.

지동훈은 조심스레 현관으로 향해 방범창으로 상대를 살폈다.

렌즈 안쪽에는 조세광과 누군지 모를 늙수그레한 남자가 서 있었다.

'개새끼, 이제야 의사를 데려온 모양이군.'

지동훈은 조금 반색하면서 도어락을 열고 두 사람을 맞이했다.

"어서 오십시오."

"흠."

골프 웨어 차림의 조세광은 인상을 찌푸리며 20평 남짓의 지저분하고 누추한 실내를 둘러보더니 순간 표정을 고쳐 미소 띤 얼굴로 입을 뗐다.

"의사 선생님 모셔 왔어. 수영이는?"

"안쪽에 있습니다."

조세광은 성큼 걸음으로 들어오더니 거실을 겸한 방구석에 이불을 깔고 누운 김수영을 내려다보았다.

"박사님, 이쪽입니다."

'박사'라 불린 사내는 사양하는 기색도 없이 들어가더니 김수영 곁에 양반다리를 하고 앉으며 왕진 가방을 펼쳤다.

야매라더니 의사는 의사였던 모양으로, 그는 익숙한 동작으로 왕진 가방에서 라텍스 장갑을 낀 뒤 조심스럽게, 하지만 느릿하진 않게 김수영의 환부를 살폈다.

김수영의 환부는 일단 긴급조치로 빨간약이라 불리는 포비든 요오드를 발라 거즈를 붙여 둔 상태였는데, 그는 가차 없이 거즈를 떼었다.

"윽."

김수영은 고통에 찬 나직한 신음을 뱉었고, 의사는 잠시 환부를 들여다보더니 무표정한 얼굴로 라텍스 장갑을 벗고 주사기와 약병을 꺼냈다.

"일단 항생제 처방을 해 두지."

그는 능숙하게 주사를 두 방 놓았다. 그런 모습을 보면서 지동훈은 과묵하고 재수 없긴 해도 실력은 있는 모양이라 여겼다.

왕진 가방을 닫은 의사가 고개를 돌렸다.

"잠시."

의사의 시선에 조세광은 지동훈을 내려다보았다.

"옆방에 비었지?"

"예."

"계산하고 올 테니까 잘 지켜보고 있어. 혹시 상황이 안 좋아지면 부르고."

의사와 함께 옆방으로 간 조세광은 안주머니에서 지폐 다발을 꺼내 의사에게 건넸다.

하지만 의사는 돈을 받지 않았다.

"됐어, 별로 한 것도 없고. 자네 부친을 봐서 이번 일은 무료로 해 주지."

그건 그렇지만.

조세광은 슬며시 지폐를 주머니에 넣으며 물었다.

"어떻습니까. 심각합니까?"

의사는 떨떠름해하는 얼굴로 턱을 긁적였다.

"항생제를 놓긴 했는데, 그거론 안 돼. 장기 쪽을 다쳤더군. 살리려면 제대로 된 병실에서 제때 수술을 해야 했어."

과거형이었다.

하지만 거기에 대고 어떻게 된 일인지 가타부타 묻거나 생명의 소중함이니 뭐니 쓸데없는 소릴 늘어놓는 일은 없었다.

그가 돈을 받지 않은 까닭도 알 것 같았다.

그건 프로라면 프로다운 면모일까.

잠시 생각하던 조세광이 말을 받았다.

"그래도 일단 최대한 길게 숨은 붙여 주십시오."

"아니. 내가 할 만큼은 했어. 이상한 걸 기대하진 말아 주게."

"……."

의사는 가벼운 한숨 뒤 사무적인 어조로 덧붙였다.

"간단한 상처라면 내 선에서도 어찌할 수 있겠지만…… 나도 총상을 다뤄 본 적은 없거든. 하물며 복잡한 장기가 모인 복부 쪽이야, 나 같은 야매가 어찌할 단계는 아니지. 2차 감염도 염려해야 하고, 재수 없으면 안쪽에서 총알이 쪼개졌을 수도 있어."

"……."

"또, 지금은 병원에 가도 확률이 낮아. 골든타임이 지났어. 만일 기적을 바란다면, 말리진 않겠네."

듣기론 한때 대학병원에 있었으나, 의약품을 몰래 빼돌렸던 것이 드러나 협회에서 제명을 당했다던가, 그랬다.

하지만 도덕성이야 어쨌건 그런 만큼 실력은 확실한 의사였으니, 그 말이 아주 틀린 돌팔이의 헛소리는 아닐 것이다.

"진통제는 안 놓습니까?"

"가진 게 모르핀뿐이야. 내가 살릴 수 있으면 모를까, 혹시 나중에 부검 때 마약류가 검출되면 안 되니까 그건 놓지 않아."

"……죽을 거 같습니까?"

"내버려 두면, 곧."

"얼마나 걸릴까요?"

"그건 모르지."

재수 없는 놈.

조세광의 물끄럼한 시선을 의사는 대수롭지 않게 받았다.

"걱정할 거 없어. 입이 가벼우면 이 짓은 못 하니까."

"……혹시 시체 처리도 해 줍니까?"

"그건 내 일이 아니야. 이제 가 봐도 될까?"

조세광은 떨떠름한 얼굴로 의사와 함께 방을 나섰다가, 금세 표정을 고치며 지동훈에게 미소를 지었다.

"별거 아니래. 병원에 가기 전까지 조금만 더 버티면 될 거야."

지동훈은 가만히 고개를 끄덕였다.

하지만.

그런 조세광도 이 부실한 숙소는 벽이 얇아 여기까지 소리가 들린다는 걸, 몰랐을 것이다.

2장

　박길태가 가진 도청 테이프를 확보하지 못한 상황에서, 조세광은 선택의 기로에 섰다.

　만일 카세트테이프를 확보했다면 모를까, 그렇지 않다면 상황은 박길태의 죽음과 더불어 사실상 조세광의 조지훈을 향한 선전포고처럼 곡해될 여지가 있었다.

　그리고 조세광의 배후에 있는 조설훈의 존재로 인해 그 대리전 양상은 본격적으로 점화되며 조설훈으로 하여금 조지훈에게 한 수 접고 들어가게 만드는 상황까지도.

　'망할 놈, 죽어서도 도움이 안 돼.'

　이 상황에 자신의 살인을 대신 덮어써 줄 김수영이 죽으면, 상황은 조금 더 꼬이게 된다.

'김수영이라면 몰라도 저 지동훈이라는 놈까지 믿긴 어려우니까.'

딱히 자신을 향한 김수영의 의리를 신뢰해서 그렇단 건 아니었다.

그저 조세광은 김수영의 가족관계와 구성원을 잘 알고 있었고, 김수영도 조세광이 알고 있단 사실을 알았다.

그러니 상대의 약점을 쥐고 있는 상황에선 일을 허투루 하진 않을 것이란 상호확증만을 신뢰하고 있을 뿐.

'지동훈이랑도 말을 맞춰야겠군.'

이렇게 된 이상, 조금쯤 집안 어른들의 눈 밖에 나는 건 감수해야 했다.

의사를 문밖으로 배웅한 조세광이 몸을 돌려 김수영이 누운 병상으로 왔다.

"동훈이 너, 잠깐 나 좀 보자."

지동훈은 묵묵히 그를 따라 빈방으로 갔고, 조세광은 문을 닫은 뒤 의도적으로 잠시 뜸을 들였다가 주저하듯 내뱉었다.

"혹시 상황이 여의치 않아서 수영이가 잘못된다면 말이지만……."

조세광이 지동훈의 어깨를 툭툭 두드렸다.

"그때는 네가 대신해서 이야기를 좀 잘해 줘야겠다."

지동훈은 얇은 벽을 의식하며 조심스레 입을 뗐다.

"……제가 어떻게 하면 되겠습니까?"

"크게 뭘 할 일은 없어."

조세광이 미소를 지었다.

"묵비권이라고 알지?"

"……예에."

"사실, 이번 일에 너는 아무 상관도 없어. 기껏해야 어떤 사건의 우연한 목격자일 뿐이고, 너는 사람을 죽인 적도 그걸 도운 일도 없으니까."

조세광의 '사람을 죽인'이라는 대목에서 지동훈은 그가 어느새 박길태를 죽인 것이 김수영임을 전제로 삼고 이야기를 진행 중이라는 뉘앙스를 읽었다.

하지만 지동훈은 그걸 내색하는 대신 가만히 고개만 끄덕였다.

조세광은 그런 지동훈을 물끄러미 쳐다보았다.

지동훈은 마치 속내를 읽히는 것 같단 생각을 하며 입을 꾹 다물었고, 조세광이 방 건너편의 김수영이 있는 자리를 힐끗 쳐다보더니 말을 이었다.

"아, 그럼 이렇게 할까. 총상을 입은 김수영은 어떻게든 혼자 이 집까지 왔고, 너는 김수영의 상태를 보고 상황이 심각하단 걸 깨닫곤 119를 부른 거야."

"……예."

"나도 수영이가 잘못되는 건 원치 않아."

말하며 조세광이 힐끗 손목시계를 보았다.

"수영이를 위해서 좀 더 만전을 기하고 싶었지만 어쩔 수 없지. 그러니 너는 적당히 기다리다가 그냥 119를 부르도록 해."

"예."

조세광은 빙긋 웃으며 명함 한 장을 꺼내더니 지동훈에게 건넸다.

"만약 경찰들이 찾아오거든, 여기 있는 번호로 변호사를 불러. 변호사가 알아서 다 해 줄 거야."

"……."

그는 지동훈의 어깨를 다시 한번 툭툭 두드렸다.

"그래, 상황이 정리될 때까지 한 10분, 20분가량 있다가 119에 연락하면 될 거다. 그럼 수고해라. 알지? 나는 은혜를 잊지는 않아."

방을 나선 조세광은 앓으며 누운 김수영을 힐끗 쳐다보았다가 그대로 몸을 돌려 숙소를 떠났고, 지동훈은 털썩, 김수영의 곁에 주저앉았다.

"후우."

어디서부터 일이 잘못된 걸까.

조세광이 지동훈에게 맡긴 일은 어려운 일이 아니었다.

하지만 그럼에도 분명 불똥은 튄다.

지동훈은 그 불티가 겁났던 것은 아니었다.

까짓거, 될 대로 되란 생각과 함께 '잘하면 혹시나' 하는 기대감이 들었던 것도 사실이었다.

싸움도 못하고 머리도 나쁜 자신이 조세광의 눈에 들려면, 지금이 기회였다.

'또, 수영이가 살아남아서 몇 년 뒤 실세로 거듭나기라도 한다면…….'

자연스레, 김수영의 절친인 자신에게도 기회가 찾아오리라.

'의사 말론 가망이 없댔지만…….'

순간, 지동훈은 부지불식간에 그런 생각을 떠올린 자기 환멸에 휩싸였고, 그때 김수영이 희미하게 눈을 떴다.

"도, 동훈아……."

"수영아, 괜찮냐?"

귀를 바짝 붙인 지동훈에게 김수영은 떠듬떠듬 입을 열었다.

"나…… 이제 죽는 거냐?"

얇은 벽 틈새로 흘러나오는 옆방의 대화를, 김수영도 들은 것이다.

"……."

지동훈은 차마 빈말로도 걱정하지 말란 소릴 할 수가 없었고, 김수영은 마른침을 꿀꺽 삼키곤 말을 이었다.

"조……세광 그 새끼, 믿지 마."

"……뭐?"

김수영이 흔들리는 눈으로 말을 이었다.

"나, 나, 봤어. 그때, 그 새끼는 나, 나를 죽이려고 했어."

김수영은 조세광이 잔탄을 소비하기 전, 자신을 바라보며 방아쇠 위에 손가락을 가져다 댔던 걸 떠올리며 몸서리를 쳤다.

그때 분명, 조세광은 여차하면 자신을 향해 방아쇠를 당기려 했다.

그가 그러지 않은 건 어디까지나, 그것이 자신에게 '이득'이 되지 않기 때문일 뿐이었다.

더욱이 그가 실탄을 모조리 허비해 버린 건, 다른 이유가 있어서가 아니었다.

혹시나 김수영이 조세광 자신을 겨눌까 봐, 고작 그런 이유로.

조세광은 근본적으로 타인을 믿지 않는 작자였다.

지금 조세광이 김수영을 살리려는 것도 어디까지나 그 살인죄를 덮어써 줄 대상이 필요했기 때문이었다.

결코 그가 입버릇처럼 내뱉던 의리, 같은 것이 아니었다.

옆방에서 의사와 이야기를 나눌 적에도, 조세광은 김수영의 안위, 그 대상을 향한 우려나 걱정이라곤 눈곱만큼도 찾을 수 없었다.

그가 김수영을 살려야 한다고 여겼던 것도 어디까지나 계획이 틀어지면 안 된단 생각 때문이었다.

김수영은 그것을 뒤늦게야 깨달았다.

"이, 이용만 당할 거야."

김수영이 힘겹게 말을 이었다.

"잘…… 선택해."

"……."

김수영은 그 말을 끝으로 눈을 감았고, 지동훈은 설마 김수영이 죽었나 싶어 얼른 코끝에 손가락을 가져다 댔다.

희미한 숨결이 손가락 마디에 닿았다.

지동훈은 안도하는 한편, 김수영의 죽음이 명백한 형태를 띠고 훅 다가오자 겁에 질렸다.

"씨팔……."

비록 조세광은 10분이나 20분 정도 기다리란 당부가 있었지만, 그런 걸 신경 쓸 때가 아니었다.

지동훈은 무선 전화기를 집어 들고, 떨리는 손으로 곧장 119를 눌렀다.

나는 찻잔을 내려놓으며 물었다.

"주말 동안 요한의 집에 다녀왔다고 했죠? 어땠습니까?"

전예은은 미소 띤 얼굴로 내 말을 받았다.

"네, 즐거웠어요. 강선이도 이제는 다른 아이들과 어울려 곧잘 놀았고……."

이어서, 전예은은 조금 진지하게 어조를 고쳤다.

"실은 그 건으로 사장님께 전해 드릴 말씀이 있습니다."

요한의 집에 무슨 문제라도 있나?

나는 전예은에게 자리를 권했고, 전예은은 얌전히 내 맞은편에 앉으며 말을 이었다.

"어제 강하윤 형사님이 요한의 집을 찾아오셨어요."

강하윤 형사가?

"박강선에게서 더 캐낼 정보가 있었습니까?"

"아뇨, 강하윤 형사님은 다른 의도 없이 순수한 선의로 방문해 주셨어요. 강선이가 잘 지내는지 살필 겸해서요. 그런데……."

'읽어 낸' 거군.

나는 자세를 고쳐 앉았다.

전예은은 차분하게 말을 이었다.

"며칠 전 강하윤 형사님은 '춘자 이모'를 찾으러 방문했던 모양이에요. 하지만 춘자 이모라는 그분은 집과 가게를 비운 채였고요."

나는 고개를 끄덕였다.

이미 양춘자가 집과 가게를 비우고 어디론가 몸을 숨겼다는 건 구봉팔의 보고를 통해 알고 있는 바였다.

나는 박상대가 정순애와 친분이 있던 양춘자의 존재를 알고 있었을지 모르니, 정순애의 사후 조설훈을 시켜 양춘자를 찾게 할 것이라 여겼다.

전예은이 말을 이었다.

"그래서 현재는 춘자 이모란 분의 고향인 전남 해남의 경찰서에 수사 협조 요청을 넣어 둔 상황이었습니다."

나 참, 전예은은 그걸로 양춘자의 고향까지 알아낸 건가?

다소 어처구니없어하는 내 표정에 전예은이 덧붙였다.

"춘자 이모의 단골 식당 주인께선 그렇게 알고 계셨어요. 강하윤 형사님께서 알아낸 거지만요."

"그랬군요."

만약 양춘자가 몸을 감추려 저 멀리 떨어진 고향으로 갔다면 시간을 벌 수 있었던 셈이다.

'차라리 경찰 측에서 양춘자를 보호할 수 있다면 그 편이 나을지도 모르지.'

이쪽에서 양춘자의 신변을 확보한 건 아니었지만, 한편으론 안도할 만한 일이었다.

"그래서 지금은 정진건 형사님께서 관할 경찰서에 협조를 부탁해 둔 상황이고요."

구태여 시키지도 않은 것까지 척척 보고하다니, 충성스럽군.

아니면 단순히 강선이 걱정되어서일까.

문득, 나는 내가 시키지도 않은 일을 척척 해내는 전예은을 보면서 묘한 위화감을 느꼈다.

'……그러면서 전예은은 왜 내게 소피아 원장 수녀의 일을 보고하지 않은 거지?'

소피아는 구봉팔과 더불어 이번 한강 변사체 사건의 원류이기도 한 백설화의 죽음을 의식하고 있는 인물이었고, 따라서 박상대란 인물의 존재와 그 관계상도 진즉에 꿰고 있을 것이다.

'무언가, 내가 모르는 것이 있는 모양인데.'

나는 차를 한 모금 마신 뒤 슬쩍, 전예은을 떠보았다.

"원장님은 잘 지내십니까?"

"네? 네, 물론…… 평소와 다를 것 없어 보이시던데요. 아, 원장님께서 사장님께 안부를 전해 달라고 말씀하셨어요."

흠.

저번에 나는 소피아를 상대로 백설화의 존재를 들먹여 가며 추궁한 적 있었다.

그게 영향이 갔다면 정말로 아무렇지 않을 리는 없을 터.

나는 속내를 내색하지 않고 미소를 지었다.

"다행이군요. 따지고 보면 박강선 건은 제 쪽에서 억지를 부린 거라, 원장님께 폐가 되는 일이라 생각했거든요."

"그러시진 않을 거예요. 그야 소피아 원장님께선……."

가정에서 출발한 이야기, 거기까지 말한 전예은은 움찔하더니 아랫입술을 잘근 깨물었다가 나를 바라보았다.

"사장님, 예전에…… 제 능력도 만능은 아니라고 말씀드렸죠?"

"음, 그랬던가요?"

전예은은 어색하게 미소 지었다.

"사실 사장님만 '읽을 수 없는' 건 아니에요."

"……그렇습니까?"

즉, 전예은이 '읽을 수 없는 대상'에는 소피아도 포함되어 있었다는 이야기였다.

제법 흥미로운 제한이었다.

"저도 숨기려고 한 건 아니에요. 그저……."

"제가 굳이 알 필요가 없는 이야기여서 하지 않았다, 그 말씀이군요."

전예은은 조심스레, 내 눈치를 살피며 고개를 끄덕였다.

"단도직입적으로 말씀드리면 그런 거지만요."

나는 이번 질문이 단순 흥미본위로 느껴지지 않게끔 뉘앙스에 신경 쓰며 물었다.

"그건 원장님이 종교에 귀의했기 때문입니까?"

"그건 저도 잘 모르겠어요."

전예은이 어깨를 움츠렸다.

"다만 성당 신부님이나 수녀님들은 제가 읽어 내지 못하는 경우가 많았단 것밖에……."

잠시 침묵 뒤, 전예은이 미소 띤 얼굴로 말을 이었다.

"그래서 만일 사장님을 만나 뵙지 못했더라면 저, 원장님을 따라 종교에 몸을 의탁했을지도 몰라요."

"……그랬군요."

역설적인 이야기지만, 전예은이 그 속을 읽을 수 없기에 소피아를 더 신뢰하고 의지한다는 것도 가능한 이야기였다.

전예은은 비록 티를 내지는 않았지만, 그녀 스스로는 자신의 능력에 환멸을 느꼈고, 이를 이용하느니 스스로를 유폐해 가며 능력을 감추려고까지 했다.

애당초 그녀가 내게 접근한 것조차 내게 '능력이 발동하지 않는다'는 것에 안도하며 온 것이었고…….

'어쩌면 나와 엮이지 않았던 전생의 전예은은 종교에 몸을 의탁한 채 얌전히 생을 보냈을지도 모르겠군.'

조건은 세례의 유무인가, 싶었더니 그런 건 아닌 듯했다. 고아원에는 어쨌건 세례명을 부여받은 아이들이 많았고, 전예은은 그들의 생각과 사고, 과거에 했던 일의 유무를 막힘없이 읽었으니까.

'그래도 종교에 귀의하는 것이 어느 정도 능력을 발동을 막는 데에 필요조건으로는 작용하는 셈인 건가?'

아니, 그렇게 따지자면 내 존재가 걸리고.

그 조건을 이론적으로 정리해 둘 수 있다면 좋겠지만, 그런 형편 좋은 일이 가능하진 않을 것이다.

그렇게 따지면 애당초 전생을 기억한 채 이성진의 몸에 빙의된 나란 존재부터가 불가사의했다.

'그걸 내가 비밀로 하고 있는 한, 완전한 이론이 되지는 않을 거야.'

전예은 역시도 '일반인'이 어떻게 사고하고 행동하는지 어림해서 움직이는 것처럼 애당초 전예은의 '능력'이라는 것도, 당사자가 아닌 한 어떤 방식으로 구현되는지, 타인인 나로선 알 턱이 없다.

상황이야 어찌 되었건 만일 그녀가 내 속을 읽을 수 없는 것처럼 소피아의 속내를 읽지 못하는 제한이 걸려 있는 것이라고 하면.

'……그렇다면 전예은을 조금 더 신용해도 괜찮겠는걸.'

뭐, 지금으로선 고작해야 그뿐인 이야기지만, 자각해 두고 있으면 장기적으로는 도움이 될 이야기였다.

그때, 품에 넣어 둔 핸드폰에 윙-하고 진동이 울렸다.

'누구지?'

지금 내게 전화를 걸어 올 만한 상대라면 조세광이나 구봉팔 정도일 텐데.

발신자 번호가 표시되는 시절이 아니니, 받기 전까진 상대가 누군지 알 수 없다는 사실이 조금 아쉬웠다.

'뭐, 그런 만큼 쓸데없는 대출 서비스 전화나 사기 전화도 안 오는 건 나쁘지 않지만.'

나는 전화를 받았다.

"여보세요."

─……성진이냐?

내게 전화를 건 건 조세광도 구봉팔도 아니었다.

"아, 네. 외삼촌."

누군가 했더니, 서명훈이었다.

전예은은 묵례 후 슬쩍 자리를 비웠고, 수화기 너머 서명훈이 말을 이었다.

─통화 가능하냐.

"네. 가능합니다."

─반지 주인을 찾았다.

나는 서명훈의 이야기를 들으며 자세를 고쳐 앉았다.

'슬슬, 하나둘 톱니바퀴가 움직이기 시작하는군.'

시간이 해결해 줄 문제는 결국 시간이 흐르며 해결되기 시작하는 법이었다.

설마 청장 방문이라도 예정되어 있는 건가.

××경찰서 강력반, 여기저기서 따르릉 울려 대는 시끄러운 전화벨 소리와 분주하게 움직이는 발소리 속, 동료 형사가 화장실에 다녀오는 중인 정진건을 불렀다.

"정 형사님."

"예?"

정진건이 고개를 들자 동료가 수화기를 든 채 손가락으로 전화기를 가리켰다.

"전남 경찰서 쪽에서 연락이 왔는데, 정 형사님을 찾아서요. 그쪽으로 돌립니까?"

전남 경찰서라고 하면, 얼마 전 양춘자 수색 건으로 협조 요청을 했던 곳이다.

양춘자를 찾은 걸까.

"예, 받겠습니다."

잠시 후, 정진건 앞 전화기가 울리고 정진건이 수화기를 들었다.

정진건이 '여보세요' 하고 말하기도 전에 상대 측에서 먼저 말을 건넸다.

-아, 여보세요? 정진건 형사님이십니까?

수화기 너머로 들려오는 억눌린 전남 방언에 정진건은 자세를 메모지를 챙겼다.

"예, 그렇습니다."

-그렇구마잉. 내는 전남 쪽 박순길 형사요. 그짝이 사람 찾아 달라고 하셨소?

수화기로 들으니, 시비를 거는 건지 친절한 건지 알기 힘들었다.

하긴, 따지고 보면 정식으로 공문이 간 것도 아니었고, 어디까지나 이쪽의 '부탁'으로 움직인 것이니 입장상 정진건이 철저한 을이었다.

그사이 동료 형사 쪽은 다른 통화가 들어왔는지, 자못 심각한 얼굴로 전화를 받고 있었다.

전화기에 불나겠군.

"예……."

—단도직입적으로 말하자믄 찾았소, 양춘자. 같은 전남이라도 해남은 여서 쪼까 멀었응께. 고생 좀 했시다.

하지만 어쨌건, 결과적으로는 '찾았다'고 했다. 정진건은 한 건 해결되었단 사실에 안도했다.

"감사합니다."

—근데 이런 말을 해도 될랑가 모르겠네.

수화기 너머 박순길 형사가 어조를 고쳐 말을 이었다.

—거가 쪼매난 동네라 다아 얼굴 트고 산다는데, 거시기 이 삼복더위에 웬 시꺼먼 옷 입은 아들이 동네를 돌아당겼다 하오. 들으니 사진 한 장 갖구 다니면서 물어봤다나.

"……그렇습니까."

—흐미, 잡것들. 이짝에서 뭐라 하니까 도망갔다 하요. 그래서 그것들 놓친 건 쪼까 양해를 해 주시오. 이짝은 서울이랑 달라서 사람이 부족하니께.

그건 서울도 다르지 않다만, 정진건은 반박하는 대신 물었다.

"혹시 양춘자 씨는 근처에 있습니까?"

-아, 내 정신 좀 보게, 싸게싸게 바꿔 줄 테니 기다리쇼잉.

수화기 너머 부스럭거리는 소리 후, 상대가 전화를 받았다.

-……양춘자예요. 저를 찾으셨다면서요?

어딘지 모르게 피곤한 기색이 역력한 목소리였으나, 습관처럼 남은 고혹적인 음색이 수화기에 끈적끈적하게 달라붙었다.

"서울 ××경찰서 강력반 정진건 형사입니다. 다름이 아니라 박강선 군에게 전화번호를 받아서……."

수화기 너머 양춘자가 말허리를 끊고 들어왔다.

-가, 강선이가요? 강선이는 지금 어디 있나요?

"이쪽에서 보호하고 있습니다."

-다행이다…….

풀썩, 하는 소리와 끼익 소리. 양춘자는 자리에서 벌떡 일어섰다가 안도하며 의자에 도로 주저앉은 모양이었다.

양춘자가 변명처럼 말을 이었다.

-죄송합니다. 저도 강선이를 먼저 찾아야 한다고 생각했는데, 순애 그년이 어디 있는지 도통 찾을 수가 있어야죠. 아 참, 순애는요?

"……."

정진건은 정순애의 행방에 관해 무어라 답해야 할지 몰라 잠시 멈칫했다.

양춘자는 그 짧은 침묵을 놓치지 않으며 파고들었다.

-혹시…….

"……현재 정순애 씨는 실종 중이며, 행방을 찾는 데 최선을 다하고 있습니다."

-…….

정진건은 정순애가 현재 한강에서 발견된 변사체의 유력한 후보 중 하나라는 말을 아꼈다.

아무 말이 없는 양춘자를 상대로 정진건은 신중하게 말을 건넸다.

"관련해서 몇 가지 여쭙고 싶은 게 있습니다만, 혹시 서울로 돌아와 주실 수는 없겠습니까?"

정진건의 보고를 들은 반장은 이번 건을 공식화하는 걸 '아껴 보자'고 했다.

어쩌면, 박강선의 입에서 나온 '박상대'라는 인물이 이성진의 생각처럼 여당 측 거물의 예비 사위인 그 박상대라고 한다면, 보고가 올라가는 순간 외압이 들어올지 모른단 거였다.

한강에서 변사체가 발견된 지도 제법 오랜 시간이 지났다.

그사이에도 언론 통제는 지속되고 있었고, 유례없이 잘 단속되는 쉬쉬거림조차 께름칙했다.

그래서 지금은 정진건도 양춘자에게 '부탁'을 하는 수밖에 없었다.

잠시간 침묵.

주위의 잡다한 소음은 정진건으로 하여금 이 침묵을 더 길게 느껴지게끔 했다.

─……갈게요. 거기가 어디라고 했죠?

통화를 마친 정진건은 한숨을 내쉬었다.

'한 가지, 일단락된 건가.'

그렇다곤 하나.

어쩌면 양춘자의 고향을 서성이던 건 장미다방을 서성인 자들과 같은 패거리일지도 모른다.

'당최 어느 놈들인지는 몰라도 설마 전국구인가.'

이래서야 정말로 이성진이 흘리듯 말한 박상대라는 거물이 혐의에 연루되어 있을지도 모르겠다.

그때, 핸드폰을 가지고 나간 강하윤이 통화를 마치고 돌아왔다.

"다녀왔습니다, 선배님."

"음."

뒤이어 당장 무언가 보고를 하려던 강하윤은 어딜 다녀오는지 성큼 걸음으로 걸어 들어온 반장의 호출에 말을 하려다 말고 멈췄다.

"정 형사랑 강 형사. 잠깐 이쪽으로 와 봐."

반장은 손짓으로 정진건을 불렀다.

정진건과 강하윤은 얌전히 반장을 따라 그나마 조용한 자료 보관실로 갔고, 반장은 책상 위에 엉덩이를 걸치며 툭 말을 던졌다.

"혹시 바쁜가?"

무언가 부탁이 있는 모양이군.

한강 변사체 사건과 정순애의 실종을 한데 엮기 힘든 상황에서도 반장은 정진건에게 적잖은 편의를 봐주고 있었다.

바쁘다면 바쁜 몸이었고, 야근도 확정인 상황이었지만, 그러잖아도 반장과 그 윗선은 오늘 무슨 일이 터진 모양인지 이래저래 바빠 보였다.

양춘자 건이 있지만 시간이 비는 일인 데다 거절할 까닭도 없다. 정진건은 고개를 저었다.

"밤 시간까지는 괜찮습니다."

그 말에 반장은 경찰 짬밥을 허투루 먹은 게 아닌 양 대강 눈치를 챘다.

"양춘자, 올라온대?"

"예, 심야 버스로 도착할 듯합니다. 늦어도 내일 새벽쯤엔⋯⋯."

반장이 고개를 끄덕였고, 그사이 일이 진행된 경과를 모르는 강하윤은 아, 하며 얼른 메모를 끼적였다.

반장이 입을 뗐다.

"그나저나 정 형사, 국과수 양 박사랑 친하지?"

"⋯⋯그런 편입니다."

국과수의 양상춘이 실력은 있지만 그 기인 티 다분한 성정 때문일까, 어느새 국과수에 들락거리는 건 정진건의 몫이 되어 있었다.

반장이 머리를 긁적였다.

"이번에도 정 형사가 한번 찾아가 줬으면 해서."

그래서 빈 시간이 생겼으니 이번에도 서류 배달인가, 하고 생각하고 있는데.

반장이 진지한 얼굴로 말을 이었다.

"옆 동네서 시체가 하나 들어왔는데……."

살인?

이어진 말은 그뿐만이 아니었다.

"그게, 쌍방이 총에 맞았다더군."

총?

대한민국에서?

그제야 정진건은 오늘 하루, 경찰서 전체가 시끄러운 것도 이해가 갔다.

김수영은 신고자이자 목격자인 지동훈과 함께 엠뷸런스를 타고 긴급 이송되었으나, 의사들의 조치에도 불구하고 결국 김수영은 숨을 거뒀다.

현장의 의사는 김수영의 몸에 난 총상을 보자마자 경찰에 연락을 했고, 김수영은 몇 차례 긴급 심폐소생에도 불구하고 바이탈 사인에 직선을 그었다.

동시에 경찰은 현장에서 지동훈을 긴급체포, 김수영은 국과수 부검을 넣어 둔 상태였다.

취조실의 지동훈은 묵비권을 행사하며 변호사를 불러 달란 말만 반복했으나.

외산 영화나 드라마를 너무 많이 본 모양이었다.

경찰 측은 이 시절, 그들이 공유하고 있던 적절한 관례를 따라 절차를 밟았고.

지금껏 빨간 줄 한 개 없던 지동훈 같은 어린 녀석 하나 구워삶는 것쯤은 닳고 닳은 대한민국 경찰에겐 어려운 일도 아니었다.

「잘 생각해. 묵비권이라는 건 만능이 아니거든.」

「…….」

「만약 네가 입 다물고 있는 사이 증거가 나왔다? 그러면 네가 모든 혐의를 뒤집어쓰게 되는 거야. 입 다물고 있는 건 그런 의미도 되는 건데…… 동훈이 너는 사실 아무것도 안 했잖아, 그치?」

처음이 어렵지, 한번 열린 입을 계속해서 벌려 두는 건 쉬운 일이었다.

지동훈도 Y구에 방치되어 있던 박길태의 시체를 언급하는 정도는 무방하리라 여긴 듯했다.

경찰은 빠르게 출동해 Y구의 공사가 중단된 모 야산 등지에 폴리스 라인을 쳤다.

결국 박길태와 김수영의 시체는 나란히 국과수의 시체 안치소로 갔다.

조수석의 강하윤은 반장이 건넨 서류를 넘겨 가며 브리핑을 이어 갔다.

"……그리고 지동훈은 변호사가 찾아와 다시 묵비권을 행사하기 시작했습니다."

몇 년 전만 하더라도 상대는 엄두도 못 냈겠지만, 문민정부로 들어서고부터 경찰의 '강압 수사'는 자취를 감춰 가는 중이었다.

"괜찮은 변호사가 붙은 모양이군."

정진건은 담담한 소회를 중얼거렸다. 서류를 덮은 강하윤은 운전석의 정진건을 힐끗 살피며 입을 뗐다.

"그런데 선배님, 박길태의 시체가 발견된 곳이 왠지 낯이 익습니다."

"Y구? 그쪽에 연고가 있나?"

"아뇨, 그게…… 어디서 들은 적만 있습니다. 그러니까, 으음, 죄송합니다. 기억이 날 듯 말 듯 해서. 분명 어디선가 들어 봤는데……."

강하윤은 미간까지 찡그려 가며 생각하다가 한숨을 푹푹 내쉬었다.

정진건은 딱히 위로차 던진 건 아니었지만, 이럴 땐 잠깐 화제를 돌리는 게 도움이 된다는 걸 경험으로 알아서 어조를 바꿔 물었다.

"그나저나 아까 전엔 무슨 전화였나?"

"아, 그거요."

강하윤이 말을 받았다.

"뉴월드백화점 쪽에서 온 연락이었습니다. 그, 반지 건으로……."

당시 정진건에게 알리지 않고 강하윤의 독단으로 일을 진행한 탓에 혼쭐이 났던 기억이 난 걸까, 그녀는 우물쭈물하며 말을 이었다.

"반지의 브랜드와 구매 이력을 찾았다고 합니다."

"그래?"

강하윤이 진지한 말씨로 대답했다.

"예, 몇 년 전, 당시 일본에서 현찰로 구매했으며…… 구매자는 박상대였습니다."

강하윤이 상대를 특정하지 않고 '박상대'라고 했다는 건, 정진건도 알고 있는 인물이란 의미였다.

"……그런가."

하나씩 퍼즐 조각이 맞춰지고 있었다.

"현찰 구매인데도 용케 찾았군."

"예, 그게 반지 안쪽에 이니셜을 새기는 특별 주문품이어서, 맞춤 제작에 시간이 걸렸다고 합니다."

강하윤이 메모지를 뒤적이며 말을 이었다.

"그래서 자연스럽게 구매자의 신원을 특정하는 것이 가능했고, 결국 구매 이력을 역추적하여 박상대가 커플로 반지를 맞추었다는 것을 밝혀냈습니다."

아이러니하게 낭만적이군.

정진건은 신문과 비디오테이프를 뒤져 찾아본 박상대의 인상착의를 떠올리며 고개를 끄덕였다.

"그러면 뉴월드백화점에선 어떻게 한댔지?"

"당초 예정대로 이를 마케팅에 활용할 거라고 했습니다."

관련해서는 반장의 승인이 떨어진 일이었으니, 그러려니 하기로 했다.

'그 정도만 해도 충분해. 아니, 그런 구실이 아니라면 기업도 움직여 주지 않겠지. 조금 더 신중하게 움직이면 좋겠단 생각도 들지만…… 마각을 드러내려면 그 정도 일은 해야 했다고 생각할 수밖에.'

정진건 안에서는 이미 한강 변사체 건의 용의자와 피의자가 각각 박상대와 정순애로 잠정 결론이 난 상태였다.

'중요한 건 이걸 어떻게 엮어 들어가느냐는 건데…….'

정진건이 지금이라도 이런 심부름이나 하고 있을 때가 아니라는 생각이 들었던 찰나.

"아, 생각났습니다!"

강하윤이 눈을 동그랗게 떴다.

"Y구, 그리고 이 주소."

강하윤은 뒷좌석에 놓인 도로교통지도를 꺼내 페이지를 빠르게 넘겨 펼쳤다.

"여긴 새마음아동복지재단 명의로 공사가 진행 중인 현장이었습니다. 고아원에 갔을 때 들은 기억이 났습니다."

"……."

그건 강하윤이 골머리를 싸맬 필요 없이 조사 과정에 밝혀질 내용이긴 했으나.

한편으론 퍽 공교로운 일이란 생각에 미쳤다.

'새마음아동복지재단?'

새마음아동복지재단은 이성진이 후원하고 있는 곳으로, 이곳은 요한의 집을 관리하는 재단이기도 했다.

'……이거, 자칫하다간 이성진에게 불똥이 튀게 되려나?'

아니면…….

정진건은 진지한 얼굴로 운전대를 쥐었다.

'이 모든 일의 배후에 이성진이 어떤 방식으로든 개입해 있거나.'

왠지 모르게, 정진건은 이번 총격 사건과 한강 변사체 사건이 어떤 방식으로든 이어져 있을지 모르겠단 생각을 했다.

그건 소위 말하는 '형사로서의 직감'이라는 녀석이었다.

❀

그 시각, 조세광은 조설훈의 호출을 받고 그가 있는 회사 사장실 앞에 서서 손바닥에 밴 땀을 바지에 문질러 닦았다.

'……어떻게든 되겠지.'

몇 가지 허점이 있긴 하지만, 오히려 완벽할수록 이야기가 꼬이는 일도 있는 법이다.

조세광은 심호흡을 한 뒤, 사장실 문을 똑똑 두드려 노크했다.

"들어와라."

문 너머의 조설훈은 아무런 감정도 실리지 않은 목소리로 명했고, 조세광은 사장실에 발을 들였다.

"부르셨습니까, 아버지."

조설훈은 마호가니 책상에 기대 서 있었다.

그는 고개를 까딱였고, 조세광은 얌전히 문을 닫고 들어와 그 앞에 엉거주춤 섰다.

그 모양을 본 조설훈이 입을 뗐다.

"자세를 바로 해라."

조세광은 움찔하며 자세를 바로 했고, 뒤이어 조설훈이 물었다.

"어떻게 된 일이냐?"

"······말씀드리겠습니다."

현재 지동훈이 체포되고 그 곁에 변호사까지 붙어 있는 마당이니만큼, 지금 조광 상층부에는 박길태와 김수영의 죽음이 알음알음 알려져 있었다.

그 자체는 조세광도 어떻게 감추거나 덮을 수 없는 일이었고, 지금으로선 그 리스크를 최소화하는 것 말곤 달리 할 수 있는 일이 없었다.

그로부터 며칠을 허비했지만 결국 박길태가 숨겨 둔 도청기는 찾지 못했고, 조세광은 박길태에게 건넨 도청기 테이프를 몸싸움 도중 부서진 것으로 해 두었다.

이미 조직 내에서도 한물간 건달 취급받고 있던 박길태의 사생활을 아는 이는—정확히는 관심이라도 있던 사람은—아무도 없었고, 결국 그걸 누구에게 맡겼는지, 혹은 어딘가 그 자신만 알 법한 장소에 숨겨 두었는지 모를 일이지만 박길태는 장소로 오기 전 이미 처분해 둔 모양이었다.

현재 조세광이 구상한 시나리오에서는 도청기의 존재를 추궁하려는 조세광의 '충직한 부하 김수영'과 '조지훈의 끄나풀 박길태' 사이에 감정이 격화되며 싸움이 벌어졌고, 서로가 엉키고 섞이는 몸싸움 도중 총이 발사되었다—는 것으로 구상 중이었다.

한편으론 그 자리에 동행했던 부하들의 입단속은 철저히

해 두었다.

그들 입장에서도 살인 사건에 연루되느니 차라리 '그 자리에 가지도 않은' 것으로 치부해 버리는 것이 나을 거라는 조세광의 회유가 먹혀든 셈이었다.

거기에 입을 벙긋했다간 자신을 적으로 돌리게 될 거라는 협박까지 더해서.

'김수영도 죽었고, 결국 지동훈 그놈만 입을 다물고 있으면 될 일이야.'

그 지동훈도 이미 변호사를 시켜 회유를 마쳐 두었다.

그러니 이 시나리오에서 조세광이 잘못한 일이 있다면 도청기의 존재를 알고서도 이를 보고하지 않고 독단으로 일을 처리하려 했다는 것뿐이었다.

'잘만 하면 아버지를 향한 지극한 효심에서 비롯한 것이라고 우길 수도 있겠고.'

그 전에 우선, 조세광은 이성진과 만남부터 이야기를 시작했다.

"지난 월요일 오후, 삼광 그룹의 이성진이 도청기를 가지고 만남을 청했습니다."

"……도청기?"

도청기의 존재를 알게 된 조설훈이 눈썹을 씰룩였다.

"도청기라니 무슨 소리냐."

모르고 있었다니, 입단속은 제대로 되고 있군.

조세광은 자신하는 한편, 왠지 모르게 고양이 앞의 쥐가
된 기분이라고 생각하면서 대답했다.

"그게……."

조세광은 조성광 회장의 병실에 도청기가 설치되어 있었
다는 것, 그리고 조성광이 그것을 이성진에게 맡겨 이성진
이 도청기와 카세트테이프를 가지고 있었다는 것을 일러바
쳤다.

조설훈은 억양이 거의 느껴지지 않는 어조로 물었다.

"……내용은, 들어 봤느냐."

"예."

"흠."

조설훈은 그에 대한 감상을 따로 묻지는 않았다.

오히려 도청기를 설치한 조지훈에 대한 분노와 현 상황에
대한 짜증이 얼굴에 드러날 법도 하건만, 그 표정에 아무런
변화도 없다는 것이 조세광은 더 섬뜩했다.

"계속해 봐라."

"……예. 저희는 할아버지의 병실에 도청기를 설치한 것
이 박길태라는 추측을 했고, 저는 김수영과 지동훈을 시켜
박길태를 데려오라고 지시했습니다. 그런데……."

의도적으로 말끝을 흐렸지만 조설훈 앞에선 그 얼버무림
이 통하지 않았다.

조설훈은 무표정한 얼굴로 조세광을 지그시 쳐다보았고,

결국 조세광은 하는 수 없이 스스로 그 말을 맺었다.

"그 과정에 무슨 일이 벌어진 것인지는 모르겠습니다만, 지동훈의 연락을 받고 김수영의 집을 찾은 저는 그가 총에 맞아 신음하는 것을 보게 되었습니다. 저는 당장 119에 신고할 것을 권했고, 저는 만일을 대비해 변호사의 연락처를 지동훈에게 건넸습니다."

"……."

조설훈은 아무런 말도 하지 않았다. 그 바람에 눈치를 살피던 조세광은 사족을 덧붙여야 하는지 고민했고, 그사이 조설훈이 입을 뗐다.

"왜 내게 보고하지 않았지?"

"그게……."

조세광은 미리 생각해 둔 대답을 내놓았다.

"저는 그게 할아버지의 뜻이라 생각했습니다."

"……."

"그러니까, 저는 만일 도청기의 존재를 아버지께 알리면 작은아버지와 아버지 사이에 다툼이 생길 것이라 생각했고, 그건 저희에게 도청기를 맡긴 할아버지의 뜻이 아닐 것이라 생각했습니다, 그래서……."

조설훈이 그쯤 하면 됐다는 양 손을 들어 올렸다.

조세광 역시도 조설훈이 그제야 자신의 '진심'을 헤아려 준 것이라 여겨 말을 흐렸고…….

짝!

순간, 눈앞이 번쩍했다.

쿵, 하고 바닥에 몸이 쓰러진 뒤에야 조세광은 조설훈이 자신에게 손찌검을 가했다는 것을 깨달았다.

머리가 어질어질한 것이, 또래가 아닌 성인에 비견해도 될 만한 조세광을 따귀 한 방에 날린 힘이 여간했다.

조설훈이 무미건조한 어조로 입을 뗐다.

"똑바로 서라."

얼른 기립하는 조세광을 보며 조설훈이 말을 이었다.

"다른 사람도 아니고 감히 내 앞에서 거짓을 늘어놓다니, 어디서 배워 먹은 버릇이냐."

"……."

"만약 네가 진정으로 그러길 바랐다면 박길태가 아니라 네 작은아버지를 찾아갔겠지. 사실대로 고해라. 왜 내게 보고하지 않았지?"

조세광은 코피가 내려와 입술에 맺히며 느껴지는 찝찌름하고 비릿한 피 맛을 보았다.

'씁, 빌어먹을 꼰대. 힘도 좋아.'

아이러니한 일이지만, 그걸로 조세광은 냉정을 되찾았다.

'여기선 한 수 접어 줘야겠군.'

계산을 마친 조세광은 비굴하지 않게, 하지만 공손한 어조로 대답했다.

"실은 사업을 할 기회라고 생각했습니다."

그 대답을 들은 조설훈의 표정에—여전히 무표정했지만, 어디까지나 상대적으로—희미한 변화가 있었다.

"계속해 봐라."

"……예. 도청기를 설치한 것이 박길태의 단독 범행일 리는 없으니, 저는 배후에 작은아버지가 있다고 생각했습니다."

조설훈은 짧게 고개를 끄덕였다. 조세광이 말을 이었다.

"……그리고 저는 박길태가 도청기의 분실을 작은아버지에게 보고하기 전 그 입단속을 시키고 나중에 작은아버지를 찾아가 제 몫을 뜯어낼 생각이었습니다."

"네 몫?"

"예, 할아버지께서……."

이번 말은 조세광으로서도 쉽게 입에 담기 힘든 말이어서 잠시 망설였다가.

"……돌아가시고 나면."

뒤늦게 소매로 코피를 닦으며 말을 이었다.

"……그룹은 응당 아버지와 작은아버지 두 분께 양분될 것이고, 저는 거기서 작은아버지 쪽 지분을 일부 가져와 제 몫으로 하면 되겠다고 생각했습니다."

"가만히 기다리면 전부 네 것이 될 텐데?"

"당시엔 기회라고 생각했습니다. 제 지분과 아버지 지분을 합해 작은아버지를 견제하는 것도 가능할 것 같았고요."

"……흠."

잠시 생각하던 조설훈이 무표정한 얼굴로 입을 뗐다.

"박길태 놈의 집은 뒤져 보았느냐? 따로 도청 테이프를 보관하고 있을지도 모르는데."

게다가 어차피 이미 벌어지고 만 일, 조세광의 독단과 어리석음을 추궁하기보단 사태를 무마하는 것이 급선무였다.

"예……. 하지만 아무것도 나오지 않았습니다."

"어딘가 숨겼을 수도 있겠지. 나라면 박길태를 불러내기 전, 허튼 짓을 하지 않도록 근처에 사람을 심어 두고 감시를 명했을 것이다."

"……."

그건 조세광도 뒤늦게 자책하고 있던 일이었다.

"그러면 도청기의 존재를 알고 있는 건 너와 지동훈, 이성진 말고는 누가 있느냐?"

이미 죽고 없는 김수영과 박길태를 자연스럽게 배제한 건 어딘지 조설훈다웠다.

"세화입니다."

조설훈이 눈썹을 씰룩였다.

"……세화가?"

"예, 아무래도…… 병문안을 함께했으니 성진이 그 녀석도 세화를 빼놓고 말하긴 꺼려진 모양입니다."

말하면서 이성진의 개인 변호사를 쏙 빼놓았지만, 어차피 비밀 유지 의무가 있으니 상관없다고 생각했다.

한편, 조설훈은 생각했다.

'뭐, 일이 이렇게 된 이상 어쩔 수 없지.'

만에 하나 경찰에서 도청기 건으로 자신을 소환하더라도, 아무것도 모른다고 잡아떼면 된다.

만일 지난 일요일에 무언가 도청을 했다고는 해도, 결정적으로 뒤가 밟힐 만한 말은 하지 않았다.

'본의 아니게 남 앞에서 경찰 운운하는 걸 입에 담긴 했지만, 그 정도는 아무것도 아니야.'

무언가가 나온다고 하더라도, 자신의 혐의를 대신 덮어써 줄 놈들은 여럿 있다.

'박상대 놈 쪽 일도 그렇고.'

잠시 박상대를 떠올린 조설훈은 미간을 찡그렸다.

중요한 건 어디까지나 도청기의 존재 그 자체였다.

이제부턴 어떻게 조지훈과 협상하느냐만 남아 있을 뿐.

조설훈은 고개를 끄덕이려다가, 멈칫했다.

'……음?'

거기서 조설훈은 미묘한, 평소부터 촉을 예리하게 갈아 놓지 않으면 눈치채기 힘든 아주 희미한 위화감을 느꼈다.

'뭐지? 뭔가 놓치고 있는 게 있나?'

하지만 조설훈은 그 위화감의 정체가 조세광이 자신에게 무언가 감추는 것 때문이라 여기며 예리한 눈으로 조세광을 살폈다.

"그 외에 따로 숨기는 건 없겠지?"

"……없습니다."

아니, 분명히 무언가가 있다.

하지만 그 정도는 자신이 사람을 시켜 따로 뒷조사를 해 보면 드러날 일이었다.

'……기껏해야 그룹과 거래하고 있는 야매 의사를 불러 김 뭐시기란 놈을 살릴 수 없는지 물어본 정도겠지.'

'박사'로부터 일이 새어 나갈 염려는 하지 않아도 된다.

그는 나름대로 신의가 있는 인물이다.

조설훈은 조세광을 물끄러미 쳐다보았다.

"이번 일은 전부 부하를 제대로 단속하지 않은 네 잘못이 다."

"……예, 아버지."

"한동안 나대지 말고 근신해 있어라."

조설훈이 손을 저었고, 조세광은 꾸벅, 허리를 굽히곤 몸 을 돌렸다.

"세광아."

그때, 조설훈은 왜인지 모르게, 그 스스로도 왜 그랬는지 모를 말을 조세광의 등에 대고 물었다.

"네가 생각하기에 이성진이란 놈은 어떤 것 같더냐?"

문 앞에서 몸을 돌린 조세광은 잠시 생각하다가, 대답했다.

"제법 영리합니다."

'제법 영리하다'라.

그 말을 들으며 조설훈은 일요일 오후, 병원에서 잠시 스치듯 만났던 이성진을 떠올렸다.

그리고 동시에.

은연중 그 머릿속에 이성진을 곁에 두고 조세화가 자신에게 재잘대며 했던 말이 귓가에 맴돌았다.

「아빠, 저 성진이랑 사업을 해 볼까 해요.」

……어째서 그 별것 아닌 말이 생각난 걸까.

조설훈은 문 앞에 멈춰 선 채 자신을 바라보고 있는 조세광의 존재를 눈치채곤 고개를 저었다.

"아니다. 됐으니 이만 나가 봐라."

"예."

조세광이 사장실을 나가고 난 뒤, 조설훈은 텅 빈 사장실에 홀로 남아 참았던 웃음을 소리 죽여 터뜨렸다.

'녀석, 제 몫을 챙기겠다고?'

조설훈은 지금 사람이 죽고 상황이 꼬인 것보다도, 자신의 아들이 그 상황에 썩 나쁘지 않은 통찰력을 발휘했단 것이 제법 흡족했다.

'피는 못 속이는 모양이야. 아니지. 어떤 면으론 저 나이 때 나보다 낫군.'

이러니저러니 해도, 제 자식에겐 무른 것이 조설훈의 흠이었다.

3장

정진건과 강하윤이 다시 찾은 양상춘 박사의 연구실은 여전히 지저분했다.

어디 앉을 곳도 마땅치 않아 선 채로 잠시 기다리고 있으니 흰 가운을 입은 양상춘이 연구실로 돌아왔다.

"응? 자네가 웬일인가?"

"감식 결과 보고서 받으려고."

"매번 이런 잔심부름이라니, 자네도 고생이 많군."

양상춘은 어째 자칫 무례하게 들릴 수도 있을 말을 서슴없이 늘어놓으며 강하윤을 보았다.

"강 형사도."

"아뇨."

강하윤은 딱 잘라 말했다.

"이것도 일이니까요."

"응, 그렇겠지. 아무튼."

방금 그거로 인사는 끝났다는 양, 양상춘은 자연스럽게 포트에 전원 버튼을 누르곤 책상을 뒤적였다.

"보고서란 건 이번에 들어온 시체 두 구 말이지? 총격 사건 가해자와 피해자."

총격만 해도 흔치 않은 사건인데, 이번에는 심지어 쌍방이 가해자이자 피해자였다.

양상춘은 이내 자료를 찾아 책상 위에 올려 두더니 그대로 책상에 반쯤 걸터앉으며 말을 이었다.

"일단 증거품도 확실하고, 조금 더 시간을 들이면 확실해지겠지만…… 시체에 난 탄조흔도 일치할 거야. 즉, 두 시체에 남은 상처는 총기에서 나간 총상이란 거지. 그 자체는 증언과 다르지 않겠더군."

"그러면 금방 끝나겠는데."

조직 내부 항쟁, 아니 그런 것조차 아닐지 모른다.

증언에 따르면 그 자체는 비교적 흔히 있는 우발적 살인에 총기가 더해졌을 뿐, 사건의 본질은 단순했다.

정진건의 말에 양상춘이 안경 너머 눈을 가늘게 떴다.

"아니…… 일이 쉽게 풀릴 수도 있고, 아닐 수도 있어."

법의학자의 말치곤 아리송한 대답이었다.

"무슨 의미야?"

"경찰이 요구하는 표면적인 증거는 당장이라도 제출할 수 있지만, 그것과는 별개로 법의학자로서 개인 소견을 어떻게 쓰느냐에 따라 사건의 양상이 바뀔 수 있단 거야."

양상춘이 희미한 미소를 지으며 말을 이었다.

"그런 의미에서 이번 사건은 여러모로 흥미롭지."

저번에도 느낀 것이지만, 강하윤은 그 말에서는 양상춘의 죽음에 무감각한 냉정함과 자신의 호기심을 해결하려는 열의가 뒤섞인 이질감을 느꼈다.

그건 일반적 기준을 잣대로 보자면―그 안하무인적인 태도를 배제하고도―묘한 불쾌감을 느끼게 하는 것이었다.

아니, 그것이야말로 양상춘을 정의하는 본질에 가까운 것일 터.

그는 매번 사건을 다른 각도에서 보고, 법의학자로서 지켜야 할 선 바깥을 자유롭게 넘나들었다.

지금도 그는 '법의학자로서 소견'을 넘어 타인의 영역에 발을 들이려 하는 중이었다.

그건, 인생을 껍데기 취급하며 그 바깥에서 세상을 조소하듯 관조하는 것이 아니면 나올 수 없는 태도였다.

강하윤은 양상춘이 이런 인물이니 다들 그를 만나기 꺼려하는 것이라고 생각했다.

한편으론 그런 양상춘을 아무렇지도 않게 상대하는 정진

건도 인물은 인물이었다.

양상춘은 포트에 물이 끓기를 기다리며 저번 만남 이후에도 설거지를 하지 않은 것 같은 머그컵에 믹스커피 가루를 쏟아부었다.

"내가 느끼기론 시체에 남은 흔적과 증언 사이, 어딘가 일치되지 않는 석연치 않은 구석이 있더군."

그 말에 강하윤은 차에서 읽은 증언 기록을 떠올렸다.

'그러니까, 김수영과 박길태가 몸싸움을 벌이던 도중 총이 발사되었고, 김수영이 먼저 복부에 한 발 맞았지. 그다음 이어진 몸싸움에서 김수영은 총을 빼앗아 박길태의 왼쪽 안구에 발포……'

사건의 목격자인 지동훈은 둘이 몸싸움을 하는 동안 총이 발사되는 것이 겁이 나서 끼어들지 못했다고 했다.

그리고 김수영의 요청으로 경찰에 신고를 늦춘 채 둘이 동거하는 집에 몸을 숨겼으나, 병세가 악화되는 바람에 황급히 119에 신고.

김수영은 응급조치에도 불구하고 사망에 이르렀다……는 것이 현재까지 나온 증언이었다.

정진건이 막대 사탕을 입에 물었다.

"어떤 점이 걸리던가?"

"일단은 시간 순서에 맞춰서 사건을 배열해 보지. 어디 보자, 사건이 벌어진 건 월요일 오후. 그 자체는 박길태의 사망

추정 시각이랑 일치해. 이 시기에 비가 내리지 않은 건 천만 다행이군. 하마터면 증거 하나가 씻겨 나갈 뻔했거든."

그때 포트의 물이 끓어올라서 양상춘은 잠시 말을 멈췄다.

양상춘은 머그 컵에 끓는 물을 따르며 말을 이었다.

"박길태 살해 용의자인 김수영이 병원으로 실려 온 건 월요일 밤, 김수영은 그 상태로 화요일 아침까지 버티다가 사망 선고가 떨어졌지. 정확히는 07:44. 경찰은 병원 현장에서 지동훈을 체포했고, 지동훈은 저항 없이 순순히 끌려갔어. 그리고……."

양상춘이 고개를 돌려 강하윤을 향해 손바닥을 내밀었다.

"……네?"

"강 형사. 자료 갖고 있지? 그거 좀 보여 줘."

그러고 보면 엄밀히 말해 양상춘은 강하윤과 소속도 다른데, 저번에 만났던 초면부터 무례했던 데다가 지금도 명령조였다.

하지만 강하윤은 정진건의 얼굴을 봐서 일단 참기도 했다.

"여기요."

"땡큐. 자, 여길 보자고."

양상춘은 지저분한 책상을 쓸어 각종 잡동사니를 책상 구석으로 밀친 뒤, 그가 가지고 있던 부검 기록 옆에 강하윤이 건넨 자료를 얹었다.

"증언을 보면 둘은 말다툼 도중 박길태가 먼저 총을 꺼내 김수영에게 겨눴고, 김수영은 박길태에게 달려들어 총을 빼앗으려 했다. 이후 허공에 총이 세 번 발사된 뒤, 몸싸움을 벌이던 도중 김수영이 한 방, 그다음 박길태가 총을 맞고 죽었다……는 것이 그 내용이야."

양상춘이 커피를 정체 모를 쇠막대로 휘휘 저으며 말을 이었다.

"그러니까 현장에서는 다섯 번의 발포가 있었단 건데……하지만 약실에는 총 여섯 개의 탄피가 있었어."

강하윤은 고개를 갸웃했다.

"세 발을 먼저 쐈다는 건 목격자의 착각일 수도 있지 않습니까?"

양상춘은 커피를 마시느라 그런지 대답을 못 했고, 그사이 정진건이 끼어들었다.

"아니. 이건 안전장치로군."

안전장치?

강하윤은 고개를 갸웃했다가, 이내 고개를 끄덕였다.

경찰에게 지급되는 리볼버는 첫 번째 약실을 비워 두고, 두 번째는 공포탄, 세 번째부터 실탄을 넣는다.

혹시 모를 오발 사고를 미연에 방지하기 위함인데, 따라서 박길태도 그 오발 사고를 방지하기 위해 미리 빈 탄피를 넣어 둔 것이라고 하면 나름대로 '안전장치'를 염두에 둔 행동이라고 할 수 있었다.

양상춘이 컵을 입에서 떼며 사진 한 장을 손가락으로 가리켰다.

"맞아. 그리고 이건 최초 한 발로 추정되는 탄피야. 현장에서는 사용되지 않은 최초의 한 발이지. 여기 남은 탄매로 보면, 이건 사건이 있기 한참 전에 쏜 거란 걸 알 수 있어. 시험 삼아 쏴 본 걸까? 그건 모르겠지만."

양상춘이 말을 이었다.

"아마 이번 사건에선 이 한 발이 자네 말마따나 안전장치로 작동했을 거야. 뭐, 만일 그렇다고 한다면 말이지만⋯⋯ 아니, 이건 조금 뒤에 말하도록 하지."

양상춘은 고개를 저은 뒤 정진건을 물끄러미 쳐다보았다.

"그런데 좀 이상하지 않아?"

"⋯⋯뭐가?"

양상춘은 지동훈의 증언에서 '말다툼 도중 박길태가 김수영에게 먼저 총을 겨눈' 대목을 가리켰다.

"만일 박길태라는 인물이 안전장치까지 걸어 둘 만큼 총에 대해 제법 잘 알고 있었다면, 왜 김수영과 지근거리에서 몸싸움을 벌였던 거지? 그것도 먼저 총을 꺼내 겨눴는데도 결과적으론 김수영이란 인물에 밀렸는데."

양상춘이 페이지를 넘겨 다른 사진을 꺼냈다.

강하윤은 나체의 시체 사진을 보며 인상을 찌푸렸고, 양상춘은 개의치 않으며 말을 이었다.

"게다가 그도 그럴 것이, 둘 사이엔 이미 체급 차이가 어마무시해. 내가 박길태란 인물이라면, 설령 총을 가지고 있다 해도 먼저 덤벼들 생각은 못 했을 거 같은데."

"즉?"

"내 생각에, 박길태는 총을 사용할 생각이 없었던 거 같아."

정진건이 턱을 긁적였고, 강하윤이 손을 들고 끼어들었다.

"하지만 양 박사님, 무언가 욱하는 바람에 총을 꺼낼 수도 있지 않았을까요?"

"그럴 수도 있겠지."

뭐야 그건. 그러면 이것도 어디까지나 추측일 뿐이란 거 아닌가?

거기서 양상춘이 다시 말을 이었다.

"다만, 그렇게 따지면 박길태 스스로도 총에 대해 무지했을 수도 있어."

"예?"

양상춘이 손으로 리볼버 구조를 흉내 내면서 말을 이었다.

"방금 전 안전장치에 대해 이야기를 나눴잖아? 그리고 현장에서 발사된 건 총 다섯 발이었다고."

"그랬……죠."

"하지만 말이야."

양상춘은 이면지 뒷장에 그림을 그렸다.

그는 6발들이 리볼버 공이를 그려 넣었고, 그중 한 구멍에 사선으로 색을 칠한 뒤 시계 방향 화살표와 '1+5'를 적었다.

"사건 이후에 일부러 약실을 돌려 놓지 않으면, 안전장치로 쓰인 탄피는 다시 가장 첫 번째에 오게 되어 있어. 증언에 따르면 '소리'가 다섯 번 들렸으니까 말이야. 하지만."

양상춘이 자료 사진을 보면서 5시 방향에 사선으로 색을 칠했다.

"정작 이 가장 오래된 탄피가 위치한 곳은 여기였지. 그 말인즉슨."

양상춘이 말을 이었다.

"순서를 바꿔서, '범인'은 사건 이후 약실을 비우기 위해 빈 허공에 총을 갈겨 댄 것이 아니었을까?"

'범인'이라니?

강하윤은 어리둥절한 얼굴로 자료를 들여다보다가 고개를 들었다.

"지동훈 말씀인가요?"

"음……. 글쎄. 그 친구일 수도 있고, 아닐 수도 있고. 아무튼 내 생각엔 총을 쏜 건 김수영이나 박길태가 아닌 제3자일 수도 있단 거야."

강하윤은 양상춘이 무슨 소리를 하는 건지 모르겠단 얼굴로 정진건을 보았고, 정진건 역시 얼떨떨하긴 마찬가지였다.

"이해가 가질 않는군. 부검 과정에 달리 나온 거라도 있었나?"

양상춘이 어깨를 으쓱였다.

"불과 몇 시간 전에 들어온 시체야. 많은 걸 알아낼 수는 없지. 하지만."

양상춘이 부검 자료를 뒤적이며 페이지 하나를 펼쳤다.

"박길태의 뒤통수, 맹관총창이었으니 후두부 관통은 없었지. 그 후두부 측면 부근과 목덜미에서 뒤쪽 옷깃을 내려오는 곳까지 화약 가루가 묻어 있었어. 이른바 발포 직후 약실의 화약잔사가 남은 건데……."

그래서 처음에 '비가 내리지 않아서 천만다행'이라고 한 건가, 싶었다.

"박길태는 심지어 고막 한쪽이 찢어져 있더군."

정진건이 그 말을 받았다.

"맞아서? 아니면 귓가에 대고 총을 쏘았다는 건가?"

"몸싸움 도중에 발포된 소음 때문인 거 같아. 안면에 별도의 타박상은 없었으니까."

정진건이 고개를 끄덕였고, 양상춘이 말을 이었다.

"총상이라는 건 거리에 따라 분류를 달리해. 거리 순서대로 접사, 근접사, 근사, 원사 등으로 이어지는데…… 김수영의 복부에 난 총상은 원사와 근사 사이, 대략 1M 내외에서 발포된 총기에 의한 자상이었어. 박길태의 경우는 아예 눈두

덩에 밀착한 정도는 아닌, 근접사였지만."

양상춘은 '피유'하고 손가락으로 총을 쏘는 흉내를 냈다.

"게다가 먼저 총에 맞은 건 김수영이야. 하지만 부검 결과에 따르면 김수영은 두 발자국 정도 떨어진 거리에서 총에 맞았단 게 되지. 이상하지 않나? 증언에 따르면 둘이서 바닥을 구르며 몸싸움을 벌였다는 건데, 총 몇 방을 쏠 때까지 거리가 멀어져 있었나? 아니면 증언의 오류? 목격자의 착각?"

양상춘이 어깨를 으쓱였다.

"그리고 또 한 가지, 경찰 측에서 김수영이 당일 입었던 재킷과 와이셔츠를 수거해 왔거든."

"그래?"

"음, 하지만 말이야. 김수영의 옷에는 일체의 화약잔사가 없었어."

"……음."

"만일 그 정도 거리에서 총을 갈겼다면 김수영이 입었던 옷의 소매뿐만 아니라 와이셔츠나 재킷에도 화약이, 게다가 박길태의 피나 살점이 묻어 있어야 한단 말이야? 하지만 그런 게 없더군."

양상춘이 고개를 주억거렸다.

"정작 박길태의 옷에는 화약 찌꺼기가 잘도 묻어 있었는데, 이상하다고 생각하지 않나?"

그 말을 들으며 강하윤은 고개를 끄덕였다.

듣고 보니 그럴듯했다.

'즉, 현장에는 어쩌면 제3자가 있었을지 모른다는 건가.'

생각에 잠긴 강하윤과 정진건을 양상춘은 잠시 내버려 두더니, 아차 하는 얼굴로 커피를 후루룩 마…….

"앗 뜨거!"

……마시려다가 실패하고, 투덜거리며 커피를 개수대에 비웠다.

"잠깐 나갈까?"

정진건이 물었다.

"어디로?"

"어디긴, 현장이지. 때론 직접 발품을 팔아야 보이는 것도 있는 법이니. 그 외에도 이상한 점이 여럿 있지만, 그건 차에서 이야기하지."

양상춘은 흰 가운을 벗어 의자에 걸치곤 옷걸이에 걸려 있던 여름용 재킷으로 갈아입더니 강하윤을 보며 픽 웃었다.

"혹시 알아? 이번에도 우리 강 형사가 결정적인 단서를 포착해 낼지 모르고."

"……."

강하윤은 그 말에 웃어야 할지 찡그려야 할지 몰라서, 그냥 무표정한 얼굴로 있기로 했다.

정진건이 운전을, 강하윤은 조수석에, 양상춘이 뒷좌석에 앉았다.

"안전벨트 매."

정진건이 차를 몰고 사건 현장으로 향하는 사이, 양상춘이 입을 뗐다.

"그건 그렇고, 강 형사. 진행 상황은 내게 주려던 경찰 자료에 추가된 게 전부인가?"

"예, 양 박사님. 현재로선 가장 최신입니다."

"흐음, 그러면 카세트테이프의 정체가 뭔지는 아직 안 밝혀졌단 거로군."

보고서 내용을 떠올린 정진건이 물었다.

"카세트테이프? 피해자의 품속에서 발견되었다던 그거 말인가?"

"맞아, 박길태의 옷 안주머니 속에서 파손되어 있던 그거. 왠지 모르게, 몸싸움 도중 부서졌다고 치부하기엔 부자연스럽단 말이지. 그도 그럴 것이 너무 정확하게 반 동강이 났으니."

양상춘이 머리를 긁적였고, 강하윤은 뒷좌석 시트 위에 비듬이 떨어지는 건 아닐지 걱정했다.

정작 정진건은 아랑곳하지 않으며 양상춘의 말을 받았다.

"그러면 그건, 박길태의 사후에 의도적으로 부순 걸지도 모르는 거로군."

"섣부른 추정은 삼가야 하니까 나도 소견서에 달리 말을 적진 않았지만, 그것도 배제는 못 하겠지."

그런 사람이, 방금 전까지만 하더라도 제3자의 소행일지 모른단 추리를 무턱대고 하신 겁니까, 강하윤은 말하고 싶은 걸 억눌러 참았다.

예의에 어긋나서 하지 않은 것이 아니라, 그 입에서 나올 반박이 피곤해서였다.

양상춘이 말을 이었다.

"그럼 목격자 지동훈은 여전히 묵비권을 행사 중인가?"

"시간을 끌고 있어."

정진건이 덤덤히 말을 받았다.

"변호사가 붙고 나선 모든 말을 신중하게 하기 시작하더군. 지금부터 향할 사건 현장도 변호사가 오기 전에 불었던 내용이야. 뭐, 그래도 아주 비협조적으로 나오지는 않으니 다행이긴 한데."

"흐음."

"……유독 카세트테이프 건만 아무것도 모른다며 입을 다물고 있는 걸 보면 그게 사건의 핵심일지도 모르지. 그래서 우리도 딱히 증언에 기대하진 않고 따로 조사 중이야."

정진건이 말을 이었다.

"보고서에 공식적으로 올라간 내용은 아니지만, 사실 어찌 보면 저 세 사람은 한솥밥을 먹는 사이거든."

"오호, 그럼 아주 무관계한 사이는 아니다?"

"그들끼리 개인적으로 알고 지냈는지 어떤진 모르겠는데, 최소한 그 세 사람은 조광이라는 분류에 엮을 수 있는 이들이야."

조광? 양상춘이 미간을 찡그렸다.

"조광이라면 그, 주식시장 상장까지 한 대기업, 유통 전문인 조광 그룹 말인가?"

"맞아. 뭐, 시장과 경찰은 관점을 조금 다르게 보고 있지만."

"나도 이름만 들었지, 잘은 몰라. 내 기준에선 투자 리스크가 큰 회사였거든."

아 그런가.

그 기준이 뭔지는 모르겠지만, 딱히 묻고 싶지 않았던 정진건은 양상춘의 말을 흘려들으며 담담히 말을 이었다.

"지금이야 그럴듯한 기업으로 포장하고 있는 곳이지만, 몇십 년 전만 해도 경찰과 쫓고 쫓기던 사이⋯⋯라고 반장님이 그러시더군. 나도 그 끄트머리쯤에 살짝 발을 담그긴 했고."

정진건의 이야기를 들으며 강하윤은 가만히 고개를 끄덕였다.

그때에는 자신도 어려서 무슨 일이 있었는지 잘 몰랐다.

양상춘은 혼자 무언가 납득한 양 고개를 주억거렸다.

"……그렇다면야 총기가 나와도 이상하진 않겠군."

"아니, 그래도 이상하지. 대한민국 치안 체계를 뭐로 보는 건가?"

정진건이 인상을 찌푸려 가며 양상춘의 말을 정정했다.

"문제 소지는 다분해. 그러니까 우리도 이번 일을 마냥 단순 우발적 살인 취급하지 않고 있는 거고. 조광 쪽은 그걸 자신들은 무관한 일이라고 발뺌할 생각인가 본데……."

평소처럼 칼질이나 했으면 일이 이렇게 커지지 않았을 것이다.

하지만 총기 소유가 불법인 나라에서 총격 사건이 발생했다는 건, 그 방호 체계가 뚫렸다는 전초일 수도 있었기에 경찰도 촉각을 곤두세우고 있었다.

정진건은 분명 청장도 예의주시하는 사건일 것이라 생각하며 말을 이었다.

"어디까지나 일반 시민보다는 접할 가능성이 높은 치들일 뿐이지. 뭐, 그 총기가 증언대로 박길태 거라면 그나마 차선이긴 하지만."

"차선?"

"한때, 그들이 조폭으로 잘나가던 땐 어찌어찌 리볼버 한 정 정도는 구할 수도 있었단 의미지. 심지어 박길태 같은 반건달 녀석도 그런 시절엔 한가락 하는 게 가능했거든."

잠시 생각하던 정진건이 말을 이었다.

"……아무튼 지금은 지난 정권 때 범죄와의 전쟁으로 깡그리 갈아엎은 지 얼마 지나지 않은 데다가 초대 회장인 조성광이 오늘내일하고 있어서 잠잠한 상황이야."

정진건이 핸들을 꺾었다.

"그래서 개중엔 이번 사건을 두고 조성광의 두 아들인 조설훈과 조지훈 사이의 대리전 양상이 아니냐며 내부 항쟁의 전초로 여기는 사람도 있는 모양이지만."

"그쪽 세계는 잘 모르는데."

중얼거리는 양상춘은 살인 사건을 다룰 때완 달리 정말로 일체의 흥미도 없단 표정이었다.

"몰라도 돼. 박길태는 내부 항쟁의 신호탄으로 쓰기엔 별거 아닌 인물이니까. 조직이 잘나갈 땐 한자리 차지하지만, 곤궁해지면 버려지는 그런…… 어디에나 있는 녀석이야. 그러니 애써 일부러 처리할 필요도, 가치도 없어."

벼룩이나 이를 잡으려고 초가삼간을 태울 필요는 없다.

박길태의 죽음은 어찌 보면 조지훈 입장에선 앓는 이가 빠진 기분일지도 모를 일이었다.

조직 계파 갈등에 아무런 관심도 없는 양상춘과 달리, 강하윤은 조금 새겨들을 만한 이야기라 여겼던 모양인지 구태여 정진건에게 물었다.

"그러면 선배님, 지동훈과 김수영은 꼽자면 조설훈의 파벌인 겁니까?"

"아니, 그건 아니야. 비슷하지만 다르지."

비슷하지만 다르다?

정진건이 말을 이었다.

"조설훈에게는 자식이 둘 있거든. 이름이 뭐더라…… 아무튼 우리 애랑 그리 나이 차가 크지도 않은 녀석인데, 벌써부터 제 패거리를 데리고 다닌다더군."

"……."

"그래서 처음엔 조직폭력 담당자도 조설훈이 아무것도 모르는 신출내기 애들을 장기패로 삼아서 박길태를 처리한 거라고 생각했을 정도야. 혹시라도 박길태가 잘나가던 시절, 무언가 약점이라도 쥐고 있었던 건 아니냐면서."

그걸 두고 한 관계자는 '도련님의 의리 놀이인가. 하긴, 조직이 쓰고 버릴 애들이면 그렇게 비싼 변호사를 쓸 필요가 없지' 하고 정진건이 듣기엔 불쾌한 감상을 늘어놓았다.

그때 잠자코 있던 양상춘이 끼어들었다.

"그러니까, 지동훈이랑 김수영은 조 뭐시기의 아들네 패거리라고 했나?"

"음. 따지면 그렇게 되겠지. 제대로 된 직업도 없이 그 아들의 심부름 따위 하며 용돈이나 타내는 처지니까."

"……흐으음."

양상춘이 턱을 긁적였다.

"혹시 부서진 카세트테이프가 약점의 소지가 있었다던가, 하면 또 모르겠군."

"목격자가 입을 다물고 있는 지금으로선 알 수 없지. 혹시 복원은 가능할까?"

양상춘이 어깨를 으쓱였다.

"어쩌면 지금껏 했던 추리가 무색해질 내용일 수도 있겠지만, 기대는 하지 말게."

이윽고 정진건이 모는 자동차가 사건이 벌어진 Y구 야산에 진입했다.

좁고 울퉁불퉁한 길가엔 경찰들이 세워 둔 승합차가 산길 옆에 바짝 붙어 있었고, 이대로면 주차하기에도 마땅찮겠단 생각에 정진건은 적당한 곳에 차를 대고 걸어서 올라가기로 했다.

운동 부족인지, 양상춘은 이 야트막한 언덕을 오르면서도 숨을 헐떡였다.

"조, 조용하네. 혹시 헛, 인근엔 총소리 들은 주민이라거나, 없었는가?"

양상춘의 말마따나 매미 소리가 귓가를 울릴 뿐, 숲은 조용했다.

정진건은 발걸음을 옮기며 대답했다.

"Y구는 지금 한창 재개발 중이어서 여간한 소리는 공사 소음에 묻히기 십상이라더군. 또, 여기는 근린시설에서 조금 멀리 떨어져 있기도 하고."

"장소 한, 헉, 번 잘 골랐군."

반어법인지 진심인지 모를 말이었다.

정진건은 문득 생각난 김에 무언가 물어보려다가, 자신의
옆에서 걷고 있던 강하윤을 바라보았다.

"강 형사, 미리 올라가서 출입 허가를 받아 두게."

"예, 선배님."

양상춘의 느릿느릿한 발걸음에 맞추느라 답답했던 강하윤
은 즉시 자리를 떴다.

그리고 정진건은 강하윤이 멀어지자마자 양상춘에게 물었
다.

"자네 혹시, 정화물산이라고 아나?"

"응? 모르는데. 내가 알아야 할 필요가 있는 곳인가?"

"……그러면 '새마음아동복지재단'은?"

복지재단? 양상춘은 땀을 뻘뻘 흘려 가며 생각하더니 찡
그렸던 미간을 폈다.

"아, 혹시 요한의 집의 후원재단 말인가? 그건 나도 알지.
지난 연말엔 방송도 탔고, 자네나 내가 신세를 지고 있는 이
성진 군이 후원하는 곳이니 말이야. 그런데 그게 왜?"

"왜냐면……."

정진건은 언덕배기 끝에서 말을 멈추며 양상춘을 기다렸
고, 조금 더 오르막을 오른 양상춘의 시야에 공장 부지가 들

어오자 말을 이었다.

"여기는 요한의 집 부속 시설로 개발 중인 곳이거든."

"……후우."

숨을 고르는 건지, 아니면 한숨을 내쉬는 건지 모를 소릴 뱉으며 양상춘이 허리를 폈다.

다만, 아무렇지도 않아 하는 그 눈에는 한차례 생각에 잠긴 눈빛이 반짝였다.

"일단 둘러볼까."

짓다 만 건물 옆, 주차장으로 쓰면 딱 좋을 넓은 공터에는 폴리스 라인과 그 안쪽의 번호 표시판 여러 개가 놓여 있었고, 이미 한 차례 조사가 끝난 뒤여서 제복을 입은 경찰 몇 명이 형식적으로 장소를 지키고 섰을 뿐이었다.

강하윤이 미리 말해 둔 모양인지, 제복 차림의 경관은 정진건과 양상춘을 향해 경례를 했다.

"철수하는 분위기군."

"용의자와 관계가 있건 말건 일단 사유지니까. 시간을 오래 끌 수는 없지."

"그러고 보니, 혹시 정화물산이란 곳은 조광이랑 관계가 있는 건가?"

"있긴 있어. 조광 그룹 측이 정화물산의 대주주거든."

정진건이 건성으로 주위를 둘러보며 말을 이었다.

"당장 방금 이야기가 나왔던 새마음아동복지재단의 대표

도 조광이 심어 둔 인간이야. 예전에 한 차례, 자금 세탁용으로 쓰이는 재단일까 싶어 조사가 들어가려다가 무산된 적이 있댔지."

"……이거 참. 우연이라면 참 공교롭겠는데. 그래, 그럼 만일 그 긴 이름의 복지재단 대표가 장소를 제공했다면……."

그때, 양상춘은 어딜 다녀오는 건지 싱글벙글 웃으며 다가오는 강하윤을 보고 자연스럽게 입을 다물었다.

이번 안건은 정진건이 강하윤을 일부러 내보내 가면서 꺼낸 말이었으니, 그녀가 돌아오면 자연스럽게 관둬야 할 화제였다.

"강 형사, 무슨 좋은 일 있나?"

정진건이 시치미를 떼며 묻자, 강하윤은 등 뒤로 무언가를 감추며 쑥스러운 듯 웃었다.

"아, 별건 아닙니다만……."

뒤이어 강하윤이 짜잔, 하고 만화책을 보였다.

"실은, 이걸 주웠습니다."

"……."

저번엔 물고기 배 속에서 반지를 찾더니, 이번엔 살인이 벌어진 야산에서 만화책이라?

정말 별의별 걸 다 줍는군.

정진건은 어처구니가 없어 하마터면 헛웃음이 나오려는

걸 간신히 참았고, 강하윤은 들뜬 어조로 말을 이었다.

"혹시 모르십니까? 홍차왕자님과 다즐링. 순정만화 쪽에선 제법 유명한 건데, 제가 다니던 여고에선 한때 홍차 붐이 일 정도로 거의 교과서…… 흠, 흠."

강하윤은 민망한지 슬쩍 물었다.

"혹시 따님은 이거 안 보십니까?"

"……몰라."

정진건이 딸내미 방에 노크 없이 용무 없이 출입 금지를 당한 지도 제법 오래되었다.

그 방 책장에 무슨 만화책이 꽂혀 있는지는 정진건이 아는 바가 아니었다.

결국 아저씨들 사이에서 혼자만 신났단 걸 자각한 강하윤은 떨떠름해하는 얼굴로 만화책을 뒤적였다.

"그래도 혹시…… 증거품이 되진 않겠습니까?"

"흐음."

보아하니 현장에서 한참 떨어진 곳에서 주워 온 모양인데.

피비린내 가득한 살인 현장과 순정만화책이라니, 그게 무슨 유력한 증거가 될까.

"일단 추가해 두지. 수고했어. 나중에 발견 장소를 체크해 두도록."

"예, 선배님."

그때, 양상춘이 손을 내밀었다.

"강 형사, 잠시 봐도 되겠나?"

"아, 옙. 여기 있습니다, 양 박사님."

양상춘은 말없이 책을 받아 들곤 눅눅한 야산에 방치되어 쭈글쭈글한 만화책 페이지를 빠르게 넘겼다.

그건 독서를 하는 게 아닌 페이지 한 장 한 장을 살피는 동작이었는데, 거기에 무슨 의미가 있는 건지 모를 움직임이었다.

그래서 강하윤은 '3권부터 재밌어진다'고 말하려다가 관뒀다.

마지막 페이지를 덮은 양상춘이 불쑥 중얼거렸다.

"새 책이군."

"……예? 사용감이 남은 헌 책입니다만."

"아니, 그런 의미가 아니야."

양상춘은 빙긋 웃으며 주위를 둘러보더니, 삼림욕이라도 하듯 숨을 깊게 들이쉬었다가 내뱉었다.

"이래서 역시, 현장을 봐야 한다니까."

양상춘은 강하윤이 만화책을 발견한 장소와 책이 놓여 있던 모습을 재현한 뒤, 번호판을 놓곤 들고 있던 일회용 필름 카메라로 사진을 한 방 찍었다.

"이렇게, 책이 엎어진 상태로 있었댔지?"

"예, 그렇습니다."

그는 카메라 다이얼을 돌리고 각도를 달리해서 사진을 한 방 더 찍은 뒤, 사건 현장까지 정확한 보폭으로 걸어서 거리를 재곤 메모지에 숫자를 기입했다.

양상춘이 하는 양을 가만히 지켜보던 강하윤이 의아해하며 물었다.

"저, 양 박사님. 만화책이 이번 사건과 무슨 관계가 있는 겁니까?"

양상춘은 빙그레 미소 지으며 만화책을 (형식적으로)증거물 보관함에 고이 집어넣었다.

"현장 근처에 복대가 떨어져 있었거든."

"복대……요?"

"음, 그 왜, 배에다 감는……. 조폭들이 칼침을 막아 주는 방호용으로 배에 두르기도 하는 거."

그 말에 정진건이 의아한 듯 끼어들었다.

"즉, 자네 말은 현장의 누군가가 만화책을 복대로 둘러 사용했을 거다……란 의미인가?"

"바로 그거지."

양상춘이 씩 웃었다.

"내가 이 만화책이 '새거'라고 한 거 기억하나?"

정진건이 고개를 끄덕였다.

"그렇군. 야외에 방치된 것치곤 책이 눌거나 표지가 빛에 바래지 않았단 건가."

"맞아. 물에 젖은 기미가 좀 있긴 하지만…… 이건 나중에 이야기하지. 아무튼 사건이 벌어지고 한동안 현장을 들락거린 사람도 없으니, 누군가 일부러 여기까지 와서 만화책을 버리고 가진 않았을 테니까."

"흠……."

양상춘은 고개를 주억거리는 정진건에게서 시선을 돌려 그가 발붙이고 선 곳에서 만화책이 발견된 거리까지 거리를 가늠했다.

"그것도, 사건이 벌어진 뒤 누군가가 홧김에 이 만화책을 멀리, 그러니까 강 형사가 만화책을 '우연히' 발견한 곳까지 던져 버렸을 거란 의미일세."

"……."

"셋 중 누군가의 집을 뒤져 보면 분명 한 권, 만화책이 빠져 있을 거야. 나오지 않는다면 뭐, 그야말로 나로서도 어쩔 수 없고."

정진건이 고개를 끄덕였다.

"그러면 일단 박길태의 집에 현장검증을 재요청하도록 하지."

"그래 주면 고맙겠어."

공적 업무인데 감사 인사를 받을 만한 이야긴 아니라고 생각했다.

"다만."

정진건이 말을 이었다.

"자네는 그게 이번 사건 해결에 무슨 단서를 던져 준다고 생각하나?"

"결정적인 건 아니겠지만, 이걸로 내 머릿속에 남아 있던 모순 몇 가지는 풀렸지."

양상춘은 그렇게 말하며 어디론가 발걸음을 옮겼다.

그가 향한 곳에는 번호판 하나가 놓여 있었는데, 양상춘은 그 장소에 멈춰 서며 말을 이었다.

"여기서 담배꽁초 세 개가 나란히, 일정 간격을 두고 발견되었어. 아직 DNA 감식 결과가 나오기 전이지만, 여기서 담배를 피운 것이 지동훈, 김수영, 박길태 세 사람이라는 것에 내기를 걸어도 좋아."

정진건은 양상춘의 말을 들으며 손에 쥔 자료를 들췄다.

"하면 그 셋이서 나란히 선 채 담배를 태웠다?"

"음. 만일 그렇다고 하면 이 세 사람은 여기 서서 '누군가를 기다리고' 있지 않았을까? 그것도 '차에 기대어 서서' 말이지."

정진건은 잠시 생각하더니 턱을 긁적였다.

"차에 기대어 서서, 말인가?"

"올라오는 길에 느낀 거지만, 여기까지 일부러 걸어 왔으리란 생각은 들지 않더군."

양상춘의 체력 문제를 차지하더라도 그 생각은 타당했다.

"그러잖아도 지동훈의 증언에 의하면 차를 한 대 가지고 왔다는 말이 있었지. 하긴, 그렇지 않았다면 총에 맞은 김수영을 남에게 들키지 않고 집까지 옮기는 일이 쉽지 않았을 테니까."

정진건의 말에 양상춘은 고개를 끄덕였다.

"아, 혹시 박길태는 그 앞으로 등록된 자가 소유 자동차가 있나?"

"수배해 보지."

"음. 뭐, 중요한 건 그게 아니고."

양상춘이 말을 이었다.

"나는 이 자리엔 우리가 알지 못하는 제3자가 있었을 거란 생각이 들었어. 그 세 사람이 담배를 태울 동안 기다리고 있어야 할 만한 그런 사람."

"……마침 김수영의 통화 기록을 조회 중이야. 김수영은 핸드폰을 가지고 있더군."

"아, 그래?"

양상춘은 씩 웃었다.

"그러면 진위가 밝혀지는 것도 머지않았는걸. 앞으론 시간이 해결해 줄 문제야. 내가 할 일은 여기서 끝. 그럼 이만 돌아가지."

혼자서만 알았다고 일이 끝나나?

정진건이 돌아가려는 양상춘을 멈춰 세웠다.

"잠깐, 설명은 해 줘야지. 그래서 범인이 누군데?"

"범인? 그야 나도 모르지. 어쨌건 범인은 우리가 모르는 제3자야. 뭐, 굳이 덧붙이자면 김수영의 핸드폰으로 연락을 주고받으면서 지시를 이어 가고, 그 살인죄를 대신 덮어써야 할 만큼 높으신 분이겠지."

"……."

정진건과 강하윤은 어리둥절한 얼굴로 서로를 바라보았고, 양상춘은 머리를 긁적이더니 정진건에게 손을 내밀었다.

"그러면 총 좀 빌려주겠나?"

"……뭐?"

"자네가 정 궁금해하니까 검증을 해 보려고. 아, 리볼버 맞지?"

정진건이 고개를 저었다.

"안 돼."

"거참. 그러면 강 형사는?"

강하윤도 고개를 저었다.

"안 됩니다."

"……별수 없네. 입으로 설명을 때워야지."

양상춘은 어깨를 으쓱이곤 말을 이었다.

"일단 전제는 총의 주인이 박길태라는 것과 약실에 안전장치를 걸어 두었다는 것부터 머릿속에 넣고 시작하지."

양상춘은 발걸음을 옮겼다.

"박길태는 모종의 이유로 누군가에게 불려 나왔어. 무슨 일인지는 몰라. 그가 가지고 있던 카세트테이프와 연관이 있을까? 그건 알 수 없지. 내가 알 필요도 없고. 어쨌건 박길태는 이 '호출'이 자신의 신변에 위협이 될 거라고 직감했을 거야."

양상춘은 증거물 보관용으로 챙겨 둔 만화책을 손에 들었다.

"그리고 박길태는 만화책을 복대에 밀어 넣고, 리볼버를 챙겨 약속 장소로 나왔어. 아마 지동훈과 김수영은 박길태를 픽업해 여기까지 데려왔겠지."

만화책을 복대로 감아서 방호구로 챙겼다?

상황의 비약이 심한 데다 그 자체는 무의미하고 어리석은 일이라고 생각했지만, 정진건은 일단 잠자코 들었다.

현장을 모르는 반건달인 박길태라면, 어디선가 주워들은 얕은 지식으로 나름의 방비를 세운 것일지도 모르니까.

"김수영과 박길태 사이의 분위기가 좋은지는 모르겠지만, 나쁘지는 않았어. 어쨌건 그들은 같은 상표의 담배를 나눠 피우기까지 했고, 누군가를 기다리며 차에 기대 나란히 서 있었으니 말일세."

양상춘이 사건 현장을 등지고 섰다.

"그리고 제3자의 등장. 이 높으신 분이 다른 사람을 대동했는지 아닌지는 알 수 없어. 어쨌건 그는 박길태와 무언가 '거래'를 하려 했지."

"거래라."

"다시 한번 말하지만 박길태가 품속의 카세트테이프를 건네려 한 건지, 그걸 받은 건지, 아니면 이도저도 아닌 다른 물건인지, 말로만 떠들어 댔을 뿐인지, 내용까진 짐작할 수 없어. 어쨌건 박길태로서는 거절할 수 없는 제안이었을 거야."

양상춘이 주위를 둘러보더니 손가락 두 개를 펼쳤다.

"여기서 두 가지 가설이 나와. 하나는 박길태가 다짜고짜 총을 꺼내 이 제3자를 향해 겨눈 것. 하지만 약실에 안전장치를 걸어 두었다는 걸 생각해 보면 그 가능성은 조금 희박하지. 욱하는 마음에 꺼내 들었을 수도 있지만, 일단은."

양상춘은 손가락을 접었다.

"둘째는 몸을 수색하는 과정에 박길태가 가진 총이 발견되었다는 것. 복대와 만화책은 이 과정에서 빠져나왔을 거야. 총은 뭐, 외화에서 보듯 바지 뒤춤 정도에 찔러 넣었을까…… 두 가지 모두 상황은 상이하지만, 어쨌건 여기서 사건의 살해 도구가 처음으로 등장했을 테지. 여기서 잠깐 묻겠는데, 복대로 감아 둔 만화책은 실전성이 있는 물건인가?"

정진건은 고개를 저었다.

"별로. 사실상 없다시피 하지. 기습 정도는 삐끗하게 만들 수 있겠지만……."

"역시."

양상춘은 빙긋 웃었다.

"뭐, 결과적으로도 그렇고."

그 뒤 양상춘이 말을 이었다.

"아무튼 여기서 박길태의 총은 이 제3자에게 넘어갔고, 그는 박길태와 몸싸움을 벌였어."

정진건이 눈을 가늘게 떴다.

"김수영이 아닌, 제3자와 박길태가 그랬단 말인가?"

"그래. 내가 말한 김수영과 박길태의 부검 기록 기억하고 있지?"

정진건은 자료를 들추며 고개를 끄덕였고, 양상춘이 말을 이었다.

"박길태와 둘은 몸싸움을 벌였고, 그 와중 한 발, 공이가 빈 탄피를 때렸을 거라고 봐. 도중이거나 그 직전부터 몸싸움은 계속해서 이어졌고……. 강 형사, 좀 도와주겠나?"

"예?"

"그냥 내 앞에 서 있으면 돼."

강하윤은 어리둥절한 얼굴로 양상춘이 시키는 대로 했고, 양상춘은 손가락으로 총 모양을 만들어 강하윤에게 겨눴다.

"박길태와 제3자는 이런 방향으로 대치했어. 아, 방금 말했듯 이 시점에 총은 제3자의 손에 넘어간 상태지. 몸수색 도중에 빼앗았다고 보는데 아무튼, 여기선 내가 제3자 역할이야. 강 형사, 내게 총이 있다고 가정하고 여기서 총을 뺏어 보겠나?"

강하윤은 멀뚱히 정진건을 보았고, 정진건은 해 보라는 듯 고개를 끄덕였다.

그러자 순간, 강하윤의 표정이 일변하더니 안쪽으로 파고들었고, 무표정한 얼굴로 양상춘의 손목을 꺾어 바닥에 내리꽂기 직전까지 갔다.

"아야야, 스톱, 잠깐만! 강 형사, 자네는 지금 박길태란 말일세!"

"예?"

"정말이지."

강하윤이 홀드를 풀자 양상춘은 투덜거리며 어깨를 주물렀다.

"강 형사가 유단자라는 건 알았네. 하지만 여기서 박길태는 몸에 지방도 제법 낀 데다 무술에 전문 소양이 없어 보이는 인물로……. 흠, 여기서 리볼버 한 정만 있으면 검증이 쉬워지는데. 약실을 비워도 된다만."

"없이도 알아들으니 계속해."

절대로 총을 빌려주지 않겠단 정진건의 말에 양상춘은 투덜거리며 말을 이었다.

"자네들도 공용 지급화기인 리볼버의 작동 메커니즘은 꿰고 있을 걸세. 공이가 약실을 때리기만 하면 총알이 나가는 단순한 구조지. 박길태도 그걸 알고서 이 공이가 치는 걸 막으려 손바닥으로 권총을 꾹 눌렀을 거야. 그러면서 약실이

회전하지 않게끔 했거나, 공이 사이에 살점을 밀어 넣거나
하면서."

말하면서 양상춘은 바닥을 돌아보았다.

"둘은 바닥을 뒹굴며 엎치락뒤치락했겠지. 박길태는 일단
이론은 빠삭했던 모양이니, 안전장치를 믿고 총을 빼앗기만
하면 만사가 해결되리라 여겼을지도 몰라. 여기서 내가 아래
에 누웠다 치고…… 나는 김수영을 불렀어. 뭐, 빨리 떼어 내
지 않고 뭐 하냔 식이었을까? 그건 모르지."

양상춘이 자신의 가슴을 툭툭 두드렸다.

"강 형사는 내 양손을 붙잡고 머리를 여기 붙여 보게."

강하윤이 질색하며 뒷걸음질을 쳤다.

"……예?"

"검증일세, 검증. 아니면 아예 바닥에 누울까? 그것도 나
쁘진 않지만 현장을 망칠까 봐."

성희롱은 아닌 거 같지만, 그래도.

강하윤은 떨떠름해하는 얼굴을 했고, 양상춘은 머리를 긁
적이더니 어깨를 으쓱였다.

"그러면 생략하지. 아무튼 총 위치는 이랬을 거야. 박길태
는 총구를 피해 머리를 바짝 붙인 채 총을 붙잡았을 거
고……."

양상춘은 강하윤의 머리 곁에 총구를 가져다댔고, 그 어깨
너머 정진건을 보았다.

"정 형사, 가까이 와 보게. 그리고 김수영은 박길태를 떼어 놓으려 다가왔다가…… 박길태의 팔을 잡았을까? 아니면, 어깻죽지에 손을 넣었나? 뭐, 그 과정에 그만 실수로 반작용에 의해서."

빵, 하고 양상춘이 말했고, 정진건은 물끄러미 자신의 복부를 보았다.

"총이 발사된 각도로 보면 아래에서 위로 향했어. 총탄은 위로 비스듬히 김수영의 복부에 박혔거든. 아무튼 이렇게 해서 김수영은 총에 맞았고, 박길태의 고막도 찢어진 걸세. 박길태의 얼굴 옆을 타고 옷깃, 뒷덜미에 화약 잔사가 남은 것도 이때였겠지."

정진건과 강하윤이 고개를 끄덕였다. 양상춘은 그 상태에서 강하윤을 보았다.

"박길태는 머리를 울리는 소음에 멍해졌겠지? 반고리관을 뒤흔드는 충격과 이명에 정신을 못 차렸을 거야. 그리고 그 빈 틈을 타서……."

양상춘이 강하윤의 왼쪽 눈 근처에 손가락을 댄 채 빵, 하고 말했다.

양상춘은 움찔하는 강하윤을 내버려 둔 채 말을 이었다.

"박길태도 죽은 거지. 박길태는 현장에서 즉사했고."

그렇게 말하는 양상춘은 '어떤가?' 하며 의기양양해했다.

확실히, 듣다 보니 현장에 박길태, 김수영, 지동훈 세 사람만 있었다는 것보단 제3자의 존재를 가정에 두는 게 한결 더 그럴듯했다.

정진건은 잠시 생각하더니 고개를 끄덕였다.

"그럴듯하군. 하지만 증언에선 몸싸움 도중 몇 발인가 총성이 울렸다고 했는데, 자네는 두 발밖에 쏘질 않았는걸."

"음. 아마 몸싸움 도중 총이 발사되거나 하진 않았을 거야. 목격자가 거짓말을 하고 있는 것일 테지. 그것도 이 만화책 덕에 떠올린 가정이지만."

"……무슨 의미인가?"

양상춘이 대답했다.

"방금 전과는 별개로, 나도 여기 오기 전에는 목격자의 진술과 크게 다르지 않은 가정을 떠올리고 있었지."

양상춘은 어딘가 혼잣말을 닮은 말을 이어 갔다.

"정확히는 두 가설 사이에서 저울질을 했단 거지만. 당초 증언대로 현장에는 세 사람만 있었고, 김수영과 박길태가 몸싸움을 벌이던 도중 수차례 발포가 있었다……는 것으로."

양상춘은 고개를 돌려 만화책이 발견된 장소를 바라보았다.

"하지만 만화책은 현장과 동떨어진 곳에 있더군. 증거 인멸치고는 조악해. 아주 합리적이진 않지만, 이는 모든 일이 끝난 뒤 홧김에 던져 버렸다……고 생각하면 조금 합당하겠지."

과연.

어깨 힘이 좋은 사람이라면, 여기서 저 멀리 만화책이 발견된 장소까지 던지는 것도 불가능한 일은 아니었다.

그 말에 강하윤은 문득 생각났다는 듯 물었다.

"그렇다면 양 박사님께선 만화책의 존재로 말미암아 제3자의 개입설을 생각하신 겁니까?"

"그건 계기에 불과하지. 방금 전에 말하지 않았나. 두 가설 사이에서 저울질 중이었다고."

양상춘이 담담하게 말을 이었다.

"애당초 처음부터 조금 수상했어. 몸싸움 도중 5발의 잔탄을 모두 소모했다는 건 박길태에게 초탄 3발을, 빗나가긴 했지만 발사할 거리와 여유가 있었다는 의미일세. 하지만 박길태에게선 목덜미와 후두부의 화약잔사 외에 다른 흔적이 남질 않았지."

양상춘은 소맷부리가 있을 법한 맨손목을 만지작거렸다.

"그 정도라면 옷가지에 화약이 남았을 테지만, 그러지 않았으니 초탄 세 발이라는 가설이 설득력을 잃고 말아. 게다가 '첫 발'은 김수영의 복부에 박혔고, 김수영은 복부에 총상을 입은 상태로 박길태를 제압해 총을 빼앗은 뒤 박길태를 쏜 것이 되는데……."

양상춘이 손가락으로 바닥과 허공 어딘가를 잇는 가상의 선을 그렸다.

"총이 발사된 거리와 위치, 각도를 보자면 김수영은 박길태의 위에 올라타면서 총을 맞았다가 몸싸움 뒤 자세를 뒤집어서 박길태의 왼쪽 안구에 총을 쏘았다는 것이 된다네. 암만 김수영의 체구가 박길태를 압도하는 수준이라곤 하나, 무슨 터미네이터도 아니고 그건 무리가 있지 않겠나?"

정진건과 강하윤은 양상춘의 말이 그럴듯하단 생각에 고개를 끄덕였다.

양상춘은 잠시 말을 멈추고 생각에 잠기더니 발걸음을 옮기며 입을 뗐다.

"그러니 내 가설 속 제3자는 박길태를 살해한 후 나머지 3발을 쏘았다는 건데……. 다만, 여기서 내 가설이 막히더군. 시체에 대고 쏘진 않았으니 확인 사살은 아니야. 흐음, 대체 왜 그런 거지? 굳이 약실을 비울 필요가 있었을까? 지동훈을 노렸나? 아니면 헛것을 보고 총을 갈겼거나, 고양감에 휩싸여서……?"

그때 잠자코 있던 정진건이 양상춘 곁으로 다가와 불쑥 끼어들었다.

"생각만큼 대단한 이유는 아닐지도 모르지."

"응?"

"내가 보기에 이번 사건은 계획 살인이 아닌 우발적이었던 것으로 보이는군."

정진건은 손가락으로 총 모양을 만든 뒤 말을 받았다.

"한번 현장을 그려 보자고. 자네가 말한 제3자는 근접 거리에서 박길태를 살해한 뒤, 그 피와 오물을 뒤집어썼을 것이네."

"그렇겠지."

"그다음, 이 위치에서 제3자의 눈에는 박길태의 시체와 총에 맞아 신음하는 김수영이 눈에 들어오겠고."

정진건은 현장을 둘러보다가 말을 이었다.

"그자는 여기서 한차례 갈등을 하지 않았을까?"

"무슨?"

"이 시점에 김수영은 숨이 붙어 있었고, 병원에 데려가야 할 시점에서 '총상'이 원인이라면, 이 일이 우리 경찰에게 알려지는 것도 시간문제야. 어떻게 포장하건 살인은 살인인 데다, 장소와 상황 자체도 떳떳치 않은 듯하니까."

정진건은 담담하게 말을 이었다.

"그래서 생각한 걸세. 차라리 증거인멸을 해 버릴까, 하고 말이지."

"……흐음."

"하지만 이 제3자가 박길태를 불러내고 김수영이며 지동훈에게 자신의 죄를 덮어쓰게 만들 만큼 '높으신 분'이라면 그 자리에 제4, 5의 목격자도 있었을지 몰라. 이 장소가 박길태와의 '협상'을 위한 자리였다면, 차 두 대 분량, 혹은 봉고차 한 대에 탑승할 정도의 사람을 끌어모았다 치고."

정진건이 등 뒤의 경찰들을 힐끗 쳐다보았다.

"그러면 무턱대고 증거인멸을 하기엔 보는 눈이 너무 많지. '현장과 다소 멀찍이 떨어져 있었다'는 지동훈을 쏘아 맞히는 건 초보자에게 어렵고. 어느 정도는 타협을 해야 했을 거 같군. 그래서 제3자는 여기서 발을 빼기로 결심했겠지. 자신은 이 자리에 온 적이 없고, 이 모든 일은 지동훈과 김수영의 소행이었단 식으로 입막음을 시도했을 거야."

정진건이 턱을 긁적였다.

"결국 어쨌건 정당방위를 빌미로 협상을 시도해야 할 텐데, 그러자면 김수영에게 총을 넘겨주어야 한단 말이지. 그러나 약실 안에는 세 발의 총탄이 남았어."

"……."

"이때 부하가 동조하지 않고 변심할지 모르는 상황에서 자신을 향할지 모를 총탄 세 발을 남기고 건네는 건 리스크가 크지. 그래서……."

정진건이 겨눴던 손가락 총을 위로 향했다.

"그는 약실 안의 총알을 모조리 비우고 건네려 했겠지. 그렇게 아무것도 없는 허공에 탕, 탕, 탕, 세 번의 총성이 울려. 용의자는 확인을 위해 두세 차례, 추가로 방아쇠를 당기고……."

정진건이 양상춘을 보았다.

"그렇게 '안전장치'로 쓴 빈 탄피가 약실의 5시 방향으로 향하는 걸세."

"……호오."

양상춘이 고개를 끄덕였다.

"정 형사에게 프로파일링의 재능이 있는 줄은 몰랐군."

양상춘의 그 말은 비꼬는 것이 아니라 진심으로 흥미롭다는 눈치였다.

"역시 자네에게 털어놓길 잘했어. 이제야 의구점이 해소되는군. 음, 부하를 믿지 못해서 약실을 비웠다, 그거 말이 되는걸."

"……가설일 뿐이야."

양상춘이 고개를 갸웃했다.

"그런데 그 '믿지 못할 부하'에게 자신의 죄를 덮어쓰도록 한단 말인가?"

"그 심정이야 나도 범인이 아니니 모르지. 그래도 어차피 믿겨야 본전이니 나름대로 보험을 들고자 했던 건 아닐까, 싶네. 또, 어느 정도 총에 해박했다면 모를까, 일반 상식 기준으로는 그 정도로도 충분했다고 자부했을 테니까."

"헛똑똑이가 일을 그르쳤군."

정진건이 고개를 끄덕였다.

"……어쩌면, 그렇기 때문에 일부러 김수영이 죽도록 시간을 끌었던 것일 수도 있고."

"……살인자가 피해자가 되게끔?"

"그래. 그 뒤 남은 지동훈이 '목격자'에 불과하다면, 그가 덮어쓸 죄도 살인죄까진 아니니 어느 정도는 협상이 가능하다고 여겼을 테고. 뭐, 이것도 가설이야."

양상춘이 턱을 긁적였다.

"그렇군. 하늘로 날아간 총알을 찾는 건 불가능에 가까우니 증명은 안 되겠지만."

"뭐……."

정진건은 주머니에 손을 찔러 넣었다가 미간을 찌푸리더니 다시 미간을 폈다.

"아니, 잘하면 그 세 발의 총탄도 찾을 수 있을지 모르겠어."

"……사막에서 바늘 찾기가 더 쉬울 거 같은데?"

"그게 아니야. 용의자는 이번이 첫 사격이었다고 할 때……."

정진건은 허공에 사격하는 모습을 보이곤, 반동으로 움직이듯 팔꿈치를 접었다.

"그자는 총의 반동에 깜짝 놀랐을 걸세."

"반동이라."

"계주 때 허공으로 탕, 하고 공포탄을 쏘는 것과 실탄의 반동을 의식하며 허공에 쏘는 건 남다른 방어기제가 발동하지. 그러니까 범인은 이 근처, 바닥에다가 총알을 갈겼을지 몰라."

정진건의 말에 양상춘이 씩 웃었다.

"이거 한번, 금속 탐지기를 들고 주변을 찾아보는 것도 나쁘지 않겠군."

"기대는 하지 말고."

하지만 그것으로도 양상춘 '개인에게'는 충분했던 모양인지, 그는 흡족한 얼굴로 곁에 선 정진건의 어깨를 툭툭 두드렸다.

"뭐, 이제부턴 경찰의 영역이군. 지동훈에게 우리가 알고 있는 사실을 토대로 협조를 요청하면 배일에 싸인 제3자가 드러나는 것도 시간문제 아니겠나?"

"……음."

그러나 정작 정진건은 영 탐탁지 않단 얼굴로 고개를 끄덕일 뿐이었다.

양상춘이 제시한 제3자 가설이 유력한 가설로 급부상하면서 그는 남에게 말하기 힘든 께름칙한 요소가 마음에 걸린 것이다.

양상춘은 그런 정진건의 미세한 변화를 놓치지 않고 슬쩍 목소리를 낮춰 물었다.

"용의자로 염두에 두고 있는 사람이 있는 것 같군."

"……가설이야. 나도 억측이었으면 좋겠군."

정진건은 왠지, 이번 사건이 하늘에서 뚝 떨어져 내린 건 아닐 거 같단 생각을 하며 발걸음을 옮겼다.

"이만 내려가지. 할 일이 많아."

나는 유상훈의 변호사 사무실에서 그와 독대 중이었다.

"일산출판사 측에서 먼저 연락을 해 왔다고요?"

"예. 저와 한 번 만나서 밥 한 끼 했으면 좋겠다고 하던걸요."

내 말에 유상훈은 차를 홀짝이며 픽 웃었다.

"아무래도 슬슬 똥줄이 타는 모양입니다. 다만……."

유상훈은 쓴웃음을 지으며 말을 이었다.

"자세히 들여다보니 조직 내부가 생각 이상으로 고루하더군요. 왜 앉아 있는지도 모를 임원에 머리가 꽉 막힌 사람들이며……. 이쪽이 삼키기 전에 소화하기 쉽도록 저쪽에서 먼저 쳐내 주면 좋겠는데 말이죠."

그간 나 대신 협상을 이끌어 가며 데인 게 많았던지, 유상훈의 말은 거침이 없었다.

유상훈이 말을 이었다.

"애당초 일산출판사도 한창 때 이런저런 중소규모 출판사를 집어삼키며 덩치를 불려 온 곳이어서, 그 내부에 파벌 아닌 파벌이 즐비해 있었습니다."

나는 유상훈의 말을 들으며 주스를 홀짝였고, 유상훈은 혹시라도 누가 들을세라 목소리를 살짝 낮췄다.

"이건 어디까지나 제 생각입니다만, 회계장부도 수상한 점이 많더군요. 먹을 때 먹더라도 뼈랑 가시는 발라내야 하지 않겠습니까."

"흐음."

나는 잔을 내려놓았다.

'말마따나, 그야말로 계륵이군. 지금이라도 타깃을 바꿔야 하나⋯⋯.'

내 재종인 이남진의 알선으로 알게 된 일산출판사는 사업 밑천이 없던 초창기에 이용해 먹기는 좋았지만, 정작 삼키려고 보니 여기저기 문제가 산적한 그런 곳이었다.

'한편으론 그런 곳이기에 이용해 먹기 수월했던 것이겠지만.'

당초 나는 일산출판사의 기반과 노하우를 고스란히 흡수하려는 생각에 추진했던 일이었지만, 회사는 생각 이상으로 엉망진창이었다.

일산출판사가 덩치를 키우던 시절에는 각종 편법이 기승을 부렸고, 그 적폐가 남아 각종 회계조작 및 정경유착으로 기업의 모럴 해저드를 야기했다.

아니, 오히려 대놓고 눈에 띄지 않을 뿐, 그 막장 정도는 지금 이 시대가 정점을 구가하고 있지 않을까.

유상훈이 그런 나를 보며 떠보듯 슬며시 물었다.

"그래도 만나 보긴 하시겠죠?"

"예에, 뭐."

나는 소파에 등을 기댔다.

"저쪽이 이렇게까지 굽히고 나오는 이상, 이쪽도 어느 정도 체면은 세워 줘야 하니까요."

"크크크, 혹시 모르니 소화제는 챙겨 두겠습니다. 그래도 사장님이 미성년자이신 덕에 술 상무는 하지 않아도 되니 다행이군요."

유상훈은 짓궂게 웃으며 커피를 홀짝인 뒤 잔을 내려놓았다.

그 뒤, 유상훈은 지나가듯 말을 꺼냈다.

"그런데 사장님, 혹시 조광 쪽 일은 어떻게 진행 중인지 알고 계십니까?"

나는 유상훈의 말에 인상이 구겨지려는 걸 간신히 참았다.

"……얼추 주워들은 건 있습니다."

그러잖아도 마침, 나는 구봉팔로부터 그가 경찰의 소환장을 받았다는 걸 전해 들은 참이었으니까.

그날 시저스에서 헤어진 후, 조세광은 내게 '연락하겠다'고 말한 것이 무색하게 한 통의 전화도 걸지 않았다.

뭐, 나도 조세광이 예기치 못한 상황에 나를 의지하고 신뢰하리란 생각은 하지 않았고, 제 잘난 줄 아는 그 성격상 혼자서 일을 처리하려고 했으리라 짐작했다.

그래서 한동안은 일이 꼬였거나, 그가 혼자서 파이를 독차지하려는 것으로 여겼다.

그러거나 말거나 조세화를 끌어들이고 도청기를 처리한 이상, 나에겐 아무래도 상관없는 일이라 여기고 방치 중이었지만…….

'……그렇다고 사람이 죽었을 줄은.'

구봉팔이 내게 알린 바, 조광은 지금 벌집을 들쑤신 것처럼 어수선한 상황이었다.

조설훈이 힘을 쓴 것인지 아직 언론에 발표된 바는 없지만, 조광의 상층부 내에선 이미 알음알음 사람이 죽었단 이야기가 퍼진 상황이었다.

조세광의 똘마니 하나가 참조인 자격 및 용의자로 경찰에 수감되었고, 박길태가 죽었다.

그중 박길태와 '동귀어진'했다는 김수영은 나도 전생에 알고 있는 인물이었는데, 조세광의 부하 중 주먹깨나 쓴다는 놈이었다.

'전생에는 제법 승승장구하던 놈이었는데, 이번 생에선 여기서 죽어 버렸군.'

들리는 이야기론 박길태가 총을 쏘았다고 한다.

그 이야기를 들으며 나는 전생의 조세광이 이성진에게 리볼버 한 정을 선물했다는 걸 떠올렸는데, 동시에 진범은 조세광이 아닐까, 하는 생각을 떠올렸다.

'조세광은 이 시점에 이미 총을 가지고 있었나?'

하지만 구봉팔은 내가 조세광을 혐의에 올리고 있다는 것을 모른 채 전화로 말을 이었다.

「애들 말로는 평소부터 박길태가 술에 취하면 총을 가지고 있단 걸 떠들어 댔다고 합니다. 그러니 그 총은 박길태의 물건이었을 거라고…….」

흠.

어쨌건 현장에 '조세광은 나타나지 않았'고, 김수영과 박길태는 다툼 끝에 몸싸움을 벌이다가 박길태가 먼저 총을 쏘았다는 것이 구봉팔이 내게 전한 말이었다.

문제는 살해 현장이 내가 장소를 대여해 주기로 약속한 Y구 요한의 집 부속 시설 공사 현장이었단 점이었다.

'망할, 하필이면.'

결국 부지 소유주인 구봉팔은 경찰 소환을 피할 수 없게되었다.

'이미 말은 마쳐 두었고 그에게도 알리바이가 있으니 별다른 일은 없겠지만, 자칫하면 불똥이 튈 수도 있겠는데.'

아직까진 그 원인이 '도청기'에서 비롯한 것이 밝혀지지 않은 상태였지만 그것도 어디까지나 공식적으로 공표되지만 않았을 뿐, 조광의 관계자 일동은 이번 일이 어디서 시작되었는지 눈치채고 있을 것이다.

'……내가 그 자리에 동행하지 않은 건 행운일까 불운일까.'

어쩔 수 없지.

나는 유상훈에게 사실대로 털어놓기로 했다.

"……흐음."

이야기를 들은 유상훈은 짧은 신음을 냈다.

"일이 꼬이고 말았군요."

"그러게 말입니다."

나는 소파에 등을 붙였다.

"괜한 일로 불거지지만 않으면 좋겠는데요."

"일단 사장님께선 크게 걱정하실 게 없습니다. 당초 도청기 건도 사장님은 어쩔 수 없이 떠맡았던 걸 그 혈족에게 전달했을 뿐이니까요. 더군다나 그 당일분의 원본은 저희만 알고 있고, 제 입은 누구보다 무거우니까요, 하핫."

애써 농담으로 치환하려는 유상훈을 보니 사태가 마냥 순조롭지는 않을 듯했다.

내 표정이 어땠는지, 유상훈은 미소를 멋쩍은 웃음으로 고치며 말을 이었다.

"하지만 만일 상황이 그렇게 돌아갔다면, 이 일은 조설훈의 귀에도 들어갔을 겁니다. 조설훈이라면 아마 '도청기' 건을 덮고자 조지훈과 협상을 시도하겠죠."

나는 고개를 끄덕였다.

내가 조세광을 의심하고 있는 것과 달리, 표면상으론 부하들 간의 다툼으로 인한 살해 사건이다.

더군다나 비 온 뒤에 땅이 굳는다고, 외부의 위협(?)에 조광이 똘똘 뭉쳐 현 상황을 타개하려고 한다면, 내가 획책했던 조광 분열도 물거품이 될지 모른다.

유상훈은 커피를 한 모금 마신 뒤 입을 뗐다.

"결국 도청기의 존재로 인해 애꿎은 두 사람이 죽고 사라졌을 뿐, 그 자체는 이제 없던 일이 되고 말겠군요. 조지훈 입장에서도 도청기 건으로 조설훈에게 책을 잡히느니, 차라리 못 이기는 척 협상에 응할지도 모르니까요. 보관하고 있던 원본을 보는 앞에서 보란 듯 없애 버릴지도 모르고 말입니다."

"예, 이제 도청기 그 자체는 세상에 없던 일이 되겠죠. 그리고……."

은연중, 나쁘지 않은 생각이 떠올랐다.

'음?'

잘만 하면 위기를 기회로 만들 수 있을지도 모르겠다.

'조지훈이 도청한 원본을 파괴한다고 그 존재가 완전히 사라지진 않아. 그렇다면…….'

잠시 생각에 잠겨 있으려니 유상훈이 나를 물끄러미 보고 있었다.

내가 그 시선을 받자, 유상훈이 조심스레 물었다.

"달리 하실 말씀이 있으십니까?"

"예?"

"말끝을 흐리시기에…… 아뇨, 아무것도 아닙니다."

유상훈은 헛기침 뒤 말을 이었다.

"아무튼 그렇게 되면 조설훈이 사장님을 한번 호출하게 될지도 모르겠군요. 어쨌건 처음 조성광 회장으로부터 도청기를 양도받아 손에 넣은 건 사장님이셨으니까요."

"예, 뭐. 그렇게 되겠죠."

거기까지는 계획 내의 이야기였다.

애당초 나는 조세화에게 조성광을 공증인으로 둔 회담을 생각 중이란 이야기를 한 적 있었으니까.

'그것도 어디까지나 조성광이 지금도 정신이 온전해야 한다는 전제하의 이야기지만.'

유상훈이 입을 뗐다.

"만약 필요하다면 저도 사장님에게 고용된 변호사의 입장으로 동석하겠습니다."

"아뇨, 그러실 것까진 없습니다. 변호사 입장에서 위증을 하면 안 되잖아요? 유 변호사님께 그런 폐를 끼칠 순 없죠."

"아……."

유상훈이 고개를 끄덕였다.

혹시라도 내가 '원본'을 가지고 있다는 게 알려진다면, 그 때야말로 표적이 나를 향하게 될 것이다.

"입장이 입장인지라, 괜히 죄송합니다."

"아뇨. 오히려 유 변호사님의 입장 덕을 톡톡히 보고 있으니까요."

내 말에 유상훈이 웃었다.

"하핫, 예. 저는 사장님께 만 원에 고용된 몸이니까 말입니다."

웃음을 거둔 유상훈이 입을 뗐다.

"……그런데 말입니다, 사장님."

"예?"

유상훈은 주저하다가 삼켰던 말을 이었다.

"정말로, 말씀하신 김수영이란 자가 박길태를 죽였을까요?"

혹시, 유상훈도 조세광을 혐의에 두고 있는 건가?

지금으로선 그도 그저 넘겨짚고 있을 뿐이겠지만, 나는 시치미를 떼고 물었다.

"무슨 말씀입니까?"

"아뇨…… 왠지. 방금 전 사장님께서는 박길태가 말다툼 중 '우발적'으로 김수영을 먼저 쏘았다, 고 하셨습니다만……."

유상훈은 커피 잔을 만지작거렸다.

"박길태가 홱까닥 돌지 않는 한 김수영을 죽일 것까지야 없지 않겠습니까?"

"……으음."

"어디까지나 가십 삼아 드리는 말씀입니다만, 왠지 모르게 사건 현장에는 조세광도 있었을지 모른단 생각이 문득 들더군요. 만일 조세광이 박길태를 협박하면서 선을 넘는 무리한 청탁을 가했다면, 궁지에 몰린 쥐가 고양이를 문다고, 조세광에게 먼저 총을 겨눴을지도 모르겠단 생각이 들었습니다. 김수영은 그걸 지키려다가 총에 맞은 거고……."

"……."

"그야 부하들은 어디까지나 시킨 일만 하면 될 뿐이거든요. 여간해선 시키지도 않은 일을 하며 선을 넘는 일은 없을 겁니다. 해서."

거기까지 말한 유상훈은 쓸데없는 말이 많았다는 걸 자각했는지 멋쩍은 웃음으로 무마하며 개인적인 추론을 마쳤다.

"뭐, 저야 사건의 전말을 어설프게나마 알고 있으니 드리는 말씀일 뿐입니다. 너무 깊이 새겨듣지는 마시고요, 하하."

"……."

방금 떠올린 것치곤 그럴듯한 추론이군.

나는 주스를 홀짝였다.

'하긴 유상훈도 위화감을 느낄 정도라면, 다른 사람도 그렇게 여기고 있을지 모르지.'

내가 이번 사건에 발을 빼는 건 불가능했다.

하지만 관건은 내가 이번 일에 적극적으로 개입한 사실이 없게끔 만드는 것으로.

'그러려면 조지훈과 조설훈 사이에 대판 싸움을 붙여야겠어.'

그때, 안주머니에 넣어 둔 핸드폰이 우웅— 하고 진동을 울렸다.

유상훈은 그 진동음에 움찔했고, 나는 핸드폰을 꺼내 손에 쥐었다.

'누구지?'

발신자 번호 표시가 되지 않는 게 이렇게 귀찮을 줄이야.

아니, 누군지 짐작은 간다.

'조설훈이거나, 아니면⋯⋯.'

나는 전화를 받았다.

"여보세요?"

수화기 너머에선 한동안 말이 없다가, 숨을 고르는 소리 후 목소리가 이어졌다.

─여보세요? 나야, 세화.

"아, 응."

조세화였군.

조세화가 빠르게 말을 이었다.

─혹시 바쁘니? 아니, 만일 바쁘더라도 잠시만 시간을 내 주면 좋겠는

데…….

나는 그 말을 듣자마자 얼추 용건을 짐작했지만, 시치미를 떼고 물었다.

"무슨 일이야?"

─으응……. 혹시 병원에 와 줄 수 없을까 해서. 있잖아, 그거, 네가 갖고 있는 거 가지고…….

'공증인' 앞에서 회담을 진행할 작정이군.

조세화가 목소리를 낮춰 말을 이었다.

─너도 혼란스럽겠지만 지금은…….

"알았어, 갈게."

─……정말?

"그럼, 물론이지. 나도 무슨 일인지 얼추 짐작은 가니까."

─응, 알았어. 기다리고 있을게. 도착하면 전화해 줘.

나는 통화를 마친 뒤, 유상훈에게 어깨를 으쓱였다.

"일 처리가 생각보다 빠르군요."

"……예."

나는 주스 잔을 비운 뒤, 가방을 뒤적여 MP3 플레이어를 꺼냈다.

"아, 이번에 SBY에서 발표할 신곡이 나왔는데 들어 보시겠습니까?"

내 말에 유상훈은 순간 어리둥절한 얼굴을 했다가 금세 표정을 바꿔 씩 웃었다.

"이거 참 기대되는군요. 철두철미하신 사장님이 추천하시는 거라서 그런지 더 궁금해지는걸요."

"과찬입니다. 내키시면 감상평을 전해 주세요. 아 참, 그사이 잠시 통화할 곳이 있지 않나요?"

"어이쿠, 내 정신 좀 봐. 예, 물론입니다."

나는 유상훈의 개인 책상으로 가서 구봉팔의 핸드폰에 전화를 걸었다.

구봉팔은 지금 경찰서에 와 있었다.

살인 사건이 일어난 부지가 구봉팔 명의로 되어 있었으니, 경찰 입장에선 당연한 일이었다.

하지만 그렇다곤 해도 이렇다 할 혐의며 증거도 없는 상황에 다짜고짜 '합법적이고 번듯한 자선사업가인 구봉팔'을 용의자 취급할 순 없었고, 이번만큼은 구봉팔도 참고인 자격으로 소환에 응해 취조실이 아닌 탁 트인 사무소에서 경찰과 마주했다.

"바쁘신데 먼 걸음 해 주셔서 감사드립니다."

"아닙니다. 응당 와야지요."

구봉팔 앞에 티백 녹차를 내놓은 형사는 일단 표면상으로는 사근사근했으나, 눈빛만큼은 예리했다.

경찰도 바보는 아니다. 구봉팔에게는 이미 전과가 있고, 그가 운영하는 '합법적인 사업체'가 마냥 깨끗한 곳이 아니라는 것쯤은 진즉에 꿰고 있는 것이다.

하지만 그건 피차가 겉으로 드러낼 일이 아니었다.

비록 참고인은 수사기관의 출석 요구에 응할 의무도 없고, 또 참고인이 피의자로 신분이 전환되는 경우도 있다지만.

괜한 말썽이 불거지길 바라지 않는 구봉팔로서는 응하지 않을 수 없는 일이기도 했다.

구봉팔과 비스듬히 사선으로 앉은 형사는 서류를 뒤적이며 형식적인 질문 몇 가지를 던진 뒤, 본론을 꺼냈다.

"Y구에 구봉팔 씨 명의로 땅이 있던데요."

"엄밀히 말하자면 새마음아동복지재단의 법인 명의로 되어 있습니다. 다만 재단의 이사장이 저이다 보니, 누군가는 제 명의라고 볼 수도 있겠군요."

"용지 용도는 무엇입니까?"

서류로 나와 있을 텐데, 뻔한 질문은.

"보육 시설입니다."

"보육 시설이라고요?"

"예. T동에도 저희 재단이 운영 중인 보육 시설이 있습니다만, 최근 시설 확충이 필요하단 이야기가 있어서 Y구에 공사를 진행 중이었습니다."

증언 내용이 서류와 상동한 이야기임을 확인한 형사는 고개를 끄덕였다.

"그렇군요. 그런데……."

우웅—.

구봉팔의 안주머니에서 핸드폰 진동이 울리는 바람에 형사는 하려던 말을 멈췄고, 구봉팔은 보란 듯 핸드폰을 꺼내 전화를 끊은 뒤 책상 위에 올려놓았다.

"실례했습니다. 계속하시죠."

"아, 예. 그래서 Y구에……."

우웅—.

다시 진동이 울리는 바람에 다시 대화가 끊겼고, 구봉팔은 결국 하는 수 없다는 듯 진동이 울리는 전화기를 집어 들었다.

"아무래도 급히 처리할 일이 있나 보군요. 사업 이야기로 잠시 통화할 일이 있어서 그런데, 잠시 자리를 비워도 되겠습니까?"

이렇게까지 나오면 별수 없다.

더욱이 지금은 시대가 달라졌으니.

형사는 벌레 씹은 표정을 감추며 시계를 힐끗 쳐다본 뒤 억지 미소를 지었다.

"아, 예. 물론이죠. 천천히 다녀오십시오."

물론, 지금 통화는 추후 통화 기록을 조회해 누가 어디서 걸었는지를 조사하리라.

하지만 구봉팔은 내색하지 않고 핸드폰을 집어 든 채 무표정한 얼굴로 자리를 비웠다.

이건 '신호'였으니까.

정수기 곁에 선 구봉팔은 형사의 시선을 의식하며 전화를 받았다.

"……무슨 일이오?"

―아, 예. 실례합니다. 유상훈 변호사입니다. 혹시 통화 가능하십니까?

"예."

뒤이어 잠시 부스럭거리는 소리가 들리곤 유상훈의 목소리가 아닌, 어린 소년의 앳된 목소리가 이어졌다.

―복사본이 필요합니다.

복사본이 필요하다.

구봉팔은 그 말을 듣자마자 이성진이 하고자 하는 의도를 파악했다.

즉, 그건 '도청한 카세트테이프 복사본'이 필요하단 의미였다.

그 직후 통화 시간을 끌기 위해 이어진 의도적인 침묵.

구봉팔은 전화기를 든 채, 곁에 놓인 정수기에서 물 한 컵을 따라 마셨다.

'설마 이성진은 일이 이렇게 흘러갈 거라고 예상한 건가?'

그는 예전에 이성진으로부터 느꼈던, 본능을 건드리는 어떤 낯설고 직관적인 감각을 떠올리며 종이컵을 구겼다.

'……만약 그렇다고 하면, 적으로 돌려선 안 될 인간이겠군.'

어차피 지금은 상호 간에 협력 중인 관계였지만.

구봉팔은 아무 대꾸도 없는 전화기에 대고 아무 말이나 뱉었다.

"예, 그 건은 조속히 해결하겠습니다. 현재 다른 일 처리로 바쁘니 곧 다시 연락드리겠습니다."

구봉팔은 전화를 끊은 뒤, 핸드폰 주소록에 등록되어 있는 부하를 호출했다.

―예. 새마음아동복지재단입니다.

"나다."

―예. 이사장님.

문득 부하들 입에서 '형님' 소리가 나오지 않게 만드는 데든 수고로움이 생각났다.

구봉팔이 입을 뗐다.

"저쪽에서 복사본이 필요하다고 말하니까 전달할 준비를 해 둬."

―……알겠습니다.

그리고 종이컵을 휴지통에 넣은 뒤 형사가 기다리고 있는 자리로 돌아왔다.

구봉팔은 자리에 앉으며 덤덤한 얼굴로 형사에게 고개를

숙였다.

"죄송했습니다. 급히 처리할 일이 있었던 모양이어서요."

"아뇨, 아닙니다."

방금 전까지 구봉팔이 통화하는 양을 예의주시하고 있었으면서 시치미를 떼고 있다.

아무래도 형사란 직업은 어느 정도 연기력이 밑받침을 해주어야 하는 모양이라고 생각하면서 구봉팔은 입을 뗐다.

"방금 전에는 무슨 말씀을 하시려고 했습니까?"

"아, 예."

형사는 새삼스러운 얼굴로 보란 듯 서류를 뒤적이더니 사무적인 어조로 물었다.

"살펴보니 Y구에 진행 중이라던 고아원 공사가 중단된 상태이던데, 무슨 일이라도 있습니까?"

"아."

구봉팔은 태연하게 형사의 말을 받았다.

"잠시 자금 흐름이 원활치 않아서요. 공사 대금이 밀리는 바람에 일시 중단한 상황이었습니다."

"……그렇습니까?"

형사의 그 눈은 '살인 현장을 마련하기 위해서가 아니고?' 하며 묻는 듯했다.

만일 구봉팔이 경찰에 잘 보일 생각이 있었다면 진즉 자양강장제라도 몇 병 돌렸겠지만, 그럴 생각은 추호도 없었다.

시대가 바뀌었다. 설설 길 필요도, 고압적으로 나갈 필요
도 없다.

구봉팔은 그 시선에 담긴 의미를 알면서도 일부러 담담히
대답했다.

"예. 이쪽에서 사소한 착오로 불거진 일이었으니 조만간
해결될 겁니다. 혹시 그 건으로 신고가 들어왔습니까?"

"아뇨, 그런 게 아니라."

형사는 서류에서 눈을 떼더니 자못 날카로운 눈으로 구봉
팔을 바라보았다.

"Y구에 마련하신 건설 부지에서 살인 사건이 발생했습니
다."

"……그렇군요."

형사는 무덤덤한 표정의 구봉팔을 보며 슬쩍 떠보듯 말했
다.

"놀라지 않으시는군요."

"아뇨, 놀랐습니다. 그저 이 나이가 되면 느끼는 것이 필
요 이상으로 드러나지 않을 뿐이죠."

거짓말이다.

구봉팔은 이미 박길태와 김수영이 죽었다는 것을 알고 있
었고, 호들갑 떠는 연기는 익숙하지 않아 하지 않았을 뿐.

"……."

형사는 구봉팔의 변명에 잠시 눈을 가늘게 뜨더니 사무적

인 어조로 다시 입을 뗐다.

"범행 현장은 빠른 시일 내에 정리할 겁니다만, 당분간은 수사에 협조해 주시길 부탁드립니다."

"물론입니다."

여기서 구봉팔은 '비록 호들갑을 떨지는 않더라도' 지금은 물어야 할 때라고 느꼈다.

"한데 살인 사건이라니, 무슨 일입니까?"

"……조금 다른 질문을 드리겠습니다."

예상대로 형사는 대답을 피했다.

하긴, '일반인'을 상대로 수사 중인 사안을 함부로 발설할 수는 없겠지.

신경전은 여름철 귀찮은 하루살이가 들러붙는 것처럼 까다롭다. 이렇게 되니 '네가 죽였지?' 하고 고압적으로 묻던 그 시절이 그리울 지경이다.

형사가 예리한 눈으로 구봉팔을 보았다.

"지금 전무로 재직 중이신 정화물산에 오기 전, 광화상사에 몸을 담으셨더군요."

"그렇습니다."

광화상사는 '범죄와의 전쟁'이 있기 전까지 조광의 지저분한 일을 도맡아 하던 '자회사'였다.

명목상은 조광의 자회사였으나 사실상 조광의 잡다하고 지저분한 일을 도맡아 하던 곳과 다름없었고, 그런 만큼 조광도 이를 의식해 그 연결 고리는 희미했다.

하지만 형사는 보기보다 유능했던 모양인지 몇 해 전 사라진 광화상사와 조광의 접점을 찾아낸 듯했다.

'아니, 아무리 유능하다곤 해도 이렇게 빨리 내 뒷조사를 마칠 수는 없었을 터. 예전부터 조광을 예의주시하던 담당자가 있겠지.'

더군다나 거대 조직인 조광이니 당연하게도, 지금껏 경찰에 정보를 팔아넘겨 온 직 · 간접적인 쁘락치 한둘쯤은 있었다.

다만 이번 사건은 경찰 측도 헛발을 짚을 수밖에 없었다.

이번에 살해된 박길태는 경찰도 더 이상 신경 쓰지 않는 삼류였고, '도련님을 따라다니는 꼬붕 양아치'에 불과한 김수영은 감시 대상조차 아니었다.

한편으론 경찰이 반쯤 한물간 자신을 거물 취급하는 모양인 걸 보니 그들도 별 볼일 없구나, 구봉팔은 자조적인 웃음을 터뜨릴 뻔한 걸 참아야 했다.

'아무래도 이 바닥에 너무 오래 붙어 있었나 보군.'

형사가 서류를 들췄다.

"그런데 광화상사가 사업을 정리한 시기와 정화물산에 들어간 때가 일치하는군요. 더욱이 정화물산에 입사하는 것과 거의 동시에 임원으로 재직하셨는데, 어떻게 된 일입니까?"

구봉팔은 형사와 불필요한 신경전을 벌일 생각은 없었으

므로 내빼는 일 없이 '표면적인 사실'을 고했다.

"당시엔 정화물산 측이 광화상사를 인수합병하는 형태로 이루어졌습니다. 제가 일찍 임원을 달았던 건 당시 정화물산의 사장님이셨던 정기환 선대 사장님께서 저를 좋게 보셨나 보군요."

"……정화물산의 선대 사장이라면 음주 운전으로 사망하신 그분 말씀이군요."

제법 꿰고 있군.

어쩌면 경찰 측은 정화물산이 자금 세탁 용도로 쓰이고 있다는 단서까지 접근했을지도 모른다.

'기억해 둬야겠어.'

경찰이 자신을 예의주시하고 있었단 걸 알았으니, 이번 소환에 응했던 성과는 있었던 셈이다.

하지만 구봉팔은 내색하지 않고 형사의 말을 받았다.

"예. 애석한 일입니다만……. 지금은 그분의 차남인 정이수 사장님을 모시고 있죠."

그렇게 말하며 구봉팔은 미지근하게 식은 녹차를 한 모금 마셨다.

호들갑을 떠는 일이 취향이 아닐 뿐, 속내를 감추는 것쯤은 구봉팔도 남 못지않으니까.

형사는 그런 구봉팔을 '깡패 새끼 주제에 멀쩡한 직업인 척하고 있군' 하고 힐난하듯 물끄러미 보다가 툭 하고 물었다.

"혹시 예전 직장 동료분들과 연락은 주고받으십니까?"

구봉팔은 잠시 생각하다가 대답했다.

"경우에 따라선 그럴 때도 있습니다. 형사님도 아시다시피 정화물산의 최대 주주가 제 예전 직장의 모회사인 조광 그룹이다 보니, 비록 뿔뿔이 흩어졌다곤 하나 이따금 업무상 뵐 때도 있죠."

"……."

형사는 구봉팔이 이렇게까지 솔직하게 시인할 줄은 몰랐는지, 잠시 당황했다.

"그러셨군요. 그러면 혹시 박길태 씨와도 연락을 주고받으십니까?"

그래서 형사 역시 부지불식간에 박길태란 이름을 예정보다 일찍 언급하고 말았던 것이리라.

주도권이 자신에게 넘어온 거라고 생각한 구봉팔이었지만, 그 작은 승리에 도취되는 일은 없었다.

"박길태……? 잘 모르겠군요."

일부는 진실이었다.

구봉팔도 이번 일이 있지 않았더라면 그 머릿속에서 박길태란 이름을 떠올릴 일도 없었을 것인 데다, 그는 조직 내에서도 애물단지 취급받던 작자였다.

그나마 잔정 많은 조지훈이 명분상 챙겨 주고만 있었을 뿐이고 엄밀히 말하면 소속도 달랐다.

구봉팔이 그와 몇 차례 마주했던 건 광화상사에 재직하던 시절, 관광호텔 사업권 건으로 몇 번인가 만나 본 것이 고작이었으니까.

　형사가 눈썹을 씰룩였다.

　"그렇습니까? 얼마 전까지만 하더라도 같은 그룹에 속하셨는데요."

　"얼마 전이라고 말씀하시지만 벌써 6년이나 지난 일입니다. 저 역시 한때는 조광 그룹의 말미에 몸담았던 적이 있으나 변변찮은 위치였고요. 비록 지금도 정화물산이 조광 그룹과 무관계하지는 않다곤 하나 이는 어디까지나 회사와 주주 간의 관계로, 두 회사는 별개의 법인과 경영권을 행사하고 있습니다."

　형사는 저도 모르게 인상을 구기더니 서류를 들춰 박길태의 인적 사항이 표기된 페이지를 펼쳐 책상 위에 내려놓았다.

　"사진을 보면 조금 자세히 떠오르지 않을까요?"

　구봉팔은 서류를 들여다보며 잠시 뜸을 들였다가 대답했다.

　"아아, 기억납니다. 광화상사 시절 몇 차례인가 뵌 적이 있는 분 같군요."

　이번엔 그러면 그렇지, 하고 고개를 끄덕이는 형사를 보면서, 구봉팔이 물었다.

　"혹시 박길태 씨가 사람을 죽였습니까?"

"……예?"

"아, 별건 아닙니다. 방금 전 형사님께서 살인 사건을 언급하신 데다 박길태 씨의 인적 사항을 여쭤보시기에 혹시나 하고 말이지요."

"……."

형사는 생각에 잠긴 얼굴을 하고 있다가 한숨을 푹 내쉬더니 자세를 고쳐 앉았다.

사실상 관계를 시인한 상태에서 형사가 물었다.

"지난 월요일 오후 4~5시 경에는 어디 계셨습니까?"

"월요일 오후……."

역시, 박길태가 죽었던 건 그쯤인가.

떠도는 소문대로, 어쩌면 조세광이 박길태를 죽인 걸지도 모르겠단 생각이 들었다.

'아직 우리 꼬마 사장님과 사건의 접점을 만들지는 못한 모양이군.'

그것도 시간문제일 수 있겠지만, 시간을 버는 건 중요했다.

구봉팔은 잠시 생각하는 척을 하다가 대답했다.

"그때는 저희 직원들과 부동산을 알아보러 여기저기 돌아다녔습니다."

"……그렇습니까?"

사실은 박길태의 뒤를 밟고 그 애인의 집에 카세트테이프를 맡기는 걸 지켜보았지만, 부동산 운운하는 걸로 둘러댔다. 이는 여기저기 쏘다니는 구실로는 그럴듯하다.

"예, 인근 편의점에서 카드로 물건을 샀으니 조회해 보시면 나올 겁니다."

경찰은 떨떠름해하는 얼굴로 인상을 구겼다. 아마, 처음부터 그걸 물을 걸 그랬다, 하고 자책하고 있는 것일지도 모르겠다고 구봉팔은 생각했다.

물론 조회는 해 보겠지만.

형사는 머리를 긁적이더니 고개를 꾸벅 숙였다.

"바쁘신 중에 협조해 주셔서 감사합니다."

"아닙니다. 혹시 사건과 관련해 생각나는 것이 있다면 연락드리겠습니다."

몇 차례 형식적인 인사말이 오간 뒤 구봉팔의 소환 조사는 일단락되었다.

경찰서를 나온 구봉팔은 뜨거운 여름 햇볕에 눈살을 찌푸렸다.

'……덥군.'

왠지 모르게 예전, 소년교도소를 출소할 당시를 떠올렸지만.

해묵은 감상에 젖어들기엔 나이를 많이 먹었다.

재킷을 옆구리에 끼우곤, 넥타이를 풀면서 구봉팔은 땡볕 아래 주차해 둔 자신의 고급 세단에 탔다.

구봉팔은 사우나 같은 차에 앉아 시동도 걸지 않고 글러브 박스를 열어 대포폰을 꺼낸 뒤, 어디론가 전화를 걸었다.

그 시각, 양상춘의 보고서로 인해 진척이 없던 수사에 박차가 가해졌다.

박길태의 집을 재수사한 경찰 측은 중간에 한 권, 부자연스럽게 빠진 만화책을 찾아냈다.

그 자체는 별거 아닌 증거품으로 보일지 모르나, 사라진 만화책이 발견된 위치로 말미암아 양상춘이 제시한 가설은 경찰 내부에서도 고무적으로 받아들여졌고, 지동훈을 향한 탐문과 조사도 방침을 바꾸게 됐다.

한편, 유상훈의 변호사 사무실을 나선 이성진은 조광 일가가 기다리고 있는 삼광종합병원을 향하고 있었다.

강이찬이 운전하는 자동차 뒷좌석에 앉아, 이성진은 공연히 핸드폰을 만지작거리며 창밖을 바라보는 중이었다.

'스마트폰이 없다는 게 이렇게 귀찮을 줄은 몰랐군.'

인터넷이 터질 리도 없는 핸드폰을 손에 들고 만지작거리는 것은 그 영향일까.

이쯤 하면 적응이 되었다고도 생각했지만, 전생의 생활 습관이 여태 관성마냥 남아 있었던 모양이었다.

'이제 슬슬 기사가 날 때도 됐는데…….'

이성진은 지금 김기환의 인터넷 신문 기사가 업로드되기를 기다리고 있었다.

내용은 물론 저속한 삼류 찌라시지만.

진실을 알고 있는 누군가에겐 특집 기사일 것이다.

이성진이 기대하고 있는 것처럼, 관련해서 묘한 기대감에 들떠 있는 사람이 한 사람 더 있었다.

안절부절, 연신 집중하질 못하고 손목시계와 조수석 창밖을 번갈아 가며 내다보는 강하윤을 보며 정진건이 물었다.

"강 형사, 오늘 약속이라도 있나?"

"예?"

"아니, 계속 시계를 보기에. 양춘자 씨는 나 혼자서 픽업해도 되니까 정 급하면 먼저 퇴근해도 돼."

"아, 아닙니다."

강하윤이 황급히 손사래를 쳤다.

"약속이 있는 게 아니라…… 그, 오늘 기사가 올라오기로 해서 그랬습니다."

"기사? 석간신문?"

"아닙니다. 인터넷으로 기사가 올라온다고 했습니다."

인터넷으로 기사가 올라온다?

정진건은 잠시 강하윤이 무슨 말을 하는 건지 몰라 어리둥절해했다.

그런 정진건을 보며 강하윤이 멋쩍은 미소로 말을 이었다.

"그…… 왜, 있지 않습니까, 반지 건으로."

"반지……. 아하."

정진건이 의아해했던 건 그게 아니었지만.

그 대화에 뒷좌석에 앉아 있던 양상춘이 흥미를 보였다.

"결국 반지 주인을 찾은 건가?"

그들은 지금 지동훈이 있는 타 경찰서에 조사 자료를 전달하러 가는 길이었고, 양상춘은 구두로 현장을 설명해 줄 담당자가 있어야 한단 구실로 자연스레 자리에 동석해 있는 중이었다.

"예? 아, 옙. 그렇습니다."

생각해 보니 총격 사건으로 경황이 없어 양상춘에겐 아직 알리지 않았구나, 자각한 강하윤이 대답했다.

"저번엔 그 건으로 실례가 많았습니다. 양 박사님의 협조에 감사드립니다."

"뭐, 됐네. 우리 사이에 무슨."

우리 사이? 그게 무슨 사인데?

강하윤은 되묻고 싶은 걸 눌러 참으며 억지 미소를 지었다.

그러거나 말거나, 양상춘은 아랑곳하지 않았다.

"그러면 이성진이라는 꼬맹이와 그 외가인 뉴월드백화점이 힘을 써 준 모양이군."

"그렇습니다."

양상춘은 고개를 주억거렸다.

"음, 그것도 인터넷 기사라니, 나도 조만간 그런 날이 오지 않을까 싶었는데 미래는 생각보다 일찍 껑충하고 다가왔어."

양상춘이 싱글벙글 웃으며 물었다.

"그래서, 반지의 주인은 누구였나?"

강하윤은 슬쩍 정진건의 눈치를 살폈고, 정진건은 말해도 상관없다는 양 짧게 고개를 끄덕였다.

그래서 강하윤은 마음 놓고 반지의 주인과 주인을 찾게 된 경위를 양상춘에게 알려 주었다.

"……흐음, 그래서 도쿄에 있는 다이라쿠호텔의 고객 명부까지 뒤져 가며 주문 제작자를 찾았다는 건가."

양상춘의 감상에 강하윤은 고개를 끄덕여 동조했다.

"예, 서명훈 씨에겐 나중에 따로 감사를 드려야 할 거 같습니다."

"직접? 뉴월드백화점의 그 전무에게?"

"예. 음, 바쁜 분인 건 알지만 도의적으로는 그래야 하지 않겠습니까. 사실 따지고 보면 경찰에서 의뢰한 공식적인 일도 아니었고……."

양상춘이 고개를 저었다.

"아니, 그게 아니야. 물론 개인적으로 서명훈 씨에게 감사를 표하는 게 자네 마음의 빚을 더는 거라면 상관없겠지만, 이번 일은 이성진이라는 꼬맹이를 통해 전하는 게 좀 더 타당하단 의미일세. 이 일의 주체는 자네나 서명훈 씨가 아니라 이성진이었으니까."

감사를 표하려거든 이성진을 통하라?

그야 이번 일엔 이성진의 중재가 큰 영향이 있긴 했지만, 말하는 의도를 잘 모르겠다.

양상춘은 뒷좌석에 등을 기대며 피식 웃었다.

"좋네. 그러면 강 형사, 반지를 찾았단 이야기는 누구에게 전해 들었나?"

"……이성진 군입니다."

"흠, 아무래도 그 꼬맹이가 자네에게 알아낸 과정을 자세히 알리진 않은 모양이군."

"예?"

그야 전화로 전해 들었으니 아주 자세하진 않았지만, 강하윤은 이성진이 전달한 말이 어느 정도 체계성을 갖춘 보고였다고 생각 중이었다.

그리고 수소문해 보석 제작 업체를 찾고, 그 커스텀 주문을 넣은 것이 박상대였다는 걸 알아낸 건 서명훈이 아니던가.

물론 이성진에게도 고마운 마음은 있지만.

'그렇게 따지고 들면 일 처리에 힘쓴 서명훈의 부하에게까

지 감사를 표해야 할 텐데.'

그 어리둥절해하는 반응에 양상춘은 피식 웃었다.

"그게 아니라…… 흠, 이건 어디까지나 내 짐작일 뿐이니 넘겨듣게나."

"예."

"일본은 생각 이상으로 폐쇄적인 국가야. 그들이 선진국인 것과 별개로 그들이 따지는 형식과 절차는 꽤나 형이상학적이지."

양상춘이 무슨 이야기를 하려는 건지는 몰라도 시작부터 꽤나 거창했다.

"그래서 그들에게 내거는 부탁은 일정 부분 신의를 밑바탕으로 해야 한다네. 마음의 빚……이라고 하면 조금 이해하기 쉬울까."

그리고 양상춘이 어조를 바꿨다.

"과격한 일반론이긴 하나 방금 말한 걸 전제로 하고 본론으로 들어가서, 일본은 예나 지금이나 현찰을 좋아하지. 카드 리더기가 비치되지 않은 곳도 많고, 따라서 '누가 무엇을 예약'하건 간에 익명을 전제로 진행하려면 얼마든지 할 수 있단 말이야. 특히 반지의 주인이 우리가 알고 있는 그 박상대라는 인물이라면 더더욱."

양상춘이 빙긋 웃었다.

"하지만 그렇지 않은…… 아니, 그럴 수 없는 곳이 숙박업

소지."

양상춘이 말을 이었다.

"따라서 '명의'를 확실히 하려면 그쪽을 뒤져 봐야 해. 그래서 저쪽은 다이라쿠백화점의 고객 명부를 뒤져 알아낸 것일 테고. 다만 그렇다곤 해도 다이라쿠호텔 같은 초일류 호텔이 아무에게나 고객 명부를 넘겨줄 리는 만무하지 않겠나? 더욱이 아무리 체인점을 많이 가지고 있는 데다 한국까지 진출하고 있다곤 하나, 명분이야 어찌 되었건 일개 보석점이 그 고객 명부를 요구하긴 어렵지 않았을까 생각하네."

"……."

양상춘은 다시 한번 '내 짐작일 뿐'이라는 걸 강조한 뒤 말을 이었다.

"물론, 만일 여기에 서명훈이라는 자가 다이라쿠호텔을 상대로 방금 말한 그 '마음의 빚'이라는 걸 사용했다면 불가능한 것도 아니야. 하지만 그가 설령 다이라쿠호텔의 VIP라고 하더라도 고객 명부는 타인에게 쉽사리 넘겨주지 않아. 그러니 그자는 별도의 절차와 번거로운 과정을 밟았을 걸세. 그와 관련해선 내가 모르는 뭔가가 있을지도 모르지만……지금은 다른 생각이 떠올라서."

양상춘의 이야기를 들으니, 반지 주인을 찾는 일은 생각보다 쉽지 않았으리란 생각이 들었다.

그러면서 강하윤은 언젠가 '반지 조사가 생각보다 오래 걸

린다'며 속으로 투덜거렸던 일이 생각나 부끄러움에 얼굴을 붉혔다.

"……양 박사님의 말씀이 맞는 거 같습니다. 또, 말씀을 들으니 제가 생각하는 것보다 쉽지 않았던 일인 것 같습니다."

"……그렇지."

양상춘은 그 대목에서 잠시 생각에 잠겼다가 입을 뗐다.

"여기서 이성진 군의 인맥이 나온다네."

양상춘은 태연한 얼굴로 말을 이었다.

"마침 우리의 이성진 군에겐 신화호텔의 오너인 5촌 당고모가 계시지. 이미라 사장님이라고, 아주 여걸이야."

그 말에 강하윤이 눈을 껌뻑였다.

"예? 신화호텔이 삼광 그룹과 관계가 있었습니까?"

"……설마 몰랐나? 신화호텔은 삼광 그룹의 계열사라네. 하긴, '삼광호텔' 하고 명시되어 있는 게 아니니 평소에 관심이 없으면 모를 수도 있지. 여기서 신화호텔의 역사까지 들먹일 필요는 없으니 제쳐 두고."

양상춘은 어깨를 으쓱였다.

"신화호텔은 그 이미라 사장의 수완으로 일본에 진출해 적잖은 외화를 벌어들이고 있지. 일본어 독음으로는 뭐라고 하더라……. 아무튼 한자는 그대로 회사명의 신화(新化)를 써서 운영 중인데, 다이라쿠호텔과는 결연을 맺은 사이였지, 아마."

정말 별걸 다 안다고 생각하는 사이 양상춘이 말을 이었다.

"뭐, 그야 서명훈 씨와 이미라 씨는 따지고 보면 사돈 관계이고 이는 집안사람의 축에 끼울 수도 있을 테지만, 말 그대로 둘은 사돈의 팔촌 같은 사이일세. 더욱이 다른 재벌가들과는 달리 삼광 그룹과 뉴월드백화점 측은 서로가 무관한 사이처럼 선을 긋고 지낸단 말이야. 그래서 나는 뉴월드백화점과 신화호텔의 접점으로 이성진 군을 생각했지. 마침 이성진 군은 S&S라고 하는 신화호텔과 SJ컴퍼니의 합작회사까지 세웠고."

들다 보니, 강하윤은 마냥 귀엽고 똘똘해 보이기만 할 뿐인 이성진이, 일반적이지 않은 배경을 가지고 있었단 사실을 새삼스레 자각하게 됐다.

'그러게, 생각해 보면 누구도 아닌 삼광 그룹의 장손인걸. 소위 말하는 재벌가 도련님이잖아?'

배경에 비해 하는 행동거지가 친근한 데다 은근히 소탈해서 종종 깜빡하곤 했지만, 이성진은 대한민국 재계 서열의 한 손에 꼽히는 삼광 그룹의 도련님이었다.

'왠지 현실감각이 마비되어 있었던 기분이야.'

강하윤은 저도 모르게 마른침을 꿀꺽 삼켰다.

"……그러면 성진이, 아니 이성진 군이 그 친척분에게 부탁해서 명부를 손에 넣었단 말씀인가요?"

"아무래도 그럴 거 같단 게 내 생각이네."

양상춘이 빙긋 웃었다.

"그러니 강 형사가 이왕 감사를 표할 거라면 먼저 우리 이성진 군에게 하는 것이 좋지 않겠는가, 하는 것이고."

"……예."

결과만 따지고 보아도 대단한 일인데, 과정까지 짐작하니 강하윤은 이번 일에 상상 이상의 수고로움이 들었다는 사실을 깨달았다.

"그보다 나도 인터넷에 어떤 내용의 기삿거리가 올라갔을지 신경이 쓰이는군."

양상춘이 말을 이었다.

"정 형사, 마침 시내를 지나가는 중이고 하니 자네만 괜찮다면 강 형사는 한강 변사체 사건을 수사하도록 인력을 분산하는 게 어떤가?"

지금껏 묵묵히 운전대를 쥐고 있던 정진건이 양상춘의 말을 받았다.

"근처에 인터넷이 되는 곳이 있나?"

"그러잖아도 요즘 PC 보급률이 늘어나면서 거리엔 '인터넷 카페'가 생겨나는 중이지. 총격 사건 수사 협조는 우리 둘만 움직여도 되고, 강 형사에게는 그 못지않게 중요한 한강 변사체 사건 조사를 맡겨도 되지 않겠나, 해서."

"……하긴."

정진건은 군말 없이 비상등을 켜고 차를 갓길에 세웠다.

"다녀와."

"예? 그래도 괜찮겠습니까?"

정진건이 고개를 끄덕였다.

"그것도 중요한 일이니까. 겸사겸사 인터넷으로 박상대를 조사해 볼 수 있다면 그렇게 하고."

"알겠습니다. 그러면……."

나름대로 생각하는 것이 많은지, 차에서 내린 강하윤은 방금 전처럼 들뜨지도 안절부절못하는 것도 아닌 어조로 고개를 숙였다.

"나중에 뵙겠습니다."

나중에 뵙겠다고 하는 걸 보니 함께 야근을 할 모양이라고 생각하며 정진건은 기어를 넣었다.

얼마간 차를 몰았을 때, 정진건이 입을 뗐다.

"그래서?"

"뭐가?"

히죽 웃는 양상춘을 백미러로 살핀 정진건이 다시 물었다.

"굳이 여기서 강 형사를 인터넷 뭐시기로 보낸 건, 강 형사를 배제하고 내게 묻고 싶은 게 있었던 건 아닌가?"

양상춘은 머리를 벅벅 긁었다.

"뭐, 그렇지. 아무래도 젊은 친구들은 감정에 휩쓸려 공사를 혼동하기 쉬우니까."

정진건이 무표정한 얼굴로 그 말을 받았다.

"그렇게 따지면 나 역시 이성진이랑 개인적인 친분이 있는 셈인데?"

단도직입적으로 이성진을 화두에 올렸으나, 양상춘은 태연했다.

"자네는 젊지 않잖아."

"……뭐, 그야."

젊음이란 상대적인 것이지만, 정진건도 양상춘의 말을 부정하지 않았다.

양상춘은 뒷좌석에 등을 붙인 채 툭 하고 물었다.

"그래서 이성진이라는 꼬맹이는 대체 뭐 하는 녀석인가?"

그건 정진건도 궁금할 지경이었다.

그 범상치 않은 신분은 둘째 치더라도, 이성진은 어딘가 기묘한 녀석이었다.

"삼광 그룹의 장손이며 SJ컴퍼니라는 회사를 경영하는 사장, 내 딸의 학급 친구."

정진건이 담담히 말을 이었다.

"……또, 자네도 느꼈다시피 오지랖이 넓은 녀석이지."

"아니. 이건 '오지랖이 넓다'고 운운할 정도가 아닌데."

양상춘이 말을 이었다.

"왠지 모르게, 그 꼬맹이는 마치 모든 걸 알고 있단 느낌이 들지 않던가?"

"……."

처음부터 모든 걸 알고 있었다.

그건 정진건도 줄곧 생각하고 있던 이성진에 대한 위화감 중 하나였다.

"이를테면 마치……."

양상춘은 눈을 가늘게 뜨며 중얼거렸다.

"한강 변사체 사건의 범인이 누구인지, 그 대상을 처음부터 정해 두고 움직인 것 같더군."

그 역시, 정진건도 어느 순간부터인가 느끼고 있던 부분이었다.

"……."

정진건은 짧은 침묵 뒤 물었다.

"느낌뿐인가?"

"뭐, 그뿐만은 아니야."

양상춘이 말을 받았다.

"방금 전 자네도 들었다시피 반지의 주인을 찾는 일은 제법 까다로웠을 거야. 단순히 생각해도 이번 일은 뉴월드백화점 선에서 반지의 브랜드를 찾는 선에서 그쳐도 탓할 사람은 없었다. 하지만……."

양상춘은 말끝을 흐리곤 한숨을 섞어 내뱉었다.

"결과적으론 우여곡절 끝에 주인을 찾았어. 그러나 과정으로 보자면, 단순히 이성진의 오지랖이 넓었다는 수준에서 웃고 넘기기엔 수고로움이 심했지.”

양상춘은 ‘선을 넘는 일이었다’고 중얼거리며 말을 이었
다.

“그래서 내 느낌에 반지의 주인을 찾았던 그 과정은 이미
반지의 주인이 누군지 알고 있는 상태에서 수사기관에 물증
과 확신을 주기 위해 움직인…… 확증편향의 편집증마저 느
껴진단 말일세.”

“……”

“그래서 잠깐 생각하기론 이성진이 박상대와 무슨 원수라
도 진 건 아닌가, 하는 생각마저 들었을 정도야. 뭐, 아직 중
학생도 되질 않은 꼬맹이가 그럴 일은 없겠지만.”

정진건은 아무 대답도 하지 않았다.

“그래서 이성진의 배후에 있는 무언가가 그룹 차원에서 박
상대를 배제하는 것이라고 하면, 차라리 말이 되겠지. 그런
데 박상대란 인물이 그렇게까지 거물인가?”

“……어떤 의미에선 그렇기도 하고, 한편으론 그 정도까
진 아니야.”

뒤이어 정진건이 박상대가 누구인지에 관해 설명해 주자
양상춘이 고개를 주억거렸다.

“그렇군. 그래서 거물이기도 하고 아니기도 하단 의미였
나. 야당 국회의원의 예비 사위라는 건 언제든 교체 가능한
여왕벌 같은 존재보다 아래의 수벌에 불과하니까.”

정진건은 양상춘의 말마따나 박상대가 거물인 것은 맞지만, 삼광 그룹 차원에서 나설 만큼 대단한 인물은 아니란 생각을 했다.

'나중에 거물이 될 여지가 있다고 한다면 모를까. 그 정도까지 앞날을 내다보고 한 일은 아니겠지.'

정진건이 생각하는 사이, 양상춘이 히죽 웃으며 말을 이었다.

"그게 아니라면 그거군. 사춘기 꼬맹이가 강 형사의 미인계에 홀라당 넘어가 버린 거 아니겠나?"

"……뭔 소리야?"

"강 형사, 꾸미질 않아서 그렇지 미인이잖아. 이번 오지랖이 소년의 그 연심에서 기인한 거라면 그나마 말이 된다고 생각하지 않나? 그 나이대 남자애들은 연상의 여인을 향한 리비도와 환상에 휩싸이기 쉬운 존재니까."

"……."

아무리 그래도 왠지 그것만큼은 아닐 듯했다.

"농담치곤 과하군. 그런 추측은 자네답지도 않고."

정진건의 핀잔에 양상춘이 어깨를 으쓱였다.

"그만큼 이번 일에 선을 넘어 가면서 개입한 꼬맹이의 동기가 불확실하단 거지. 나야 이성진을 실제로 만나 본 적도 없고, 아는 것은 어디까지나 서류상으로 기재 가능한 요소뿐이니까. 물론 마냥 선량함과 의협심에 했을 수도 있고, 단순히 입으로 뱉은 말은 지키겠단 자존심 문제일 수도 있어. 하나 나로서는 이렇게까지 해서 이성진이 얻을 게 뭐가 있는지 모르겠단 말이야."

정진건도 차라리 양상춘의 터무니없는 억측에 고개를 끄덕여 버리고 싶단 충동에 휩싸였다.

하지만 백번 양보해서 양상춘의 추리가 맞아떨어진다고 해도, 정진건이 알기로 이성진은 '업무상 필요한 일'이 아니면 강하윤에게 연락을 넣는 일이 없었다.

그가 강하윤에게 가장 최근에 연락을 넣은 것도 어디까지나 반지의 주인을 찾았다는 용건이 있어서 전화를 걸었을 뿐이었다.

'오히려 강 형사가 다소 서운해했을 정도니까.'

한편으론 양상춘의 말마따나 이번 일로 이성진이 얻을 건 없다. 굳이 찾자면······.

'······아니지. 이것도 억측인가.'

정진건은 생각난 김에 물어보았다.

"양 박사 자네, 혹시 새마음아동복지재단에 대해 알고 있나?"

"새마음아동복지재단?"

"요한의 집을 후원하고 있는 곳인데."

그 말에 양상춘이 고개를 끄덕였다.

"아, 그렇게 말하니 알 것 같군. 요한의 집. 공교롭지만 이번 총격 사건이 발생한 곳도 마침 그곳 확장 부지였지?"

"맞아."

"더군다나 요한의 집은 정 형사에게 컴퓨터 사기를 칠 뻔한 녀석의 출신이던 곳인 데다 현재 강선이라는 꼬마를 위탁 중인 곳이지."

"……음. 그것도 맞고."

거기까지 말한 양상춘이 눈을 가늘게 떴다.

"우연치곤 공교롭군."

"그래. 하지만 만약 우연이 아니라면?"

정진건의 말에 양상춘은 턱을 긁적였다.

"총격 사건이 있었던 장소 선정에 무언가 필연의 건더기라도 있단 건가?"

"음. 자네가 알까, 모르겠지만…… 새마음아동복지재단은 조광 그룹과 무관하지 않거든."

조광 그룹.

양상춘이 계속해 보라는 양 정진건을 힐끗 쳐다보았고, 정진건은 말을 이었다.

"저번에 강선이를 요한의 집에 맡길 때 조사해 봤지. 그러니까 새마음아동복지재단은 정화물산이 주축이 되어 설립한 곳인데……."

정진건은 다소 복잡하게 꼬여 있는 정화물산과 조광 그룹 간의 관계를 간략히 설명했고, 설명 말미엔 그 중심축에 있는 구봉팔의 이름을 거론했다.

"……지금쯤이면 부지 소유주인 구봉팔의 소환 조사가 끝났겠군. 물론 논리적으론 한강 변사체 건과 총격 사건 둘은 별개의 사건으로 취급하는 것이 옳겠지만……."

"그러니까 자네는 즉, 그 두 사건에 조광 그룹이 어떻게든 교집합적 연결 고리가 있다는 건가?"

"……굳이 끼워 맞추자면 그렇다는 거지."

이번 총격 사건은 따지고 보면 조광 그룹의 관계자 사이에서 벌어진 일이었다.

또, 그보다 이전 한강 변사체 사건은 어디까지나 강선을 위탁한 요한의 집과 관계가 있을 뿐이니 연결점이 희미하긴 하나 '전혀 무관한' 곳은 아니었다.

하지만 그렇다고 해서 양상춘이 알기로 한강 변사체 사건을 조광 그룹과 엮기에는 억지성이 짙었다.

"그건 너무 끼워 맞췄군. 한강 변사체 건은 그냥 어쩌다 보니 자네나 이성진이 알고 있던 요한의 집에 갈 곳 없는 꼬마를 위탁해 준 것밖에 되질 않아."

"마냥 거기서 강선이를 맡아 주어서 하는 이야기가 아니야. 실은……."

비록 수사가 중단되긴 했으나 정화물산과 새마음아동복지재단은 조광의 조세 포털로 이용되었을지 모른단 의혹이 있는 곳이었다는 걸, 정진건은 개인적으로 알고 지내는 형사에게 전해 들었다.

그리고 해당 자금은 거미줄처럼 뻗어 있는 각종 시민 단체를 향했고, 개중엔 야당 국회의원과 연결점이 있었다는 것과 박상대가 서울시장 비서직을 수행하며 관리해 온 단체도 있었다는 것까지.

그러니 박상대는 조광 그룹과 모종의 유착 관계가 있었으리라고, 정진건은 조심스럽게 추론했다.

또, 거기에 더해서.

"……4월에 있었던 총선에서 박상대는 부자연스럽게 후보직을 내려놓았어. 인터뷰 내용은 경험 미숙을 들먹이긴 했지만…… 그땐 이미 무언가 약점을 잡힌 것은 아니었을까."

"약점?"

"음. 만약 그 약점이라는 것이 박강선과 지금은 '실종된' 정순애라고 하면, 어떤가."

양상춘이 픽 웃었다.

"자네치고는 과감한 억측인걸. 어느 정도 확증편향이 느껴질 정도야."

양상춘의 그 웃음은 정진건의 추리를 비꼬거나 폄훼하려는 의도로 지은 것이 아니었다.

"하지만 정순애가 박상대의 옛 연인이며 박상대와의 사이에서 박강선을 낳았다고 하면, 야당 대표의 예비 사위인 박상대에겐 치명적인 스캔들이겠군."

양상춘의 말에 정진건이 고개를 끄덕였다.

"맞아, 바로 그거지. 정순애라는 약점을 잡힌 박상대는 '어쩌면 당선됐을지도 모를' 지역구 후보를 사퇴한 후, 정순애를 불러냈다. 그리고…….."

양상춘이 정진건의 말을 받았다.

"시체에 남은 교살 흔적으로 보았을 때, 박상대는 우발적 살인을 저질렀다. 이후 박상대는 그 시체를 처리하기 위해 누군가에게 도움을 요청…….."

"음."

"그러잖아도 내게 반지를 가져왔을 때 강 형사가 내게 말하기로 '범인이 우발적 살인 이후 시체의 처리를 위해 하수인을 부렸을 것'이라는 추론을 내놓은 적이 있었지."

말을 이으며 양상춘은 눈을 반짝하고 빛냈다.

"그 '하수인', 아니 여기서 두 집단 간의 상하 관계를 확정해 논하긴 어려우니 그 명칭은 배제하도록 하지. 아무튼 박상대로선 '지저분한 일'을 처리해 줄 사람이 필요했고, 그게 사실상 조폭이나 다름없는 조광이었다는 건가?"

"……물증은 없지만 지금으로선 그런 일을 맡길 만한 단체로 조광이 유력한 후보 중 하나지."

"……그렇군."

정진건이 말을 이었다.

"생각해 보니 총격 사건을 엮은 건 좀 억지였던 거 같아.

이번 생각에 계기를 던져 준 건 맞지만 그, 뭐지, 자네가 말하는 독립시행? 그런 걸 수도 있으니까 신경 쓰지 말게. 시기가 공교롭다면 공교롭긴 하지만……."

정진건이 힐끗 백미러로 양상춘을 살폈으나, 양상춘은 그답지 않게 가타부타하는 일 없이 침묵하고 있을 뿐이었다.

'무언가 생각하는 게 있는 건가.'

정진건은 양상춘이 생각에 잠겨 있는 사이 얌전히 차를 몰았고, 차가 신호 대기 중일 때 양상춘이 중얼거렸다.

"카세트테이프."

"뭐?"

"카세트테이프. 박길태의 품에는 카세트테이프가 있었어. 만약 그게 조광과 박상대 사이의 유착 및 정순애의 죽음과 관련한 단서라고 하면, 박길태를 살해한 것도 얼추 앞뒤가 맞아떨어지겠군."

"……음."

"어쩌면 박길태가 변사체의 시체 훼손을 했던 것일 수도 있고, 관련한 내용의 도청 기록을 가지고 있었을 수도 있어."

머릿속의 안개가 조금, 걷히는 기분이었다.

정진건이 양상춘의 말을 받았다.

"과연. 이번에 죽은 박길태는 그와 관련해 약점을 쥐고 있었고, 조광 측은 박길태를 죽여 입막음을 하려 했던 건가?"

양상춘이 어깨를 으쓱였다.

"그야 모르지. 두 사건은 그저 우연히 시기와 단체가 맞아 떨어졌을 뿐인 사건일 수도 있으니."

그렇게 말할 줄 알았다.

"그런가."

한편, 말로는 신중을 기해야 한다며 부정하고 있었지만, 백미러 속 양상춘의 표정은 실마리를 쥐었던 얼굴이었다.

양상춘이 말을 이었다.

"하지만 자네 말대로라면 강력반 하나둘 정도가 달라붙어서 해결될 일이 아니겠군. 아무래도 별도의 조직을 만들어야 될지도 모르겠는데? 조광의 회계장부도 뒤져 봐야 할 테고, 혹시 모를 야당의 방해 공작도 커버 쳐 줘야 하니까."

"뭐…… 일단 지금도 관할 구역이 다르니 아무래도 어느 정도 긴밀한 협조는 유지해야겠지."

이 시대엔 아직 소위 광수대(광역수사대)라 불리는 조직이 생기기 전이어서, 마땅한 명칭이 없던 때였다.

하지만 양상춘은 명칭이야 어찌 되었건 알 바 아니라는 듯 말을 이었다.

"이 정도면 검찰 영감님들도 군침을 흘리겠어. 잘만 하면 정치 스캔들로 번질 수도 있으니 야당에서도 흥미를 보일 테고, 나도 방해받는 일 없이 유전자 검사 승인을 받아 낼 수 있겠군."

양상춘은 드디어 유전자 검사라는 신기술을 실험해 볼 수 있겠다며, 장난감을 앞에 둔 아이처럼 흥분하고 있었다.

정진건은 그런 양상춘의 태도를 내색하지 않으며 쓴웃음을 지었다.

"……그것도 전부 지금으로선 전부 억측에 불과해. 물론 오늘 밤부터는 또 모르겠지만."

"오늘 밤?"

정진건이 고개를 끄덕였다.

"목격자를 확보해 뒀거든. 실종된 정순애의 지인이야. 강선이가 그 존재와 연락처를 알려 주었지."

"오호라."

"물론 그 전에 할 일을 해 둬야지. 청장 선까지 보고가 올라갈지 모르니까 브리핑 준비도 해야 할 테고……. 한동안 바쁘겠군. 조광 쪽에도 사람을 몇 명 붙여 둬야 하겠고."

운전대를 쥔 정진건의 손아귀에 힘이 들어갔다.

그때 양상춘이 툭 하고 입을 뗐다.

"……그리고 우리의 이성진 군은 처음부터 일이 이렇게 되리란 것을 알고 있었다는 걸까."

"……."

정진건은 침묵 끝에 말을 받았다.

"……거기까진 말하지 않았어. 하지만 그렇다고 하면, 그건 그것대로……."

"……."

과연 이성진은 이번 일을 어디서 어디까지 알고, 어느 선
까지 개입해 있었던 것일까.

'마냥 오지랖을 부려 선량한 조력자로 남아 준 것이었다면
좋겠지만.'

여기서 정진건은 최악의 경우는 상상하지 않기로 했다.

4장

병원 주차장에는 검정색 세단이 '유독' 많이 보였다.

"사장님, 도착했습니다."

"예."

내가 차에서 내리려고 할 때, 강이찬이 입을 뗐다.

"사장님, 그런데 병원에는 어쩐 일이십니까?"

나는 차에서 내리려다 말고 강이찬을 물끄러미 바라보다가 미소를 지었다.

"병문안이에요."

"……그렇습니까."

강이찬은 어딘가 석연치 않다는 듯 중얼거리더니 재차 말을 이었다.

"……사장님만 괜찮으시다면 동행해도 되겠습니까?"

나는 그에게 이대로 대기하란 말을 할까 하다가, 뒷좌석에 도로 등을 붙였다.

평소의 그는 내게 이런 '부탁'을 한 적이 없다.

"……."

운락정 회담 이후, 나는 내 행동거지가 어딘가로 새어 나가고 있다는 걸 자각하고 있었다.

강이찬은 그중 유력한 끄나풀 후보였다.

다만, 강이찬이 내 부하이기 이전에 누군가의 끄나풀이건 아니건, 지금은 일단 그가 내 안전을 우선시해 주고 있다는 것쯤은 나도 알 것 같았다.

'비록 강이찬이 누군가의 끄나풀일지라도, 내 적은 아니야. 아직은.'

그를 운전기사로 고용하고 몇 차례 이야기를 나눠 본 결과, 강이찬은 제법 믿음직한 사내였다.

생각해 보면 운락정 때도 이휘철과 곽철용의 개입이 없었다면 나는 꼼짝없이 최갑철의 페이스에 말려들어 탈탈 털렸을 것이다.

'그것도 어디까지나 결과론이지만.'

한편, 내가 전예은을 '조금 더 믿어 보자'고 생각한 이후 그녀가 내게 강이찬에 관해 알고 있는 정보를 털어놓지 않은 건 전예은 나름대로 강이찬이 내게 무해하단 판단을 내린 것이리라 생각 중이었다.

'……즉, 강이찬이 누군가의 끄나풀이라 하더라도 그 행동에 악의는 없다고 봐도 되겠지. 아니면 그 스스로도 끄나풀 노릇을 하고 있다는 자각이 없거나.'

더군다나.

'내가 갈 조성광의 병실이 마냥 안전한 곳은 아니긴 해.'

거기서 유혈 사태가 일어날 가능성은 희박하지만 사람의 감정은 때때로 이성을 앞서 충동적으로 발화되곤 한다.

그 장소에 조설훈만 있다면 모를까, 조지훈이나 조세광의 경우는 만에 하나를 생각해 둘 필요가 있는 것도 사실.

입으로 직접 뱉진 않았지만 강이찬은 병원에 맴도는 위화감 가득한 부자연스러운 공기를 읽어 내고 있는 것이리라.

나는 짧은 생각 끝에 입을 뗐다.

"좋습니다. 가시죠."

"예."

강이찬은 나를 태운 채 차를 주차한 뒤, 나를 따라 차에서 내렸다.

병원 앞에는 조세화가 나를 기다리고 있었다.

"왔어?"

그러면서 조세화는 내 뒤에 선 강이찬을 힐끗 살폈고, 나는 일부러 대수롭지 않게 말했다.

"나도 수행원이 있으면 폼 날 거 같아서."

"……뭐래."

떨떠름해하는 얼굴로 핀잔을 놓긴 했지만, 조세화도 바보는 아니다.

그녀 역시 병원을 맴돌고 있는 불온한 공기와 그 원인을 알고 있다.

병원 곳곳에는 이미 정장 차림의 험상궂은 사내들이 띄엄띄엄 무리 지어 서성이고 있었고, 일반 고객들은 괜스레 그 눈치를 살피며 수속을 밟는 중이었다.

'이 새끼들, 설마 병원에서 싸우려고 그러는 건 아니겠지?'

그래도 여기서 싸우면 응급실이 바로 붙어 있으니 다행이지 않을까.

뭐, 그랬다간 즉각 콩밥을 먹겠지만.

'어쩌면 저 중엔 잠복 중인 경찰이 섞여 있을지도 모르고.'

조세화는 의식적으로 강이찬에게서 시선을 거둔 뒤 자연스럽게 내 팔짱을 끼며 나를 이끌었다.

"수속은 마쳐 뒀어. 들어가기만 하면 돼."

지나가는 길, 나와 조세화를 힐끗거리며 살피는 여러 시선을 의식하면서 나는 태연히 물었다.

"그 전에 일이 어떻게 돌아가고 있는지 정도는 귀띔해 줘도 되잖아?"

그녀는 팔짱 낀 팔에 살짝 힘을 주며 목소리를 낮췄다.

"병실에 작은아버지가 계셔. 아빠는 아직 안 오셨고. 물론 곧 오실 거야."

역시, 조지훈도 온 건가.

나는 조세화의 희미하게 떨리는 손등을 툭툭 두드려 주었다.

"괜찮아, 걱정할 거 없어. 상정 범위 내의 일이야."

"……응."

조세화는 그제야 슬며시 팔짱을 풀었다.

그녀를 안심시키기 위해 '상정 범위 내의 일'이라곤 했지만, 사실 이번 일은 내가 상정하던 일 바깥의 일이었다.

'나도 박길태가 죽을 줄은 몰랐지.'

어쩌면 조지훈은 이번 일을 두고 조설훈이 시그널을 보낸 것이라 생각 중일지도 모른다.

박길태 자체는 별 볼일 없는 삼류 건달인 모양이지만, 문제는 그가 조지훈의 명령을 받아 수행 중인 임무 내용이었다.

그러니 조지훈 역시도 지금, 조설훈에게 도청기 건이 유출되었다는 걸 직감하고 있으리라.

'그러니 오늘만 사는 조지훈은 제 사람을 여기저기 심어 두는 것으로 유세를 떠는 것일 테고.'

조설훈과 조지훈 사이에 항쟁이 일어나는 건 개인적으로는 바라 마지않는 일이었지만, 장소가 문제였다.

'괜히 나한테까지 불똥이 튀면 곤란해지지.'

그러니 혹시 모를 유혈 사태를 미연에 방지하고자 제3자이며 절대 건드려선 안 될 나를 부른 것이겠지만.

VIP실로 향하는 엘리베이터에서도 우리는 한동안 아무런 말도 없었고, 엘리베이터에서 내리니 복도 끝 병실 앞쪽에 덩치 두어 명이 부동자세로 서 있었다.

'조세광이 낄 자리는 아니니, 각각 조지훈과 조설훈 쪽 애들이겠군.'

그들은 엘리베이터에서 내린 우리를 경계하는 눈빛을 보냈다가 조세화를 보며 슬며시 긴장을 풀었다.

조세화는 나를 데리고 병실까지 성큼성큼 걸었다.

"손님이에요."

덩치들은 나를 따라온 강이찬에게 노골적인 시선을 던졌으나, 강이찬의 몸짓은 일체의 변화도 없이 자연스러웠다.

여차할 때 마음만 먹으면 여기 있는 모두를 제압할 수 있다는 확신이 있는 걸까.

전생에도 싸움질은 내 분야가 아니었으니 잘 모르겠지만, 서당 개 삼 년이면 풍월을 읊는다고 평소에도 강이찬의 중심축에 흔들림이 없더란 것쯤은 보였다.

'따지고 보면 강이찬은 이쪽의 프로니까.'

저들도 조직 내에선 나름 한가락 하는 인물들을 엄선한 것이겠지만, 조광이 대놓고 무력을 사용하던 때는 이미 옛날 일이었다.

조세화는 심호흡을 한 뒤, 똑똑, 병실 문을 노크했다.

"저예요, 세화. 성진이를 데려왔어요."

달각, 문이 열리고 얼굴에 칼자국이 난 멧돼지 같은 사내가 모습을 드러냈다.

그는 나를 힐끗 쳐다보았다가 가만히 서 있는 강이찬을 노골적으로 쳐다보았다.

"……."

전생에도 본 적은 없었지만, 그가 누구인지는 그 인상착의만으로 단박에 알 수 있었다.

조지훈.

그는 여러 무용담이 있는 사내였다.

'조세광은 이런 인간을 상대로 협박, 아니 협상을 하려 했단 건가.'

그런 걸 보면 조세광도 인물은 인물이었다.

동시에 나는 강이찬의 손이 그 바짓단쯤에서 살짝 움직이는 걸 의식했다.

'강자는 강자를 알아보는 법……인가?'

무협지도 아니고.

하긴, 조지훈의 저 솥뚜껑 같은 손이 내 따귀를 한 번만 갈겨도 지금의 나는 한 방에 죽을 자신이 있었다.

물론 그럴 일은 없겠지만.

'아니, 그보단 강이찬을 보지 말고 나를 보라고.'

나는 둘 사이에 괜한 시비가 붙기 전 먼저 손을 내밀었다.

"처음 뵙겠습니다. 이성진이라고 합니다."

"……흠."

그제야 조지훈은 시선을 아래로 내려 나를 보더니, 내 악수를 받았다.

"오느라 수고했다. 세화 삼촌인 조지훈이다."

조지훈은 내 손을 가볍게 잡고 흔들었을 뿐인데, 그것만으로 몸이 들썩이는 것 같았다.

'왠지, 조지훈은 듣던 것 이상일 거 같군.'

나는 생각한 바를 내색하지 않은 채 미소 띤 얼굴로 대답했다.

"아니에요. 제가 늦은 건 아니죠?"

"별로. 형님도 아직이고. 들어가서 기다릴래?"

생긴 거랑은 다르게 제법 상냥하다.

"네, 그럴게요."

조세화가 끼어들었다.

"그러면 저도……."

"아니. 세화 너는 거기 있어."

조지훈이 고개를 저었다.

"남자들끼리 할 이야기가 있어서 그런 거니까."

"……네, 작은아버지."

"아니면 저 아래에서 놀고 있든가. 그럼."

조지훈은 내 등을 가볍게 툭 두드렸다. 그 별것 아닌 동작만으로 뼛속이 울렸다.

나는 인상을 찌푸리고 싶은 걸 참으며 강이찬을 돌아보았다.

"잠시 기다려 주세요."

"예."

강이찬은 조지훈에게서 시선을 떼지 않은 채 대답했고, 나는 조지훈을 따라 병실로 발을 들였다.

병실은 저번에 왔던 때와 아무런 변화도 없이 그대로였다.

아니, 변화는 있었다.

저번에 조세화가 가져다 놓은 화병 속 꽃이 다소 시들해 있었다.

그리고 탁자 옆에 놓인, 잠금장치가 있는 양철 여행 가방이 하나.

'저게 그 카세트테이프인 모양이군.'

저걸 이 자리에 가지고 온 건가.

조지훈은 병석으로 다가가 조성광에게 말을 건넸다.

"아버지, 이성진이라는 꼬마가 왔습니다. 저번에 왔던 애요. 너도 인사해."

지금은 왠지 깨어 있는 것 같지 않았지만, 일단.

"오랜만에 뵙습니다. 이성진입니다."

조성광은 미동도 없었다.

하지만 조지훈은 내 인사에 흡족히 웃었다.

"주무시나 보군. 형님이 올 때까지 기다리자고. 녹차랑 주스, 뭐로 할래?"

"주스요."

"좋아. 그럼 저기 앉아 있어."

나는 그가 시키는 대로 했다.

내가 VIP 병실 탁자 위에 놓인 화병을 바라보고 있으려니, 조지훈은 냉장고를 열어 주스 병을 뚜두둑 하고 따 내게 건넸다.

"자."

"감사합니다."

나는 조지훈이 앉기를 기다렸다가 얌전히 주스를 홀짝였다.

"아까 그 친구는 네 보디가드냐?"

조지훈이 툭 하고 물은 말에 나는 자연스레 대답했다.

"제 운전기사예요."

"흐음."

조지훈은 피식 웃으며 의자에 등을 기댔다.

"역시 삼광은 다르구만."

그렇게 중얼거리면서 조지훈은 병석에 누운 조성광에게 시선을 던졌다.

"세화랑 아버지의 병문안을 왔었지?"

"예."

그것 때문에 내가 여기 불려 온 것이기도 하고.

"고맙다. 아버지도 기뻐했을 거야."

도청기를 설치한 장본인답지 않게, 이번만큼은 왠지, 순수한 감사의 의미로 들렸다.

"아니에요."

"아니긴. 아버지는 옛날부터 똘똘한 애들을 좋아했거든."

그렇게 말하는 조지훈의 말에는 조성광이 좋아하는 것에 그 자신을 자연스럽게 배재한 듯한 느낌이 배여 있었다.

사실, 조지훈은 영리함과 거리가 먼 인물이라는 것이 세간의 평가였으니까.

"맞아, 들으니까 너, 뭔가 사업을 한다면서?"

"아, 네."

"무슨 사업인데?"

별다른 의도가 담기지 않은 한담에 가까운 물음이었고, 숨길 필요도 없는 것이어서 나는 대답했다.

"끙."

조지훈이 미간을 찡그리며 제 몫의 주스 병을 들이켜곤 병을 내려놓았다.

"그러니까, 콤퓨타로 뭔가 한다는 거지?"

"네."

"어렵네, 어려워. 들어도 뭐가 뭔질 모르겠어."

조지훈이 한숨을 푹푹 내쉬었다.

"나 참, 옛날에는 세상이 좀 더 단순했는데."

"……."

그는 어떤 의미로든 소위 말하는 '옛날 스타일'의 조폭이었다.

시대의 변화를 따라가지 못하고 남아 버린 구시대의 유물, 또는 흔적.

그런 의미에서 나에게는 조세화가 조광을 차지하는 게 가장 최상의 시나리오지만, 조지훈이 조광을 차지하는 것도 나쁘진 않았다.

'냉정한 이야기지만 그가 이끄는 조광은 결국 무너지고 말테니까.'

어쩌면.

그가 조성광의 병실에 도청기를 설치했던 것은 별다른 이유는 아니었을지도 모른다.

'다소 역설적이긴 하지만, 반쯤 식물인간 상태인 조성광을 지키기 위해서였을지도 몰라.'

그건 세간의 평만 들어온 내가 조지훈을 직접 마주하며 내린 잠정적인 평가였다.

'음, 단순함은 좋아. 내가 이용하기도 좋고.'

잠시 한담이 이어지던 도중, 조지훈이 입을 뗐다.

"세화가 무슨 물건을 가져오라고 했을 건데."

"네."

"혹시 지금 가지고 있냐?"

그걸 지금?

묘한 위화감을 느낀 내가 멈칫한 그때.

노크도 없이 문이 벌컥, 열리면서 조설훈이 모습을 드러냈다.

그 순간.

내가 평범한 꼬맹이였다면 이 자리에서 오줌을 지렸을 거다.

조설훈을 마주한 조지훈으로부터 살갗이 따끔따끔해질 만큼, 노골적인 적의가 묻어 나왔다.

"형님, 오셨소?"

"……흠."

그리고 조설훈은 그 적의를 자연스럽게 흘려 넘기며 병실 안쪽으로 성큼성큼 걸어 들어왔다.

'……씁, 역시 그럴 리가 없지.'

하마터면 방심할 뻔했다.

조지훈이 야성적인 감과 단순함이 전부인 시대를 지나 지금껏 건재하다는 건.

어쭙잖은 계략과 이성, 사고로 움직이던 놈들보다 더 위험하단 방증이기도 했다.

조성광, 조설훈, 조지훈.

이들은 싸움으로 점철된 시대를 지나 이 시대로 넘어온 인물들이었다.

더군다나.

'솔직한 말로, 이 장소에 좋은 놈은 단 한 명도 없으니까.'

······뭐, 물론.

그건 나를 포함해서 하는 이야기였다.

느낌상으론 일촉즉발.

실제로도 조지훈은 병실에 놓여 있던 쓸데없이 크고 화려한, 한편으론 무기로 쓰기 적합해 보이는 조세화의 홀인원 기념 트로피로 힐끗 시선을 던지는 중이었다.

'트로피가 깨지기 전까지 두세 명쯤은 때려죽일 수도 있겠군.'

확실히, 휘두르기 좋아 보이는 모습이 꽃병 따위보단 무기로 적합해 보였다.

그래도 이 자리에서 유혈 사태가 벌어지면―그건 그것대로 이득이지만, 불똥이 내게 튀지 않는단 전제하의 일이고― 큰일이 날 것 같아서, 나는 먼저 인사라도 할까 자리에서 일어났다.

"저······."

"인사는 됐으니까 앉거라."

이미 구면이라는 걸까, 조설훈은 별다른 반응도 없이 자연스럽게 탁자로 다가오더니 의자에 앉은 조지훈을 내려다보았다.

"나는 이성진이랑 할 이야기가 있으니, 지훈이 너는 잠시 나가 있어라."

"뭐요?"

조지훈이 눈을 부라렸다.

"싫수다. 형님이 나 없는 자리서 무슨 수작을 부릴 줄 알고? 할 이야기 있으면 나 있는 지금 여기서 하든가."

조설훈은 정면으로 보면 오줌을 지릴 것 같은 조지훈의 으르렁거림에도 꿈쩍하지 않았다.

"내 가족 이야기다. 선 넘어서 끼어들지 마. 그리고 이번 일의 단초를 제공한 건 너다."

"……"

뿌득, 하고 조지훈이 이 가는 소리가 내 귀까지 들렸다.

"그래서 형님은 떳떳하다, 이거요?"

"그거야 피차일반이지. 너나 나나."

"……형님 짓인가 보군."

"넘겨짚지 마. 그 건은 나도 따로 조사 중이니까 나중에 따로 이야기하자."

암만 그래도 내 앞에서까지 박길태의 죽음을 거론할 수는 없었던 모양인지, 둘은 관련한 사실을 에둘러 말했다.

"흥."

조지훈이 자리에서 벌떡 일어섰다.

그대로 주먹이 날아가지는 않을까, 생각했는데 그는 코가 닿을 듯한 거리에서 조설훈을 노려보았을 뿐이었다.

"따로 볼 일이 또 있을까 보냐. 저 아래서 담배나 피우고 올 테니 알아서 하쇼."

그리고 조지훈은 그대로 조설훈을 지나쳐 가면서 투덜거렸다.

"옘병, 이 병원은 담배도 아무 데서나 못 피우는데."

……의외로 순순히 퇴장해 주는걸.

조지훈이 병실을 나간 뒤, 조설훈은 조지훈이 앉았던 자리에 앉았다.

"이성진."

"예."

아버님, 이라고 부를 수도 없고, 아저씨, 도 애매하고, 그렇다고 사장님이라 부르기도 뭣해서 그냥 예, 만 했다.

"괜한 일에 말려들게 해서 미안하게 됐다."

조설훈은 전혀 미안하지 않다는 투였지만 내 쫌밥에 그 태도를 걸고넘어질 수는 없었으므로, 나는 미소로 조설훈의 말을 받았다.

"아니에요. 괜찮습니다."

"……음."

뒤이어 조설훈은 몸을 살짝 앞으로 기울이며 입을 뗐다.

"세광이랑은 어떻게 알게 된 사이냐."

거기서부터 시작하는 건가.

'조세광과 내 악연은 전생부터 거슬러 올라가야 하지만 그걸 언급할 필요는 없고…….'

나는 이진영의 알선으로 조세광과 만나 골프를 친 것을 만남의 계기라고 말했다.

물론, 실제로는 박상대, 정화물산, 새마음아동복지재단, 요한의 집으로 얽힌 일이 계기였으므로 조금 더 복잡했다.

당시 나는 '의도적으로' 요한의 집에 막대한 후원금을 쏟아부었고, 그로 인해 박상대를 향하던 자금줄이 끊겼다(사실, 박상대며 시민 단체로 향하던 포털은 요한의 집에서 착복한 것뿐만은 아니겠지만).

조세광이 조광과 박상대 사이의 유착 관계를 알고 있었는지는 모르나, 그는 요한의 집을 통해 이럭저럭 콩고물을 주워 먹고 있었을 것이다.

관련한 일로 조세광은 내게 '불편한 기색'을 은근히 내비쳤고, 나는 그에게 만만한 사업 아이디어를 넘겨주는 것으로 협상을 마쳤다.

'그 과정에 의도한 바는 아니었지만, 구봉팔을 내 편으로 끌어들일 수 있었지.'

이후는 내게 친근감을 느꼈는지, 혹은 이용 가치가 있다고 여기는지 모를 조세광과 종종 얄팍한 우정을 쌓아 가고 있었는데…….

"잠깐."

거기서 조설훈이 손바닥을 보이며 내 말을 끊었다.

나는 그가 혹시 정화물산을 언급하려는 걸까, 싶어 경계했
는데.

"이진영?"

다행히 그가 의구심을 가진 건 다른 곳이었다.

"예, 제 재종형님입니다. 이진영은 제 당숙이신 삼광물산
의 이 태 자 환 자 쓰시는 분의 장남입니다."

"아, 이태환 씨의……. 듣고 보니 알 것 같군."

사업하는 사람끼리라 면식이 있는 걸까.

하긴, 이태환은 삼광물산의 사장이기도 했으니, 동종 업
계에 걸친 조광과 비즈니스적으로도 응당 접점이 있었을 것
이다.

조설훈은 고개를 끄덕인 뒤 계속해 보라는 신호를 보냈고
나는 말을 이었다.

나는 조세광과 '뜻이 맞아' 사업 아이템을 발굴했고, 조세
광은 내 조언을 받아들여 골프 시뮬레이터─즉, 스크린 골프
개발에 자금을 보태게 되었다.

그들과 우정을 이어 가던 어느 날, 나는 얼마 전 조세화와
함께 필드를 돌았다는 이야기를 꺼냈다.

"또, 그날 저는 세화와 함께 회장님의 병문안을 오게 되었

고⋯⋯."

"나와 병원 로비에서 만났던 그날 이야기냐."

"네, 그리고 저게 그때 세화가 홀인원을 해서 타 낸 트로피예요."

내 말에 한 번쯤은 트로피를 눈여겨볼 법도 하건만, 조설훈은 힐끗 그 트로피를 한 번 스치듯 쳐다볼 뿐 별다른 관심을 보이지 않았다.

'이렇게 차별하니 조세화에게 애정결핍 기미가 있는 거겠지.'

나는 속으로 혀를 내두르며 말을 이었다.

"그날, 세화가 화병 속 꽃을 바꾸러 잠시 자리를 비웠을 때, 회장님께서 눈을 뜨셨어요."

조설훈이 고개를 끄덕였다.

"그리고 아버지는 네게 도청기를 맡겼느냐."

"예."

이번만큼은 에둘러 말하지 않는군.

"들어는 보았고?"

"⋯⋯예."

조설훈은 손가락 끝으로 탁자를 툭툭 두드렸다.

"도청기와 카세트테이프는 가지고 왔겠지."

조세화에게 밝힌 원래 계획으로는 조지훈까지 있는 자리에서 도청기와 카세트테이프를 공개하는 것이었다.

'보다 구체적으로는 조세화가 해야 했지만…… 상황이 여의치가 않군.'

하지만 여기서 내가 '조설훈의 강압에 못 이겨 건네고 말았다'는 시나리오로 끌고 간다면, 이보다 좋을 수 없다.

"예, 그렇습니다."

내가 가방에서 도청기와 이어폰, '편집본'을 꺼내려니, 조설훈이 나를 제지했다.

"여기서 꺼낼 필요는 없다."

조설훈은 대신, 내게 툭 하고 물었다.

"원본이냐."

'진짜 원본'이 따로 있는 내겐 속이 뜨끔해질 질문이었지만, 나는 태연히 고개를 끄덕였다.

"예."

"다른 사본은?"

"세광이 형에게 주었어요."

"세광이라…… 좋다."

조설훈이 자세를 고쳐 앉았다.

"지금부터 너에게 몇 가지 물어볼 텐데, 솔직하게 대답해주었으면 좋겠다."

"예."

"너는 도청기와 카세트테이프를 가지고 변호사를 찾아갔다고 들었다."

조세광이 털어놓은 건가.

어디까지 이야기한 건지는 모르겠지만, 나도 그걸 감출 생각은 없었기에 고개를 끄덕였다.

"그렇습니다."

"그때 너는 네 변호사에게 몇 가지 조언을 들었겠지. 개중엔 이걸 우리 쪽 변호사에게 넘긴다는 선택도 있었을 것이다. 하지만 무슨 이유로 세광이와 세화에게 도청기의 존재를 알린 거지?"

왜긴, 니들 싸움 붙이려고 그랬지.

하지만 그걸 내색할 수는 없으니, 나는 조심스레 물었다.

"대답이 무례할 수도 있는데, 솔직히 말씀드려도 될까요?"

"상관없다."

직후, 나는 표정을 고치며 일부러 사무적으로 대답했다.

"왜냐면 저에게 이건 짐덩이였으니까요."

조설훈이 눈썹을 씰룩였다.

"……짐덩이라?"

"예. 저는 조광 그룹의 경영권이 어떻게 되건 하등 관심이 없습니다. 자제분들과의 우정과는 별개로 말이죠."

"……."

"만일 제가 도청기와 카세트테이프를 회장님의 변호사에게 넘겼다면, 그 일 자체는 제가 덮어쓰게 됩니다. 변호사의 비밀 유지 의무가 있다지만, 저도 듣는 귀는 있습니다. 들리는 소문으로는 회장님의 변호사는 이번 일을 끝으로 은퇴하실 예정이라고 들었습니다."

"음."

"그렇다는 건 더 이상 변호사의 규칙에 얽매이지 않겠죠. 비밀을 누설해 변호사 자격을 박탈당하더라도 손해 볼 것이 없는 분이란 의미입니다. 이후 누구에게 이 사실을 공표할지, 저로서는 판단이 불가능하죠."

나는 재차 준비해 온 말을 이었다.

"그 외에 저는 그분이 누군지 모릅니다. 그 변호사가 신용할 만한 인물인지 아닌지는 제가 판단할 수 없는 문제입니다. 그래서 차라리 이 문제를 공론화시켜 표면에 드러나게 한 겁니다."

"즉, 중립을 취하고자 세광이에게 관련한 내용을 털어놓았다는 거군."

"예. 이 상황에서는 누군가의 편을 드는 것만으로도 다른 사람의 적이 될 테니까요. 그 집안의 문제는 그 집안에서 해결했으면 좋겠단 의도였습니다."

내가 예고한 대로 무례한 대답이었다.

하지만 이런 무례함과 직언을 감수하는 건, 내 거짓말을 감추기 위한 위장이기도 했다.

조설훈은 잠시 나를 물끄러미 쳐다보더니 비릿한 미소를 지었다.

"재밌군. 이후 벌어질 일의 책임은 어찌 되었건 모두 우리 집안 문제라는 거냐?"

"그렇습니다. 더군다나 자칫하면 저희 집안에도 불똥이 튈 수 있는 이야기고요. 우정과 사업은 별개의 일입니다."

조설훈이 미소를 거두며 고개를 끄덕였다.

"알았다. 그러면 네가 들고 온 카세트테이프는 더 이상의 사본이 없는 원본이란 의미겠지?"

"예. 세광이 형에게 건넨 것과 여기 있는 것 외에 당일분의 다른 판본이 있다면 그건 제가 책임지겠습니다."

"흠."

"……물론 세광이 형에게 준 것에서 2차 복제가 되는 건 저도 책임질 수 없지만요."

"그건 걱정할 거 없다."

조설훈은 그렇게 말하곤 안주머니에서 핸드폰(클램)을 꺼내 자판을 꾹꾹 눌러 전화번호를 입력했다.

나는 거기에 대고 '신기능인 주소록을 이용하면 편해요' 하고 참견하고 싶었지만, 가만히 있었다.

전화를 건 조설훈은 짧게 말했다.

"끝났다. 들어와라."

그는 용건을 마친 즉시 폴더를 덮었고, 직후 병실 문이 열리며 조지훈이 들어왔다.

이야기가 길었으니, 진즉 문 앞에서 기다리고 있었던 모양이었다.

"작당은 끝났수?"

"'이야기'가 끝난 거다. 들어왔으면 앉아라. 혼자 서 있으면 다들 불편해하지 않겠냐."

조설훈은 담담히 말했지만, 조지훈은 거기 응하지 않고 벽에 등을 기대고 섰다.

조설훈도 더 이상은 권하지 않겠다는 듯 이번에는 고개를 돌려 나를 보았다.

"그럼, 도청기와 카세트테이프를 꺼내 보거라."

흠. 이제부터 본격적인 '협상'이 시작되겠군.

나는 가방을 열어 주섬주섬 도청기와 카세트테이프, 혹시 들어 볼지 모르니 이어폰을 꺼냈다.

"이건 원본이다. 이성진은 이것 외에 사본이 없다는 것을 내게 알렸다. 지훈이 너도 알아 둬라."

"……흥."

조설훈은 자연스럽게 도청기를 집어 들었고, 조지훈은 멀찍이 떨어져 딱딱하게 굳은 얼굴로 그가 하는 양을 지켜보았다.

그리고.

'어어?'

뿌득.

조설훈은 그대로, 손에 쥔 도청기를 분질러 부숴 버렸다.

이어서 조설훈은 카세트테이프를 부수고, 필름을 꺼내 뚝 뚝 잘게 끊었다.

'……저걸 조설훈이 파괴한다면, 그에겐 득 될 것이 없을 텐데?'

즉, 이 '증거물'은 더 이상 이 세상에 존재하지 않는 것이 되었단 의미다.

또한 그가 카세트테이프의 내용을 알고서 파기하는 것과 모르고 없애 버린 것엔 큰 차이가 있다.

'조세광이 조설훈에게 테이프 내용을 들려주었나? 아니면…… 설마.'

그 행동에 조지훈이 흠칫하더니 탁자로 다가왔다.

"형님, 지금 대체 뭔 짓을 하는 거요?"

조설훈은 태연히 대답했다.

"이제 앉을 생각이 들었냐?"

"……말해."

"보는 대로다. 도청기와 내용물을 부순 거지. 이제부터 이건 세상에 존재하지 않는다."

하지만 조지훈은 앉지 않고 선 채 무표정한 얼굴로 입을 뗐다.

"……내용은?"

조설훈이 고개를 저었다.

"무슨 내용이 담겨 있는지, 나는 모른다. 네가 본 대로, 방금 전 듣지 않고 부숴 버렸으니 그 내용은 여기 있는 이성진 과 저 애의 변호사, 세광이와 세화만 알겠지. 믿기지 않거든 여기 있는 이성진에게 물어보든가."

조지훈은 얼굴에 난 칼자국을 일그러뜨리며 탁자를 쾅, 하고 짚었다.

놀랐잖아. 정숙 모르냐, 정숙.

"……그걸 믿으라고?"

"믿지 않을 이유는?"

"분명 내가 없는 자리에서 애를 상대로 뭔가 작당을 했겠지. 아하. 그렇군. 내가 오기 전에 이미 내용을 들으셨구먼? 그리고, 내용이 형님에게 불리할 거 같으니까 없앤 거지?"

하긴, 조지훈도 당일분을 건네받은 적이 없으니 내용은 모르겠군.

위압적인 자세의 조지훈을 마주 보며 조설훈은 피식 웃었다.

"다른 사람도 아니고 삼광의 사람이다. 너는 내게 삼광 그룹의 장손을 협박할 힘이 있다고 생각하는 거냐?"

"……."

뭐, 내가 평범한 꼬맹이는 아니긴 하지.

"이해했으면 앉아라. 그리고 너, 담배 냄새 난다."

"……쳇."

조지훈은 자세를 바로 하며 터질 듯한 재킷 상의를 바로잡은 뒤, 의자를 끌어와 나와 조설훈 사이에 앉았다.

"좋수다. 그래서 형님은 대체 무슨 이야길 하고 싶은 거요?"

조설훈은 산산이 분해된 잔해를 보며 담담하게 입을 뗐다.

"덮자."

"……뭐요?"

조설훈이 고개를 돌려 조지훈을 보았다.

"이번 일은 모두 없던 것으로 하자는 의미다. 아니면 내 성의를 무색하게 만들 셈이냐."

"……"

설마가 사람 잡는다고.

조설훈은 지금 몸소 조지훈과 화해를 청하는 중이었다.

그리고.

조지훈이 씩 웃었다.

"나 참, 이제 와서 형님이랑 생각이 같을 줄은 몰랐는데."

그러면서 조지훈은 탁자 아래에 놓여 있던 양철 가방을 탁자에 올려놓았다.

"안 그래도 나, 이걸 부숴 버리면 어떻겠냐고 형님한테 물어보려 했거든."

역시, 조지훈은 사본 없는 카세트테이프 원본을 그득 담아 온 것이었다.

'……씁, 이렇게 되면 나가린데.'

비 온 뒤에 땅이 굳는 건, 내가 결코 바라지 않던 최악의 상황이었다.

'지금은 어떻게든 끼어들 여지를 살펴야 해.'

나로서는 이딴 식으로 땅이 마르고 단단하게 굳기 전 다시금 질척질척해지게끔 물을 뿌려 댈 필요가 있었다.

내가 저들 좋으라고 이런 일을 계획했던 것이 아니니까.

이번 일로 조설훈과 조지훈이 갈등을 해소하고 하나로 뭉치면, 내가 알던 전생의 조광 그룹보다 더 거대한 기업으로 탈바꿈할 여지도 있었다.

그때가 되면 조세화 몫으로 나눠 떨어질 유산 분배도 화약고에 불이 붙기는커녕, 단순한 해프닝에 그치게 될지 모른다.

'하지만 여기서 어떻게?'

둘 사이에 싸움을 붙이려면 붙일 수도 있다.

'이를테면 총격 사건처럼.'

하지만 여기서 내가 '총격 사건'을 들먹이는 건 악수(惡手)다.

그들이 내가 관련 사실을 알고 있다는 생각을 암시하는 것조차 나에게 불똥이 튈 불리한 일이었다.

'……보험은 들어 뒀지만, 경찰에 기대기만 하면 안 될 테고.'

보험은 보험일 뿐이다.

전생부터 겪어 온 바, 대한민국 경찰은 유능한지 무능한지 모를 집단이었으니까.

또한, 조설훈을 견제할 조지훈이 한 편을 드는 이상, 이렇게 되면 한강 변사체 사건으로 연루된 박상대도 미꾸라지처럼 빠져나갈 것이다.

달리 무슨, 다른 수가 없을까.

……아니. 한 가지, 방법은 있다.

'아예 따사로운 햇볕 아래 땅이 쩍쩍 갈라지게 만들 수도 있겠지.'

나는 오늘, 병실에 들어왔을 때부터 줄곧 모종의 위화감을 느끼는 중이었다.

'문제는 그걸 어떤 상황에 꺼내느냐 건데…….'

생각하는 짧은 사이, 조지훈이 말을 이었다.

"뭐, 나도 이제 와서 잡아뗄 생각은 없수다. 동생들한테……."

그는 잠시 말을 멈칫했다가 재차 이었다.

"……그러라고 시킨 건 나였수. 여기 있는 건 전부 그 원본이고."

조설훈은 조지훈이 탁자 위에 얹은 양철 가방을 보며 고개를 짧게 끄덕였다.

"그러면 너도 동의하는 거냐."

"그렇수다, 형님. 이건 순전히 내 쪽에서 먼저 형님을 믿지 못해서 그랬던 거요. 미안하오. 형님."

조지훈이 고개를 푹 숙이자 조설훈이 그 어깨를 툭툭 두드려주었다.

"괘념치 마라. 고개 들어. 함부로 고개 숙이는 거 아니다. 더군다나 이미 덮기로 한 일이 아니냐."

"……예에."

조지훈은 픽 웃었고, 조설훈은 입가에 희미한 미소를 지었다.

"그러잖아도 세광이가 너에게 먼저 도청기를 보여 주려고 했다더구나."

"세광이가 말이오?"

"그래. 너와 직접 담판을 지어서 우리 둘이 화해를 했으면 어떨까 하더군."

조세광이?

아니 입이 비뚤어져도 말은 똑바로 해야지. 조세광은 이걸로 조지훈을 협박해서 사업체를 뜯어낼 생각이었는데 말이야.

'……흠. 그래도 어쨌건 조세광은 조설훈에게 관련해서 보고를 했단 의미로군.'

다만 아무리 고슴도치도 제 자식을 아낀다고 하나, 조설훈이 조세광의 그런 말을 곧이곧대로 믿었을 것 같진 않다.

'그러니 조설훈은 여기서 조세광의 이미지 메이킹을 시도

하는 거겠지. 동시에 박길태의 죽음은 조세광이 의도한 바가 아니었다는 블러핑까지.'

이 상황에도 챙길 수 있을 때 챙겨 내는 조설훈의 철두철미함에 나는 속으로 혀를 내둘렀다.

조설훈의 말에 조지훈은 머쓱한 듯 머리를 긁적였다.

"거참. 왠지 어른 싸움에 애를 끌어들이고 만 거 같아서 부끄럽소."

"그만큼 우리 사이의 불화가 애들 눈에도 보였단 의미겠지."

"흐흐. 애들한테 배우는구먼. 허긴, 따져 보면 형님과 내가 싸울 일이 뭐가 있겠소."

조지훈이 무릎을 손바닥으로 툭 치면서 말을 이었다.

"따지고 보면 다 밑에 애들 숟가락이라도 하나 더 챙겨 주자고 했던 걸 텐데, 그 바람에 우리끼리 싸워서야……."

"주객전도."

"아, 글치. 그래. 그거요. 역시 형님이 먹물을 더 먹어서 그런지 나보다 똑똑하단 말야."

말하면서 조지훈은 호탕하게 웃었다.

"옛날부터 형님은 내가 존경할 만한 사람이었소. 생각해 보면 어릴 때 내가 친 사고를 수습해 준 것도 다 형님이었고."

"그런 적이 있나."

"시치미 떼긴. 나, 머리에 든 게 없어서 그런 건 쏙쏙 잘 기억하고 있수다."

조지훈이 턱을 긁적였다.

"그러다가 어쭙잖게 머리가 굵어지고, 피차가 바쁘다 보니 나도 내가 뭘 잘하는지 몰랐던 모양이오. 그 당시는 뭘 하건 사방에 돈이 널렸던 때니까…… 나도 내가 그런 쪽으로 소질이 있다고 생각했던 거 같수."

그렇게, 조지훈은 조설훈이 먼저 굽히고 나선 것처럼 그 역시 자신을 낮추는 중이었다.

"그러니까, 앞으로는 예전처럼 형은 형대로, 나는 나대로 할 일만 하면 될 거 같은데……. 형님 생각은 어떻소?"

조설훈이 고개를 끄덕였다.

"그래, 따지고 보면 우리는 내실을 다질 시간이 없었던 것도 사실이지. 워낙 급하게 이것저것 바꿨다 보니……."

내 앞이어서 그런지 당시 조직 개편 사안이 시급했는지는 말하지 않았지만, 짐작은 가는 일이었다.

"앞으로는 어떻게 그룹을 개편하면 좋을지, 차근차근 생각해 보자. 애당초 아버지도 우리가 싸우는 건 바라지 않으셨을 거고."

"좋소, 형님. 오늘이라도 룸 하나를 빌릴까?"

조설훈이 꿔다 논 보릿자루처럼 있던 나를 힐끗 살폈다.

"……어린애 앞에서 할 이야기는 아닌 거 같군."

"아차차, 그랬지, 하하하. 정 뭣하면 오늘 하루 고생한 이성진이도 데려가고 싶은데 말이오."

말하면서 조지훈은 새삼 곁에 앉은 내 어깨를 툭툭 두드렸다.

"아참."

조지훈은 아차 하더니 조설훈을 보았다.

"그런데 세광이는? 오늘 얼굴을 못 봤는데. 녀석, 오랜만에 용돈이나 줄까 했더니 바쁜가."

조지훈의 말에 조설훈이 담담히 대꾸했다.

"근신 처분을 내렸다."

"근신?"

"의도야 어찌 됐건 자칫하면 나쁜 버릇이 들 테니까. 애들이 함부로 어른들 일에 끼어들어선 안 된다는 경고도 포함해서."

조지훈이 픽 웃었다.

"어떻게 보면 형님답군. 내가 형님 자식 교육에 참견할 입장은 아니지만, 그래도 되도록 짧게 해 주시오. 녀석도 제 딴엔 잘해 보자고 한 일일 테니까."

일견 단순한 대화였지만.

'……그렇다는 건 역시, 조설훈도 김수영과 박길태의 죽음이 조세광과 무관하지 않다는 생각을 하고 있는 걸지도 모르겠군. 어쩌면 조지훈도 나름대로 눈치를 채고 있을지 몰라.'

사뭇 화기애애한 분위기 속에서.

이렇게, 두 형제는 병석에 누운 아버지 앞에서 서로의 해묵은 오해를 풀고 다시금 우애를 회복하는 것이었다…….

'……는 건 개뿔, 웃기고 있네.'

이번 일은 결단코 그렇게 끝낼 일이 아니었다.

'지들끼리 뭔 화기애애한 척 위선을 떨고 있어?'

그 도청기 건으로 이미 사람이 둘이나 죽었다.

관습적으로 동생이니, 밑에 애들이니 떠들어 대곤 있지만, 결국 저들에게 박길태나 김수영의 죽음은 신문이나 뉴스를 통해 제3자가 객관적으로 바라볼 수 있을 법한, 감정적 동요가 일지 않는 아무래도 상관없는 일인 것이다.

애당초 조설훈이 이번 일을 '덮기로 한 것'은 사람이 죽었기 때문이었다.

그렇지 않았다면 조설훈도 어떻게든 수를 써서 조지훈을 상속 자격 박탈로 몰고 갔거나, 그가 가진 조광 그룹의 지분을 빼앗아 오려 수를 썼을 터.

하지만 결과적으로는 조설훈과 조지훈이 다른 위기 앞에서 손을 맞잡는 것으로 상황이 마무리되는 중이었다.

"좋수다. 그건 그렇고……."

조지훈이 솥뚜껑 같은 손을 양철 가방 위에 턱 하고 얹었다.

"그럼 나도 지금 당장, 여기서 형님이 했듯 테이프를 다 부숴 버릴까?"

조설훈이 고개를 저었다.

"아니. 그건 네가 책임지고 없애 버리도록 해라. 그런 번거로운 일, 굳이 여기서 해치울 필요는 없지."

다만, 하고 조설훈이 말을 이었다.

"그걸 파기하는 장소엔 우리 애들도 동행했으면 한다."

그 말에 조지훈은 잠시 생각하다가 씩 웃었다.

"그도 그렇수. 나나 형님이면 몰라도 밑에 애들은 어떻게 생각할지 모르니까 말이오."

"그래. 하지만 그 전에 애들끼리 불필요한 다툼이 없게끔 말을 해 두면 좋겠다."

"걱정 마시오. 믿을 만한 애들로 시킬 테니까. 어차피 이쪽도 형님 쪽 애들 몇 명 붙여 달라고 부탁하려 했소."

……과연.

십수 년 해묵은 감정은 단박에 해소될 리 없는 일이었다.

'표면상으로는 웃음을 주고받고 있지만, 아직 서로가 서로를 완전히 신뢰하고 있진 않아.'

지금 회담은 어디까지나 관계 개선의 '계기'일 뿐, 결정적인 요소는 아니었다.

내가 파고들어야 할 틈은 이곳이었다.

그리고 지금은 대화가 무르익다 못해 종결성을 띠고 '어린애이자 제3자인 이성진'에게 부드러운 축객령이 떨어지기 전이었다.

이미 그들은 사정을 아는 사람끼리의 '깊은 대화'로 들어가려는 걸 은근슬쩍 내 눈치를 살펴 가며 나를 쫓아낼 궁리 중이었으니까.

'조직 개편 건이 원 스트라이크, 카세트테이프 처분 건이 투 스트라이크인가. 삼진 아웃이 뜨기 전 이야기를 해야겠어.'

나는 미소 띤 얼굴로 입을 뗐다.

"제가 참견할 일은 아닙니다만, 두 분이 화해해서 다행이에요."

내 개입에 조설훈과 조지훈은 나를 쳐다보았고, 나는 싱긋 웃으며 자연스레 말을 이었다.

"그러면 이후는 어른들끼리 편하게 대화를 나누세요. 저는 이만 실례하겠습니다."

내가 자리에서 일어나는 걸 조씨 형제는 말리는 일도 없이 오히려 반기는 눈치였다.

"그래, 수고했다. 네 아버지께 안부나 전해 주거라."

"어찌 보면 성진이 네가 가장 큰 공을 세웠지. 괜한 일에 말려들게 했군. 고맙다. 다음에 밥이나 한턱 쏘마."

퍽이나.

'나를 쫓아내는 구실이 필요하던 참에 마침 잘되었다 여겼겠지. 어디까지나 그걸 누가 입에 담느냐의 문제였을 거고.'

조지훈이 씩 웃으며 덧붙였다.

"혹시 생각 있으면 몰래 연락하고. 예쁜 누나들이랑 놀게

해 줄 테니까."

새끼가, 애 앞에서.

"아니에요. 다음에 기회가 되면 세광이 형이나 세화랑 찾아뵐게요."

주섬주섬 가방을 챙겨 일어선 나는 고개를 돌려 조세화의 홀인원 기념 트로피를 보았다.

"아, 트로피는 세화한테 가져다줘도 될까요?"

내가 슬쩍 던진 말에 조지훈이 가볍게 손사래를 쳤다.

"아니야. 내버려 둬. 병실도 횅한데, 이거라도 있으면 아버지도 좋아하시겠지."

오호라.

그 말에 조설훈이 툭 하고 조지훈의 어깨를 두드렸다.

"지훈아, 삼광병원 관계자 앞에서 횅하다느니 그런 말을 하면 안 되지."

조지훈이 멋쩍은 듯 머리를 긁적였다.

"아, 아차차. 이거 참, 뱉고 보니 그러네. 미안하다. 그래도 병실이 깔끔하니 마음에 들긴 해."

나는 싱긋 웃었다.

"아닙니다. 어차피 병원 경영권은 이미 분리되어 있는 걸요."

내 말에 조지훈은 어깨를 으쓱였다.

"너 이런저런 사업을 한다더니, 정말인가 보네. 꼬맹이면서 별걸 다 아는구먼."

"하하, 그래도 정 횅하다면…… 주기적으로 꽃을 갈러 오게끔 말을 전할까요?"

나는 일부러 화병에 담긴 꽃줄기 위, 시들시들한 꽃잎을 손가락으로 톡 건드렸다.

내 손가락이 살짝 닿은 것만으로도 꽃잎이, 나풀나풀 탁자 위로 떨어져 내렸다.

"요즘엔 아무래도 상황이 여의치 않아서 그런지 세화도 문병을 못 온 모양이고요. 이 뒤에도 올 수 있을지는…… 저는 잘 모르겠거든요."

그러면서 나는 병석에 누운 조성광 회장을 바라보았다.

줄곧 미동조차 없는 걸 보면, 그때 내게 도청기를 건넨 것이 최후의 회광반조였던 걸지도 모르겠다.

'죽을 때 죽더라도 일이 마무리될 때까진 버텨 주면 좋겠는데…….'

이야기의 계기는 던져두었다.

이제부턴 조성광이 죽기 전까지 '문병'하는 문제로 이야기가 나올 터.

내가 기대한 대로 조지훈이 먼저 떡밥에 다가왔다.

"그렇군. 아버지 문병이라……."

조지훈이 말을 이었다.

"형님, 그래도 이 건은 성진이가 가기 전에 이야기를 해 두는 게 좋지 않겠소?"

조설훈이 그 말을 받았다.

"그래야겠군. 이성진, 미안하지만 조금만 더 있어 주면 고맙겠다."

나는 고개를 끄덕이며 자리에 앉았다.

"알겠습니다. 이번 일은 저도 무관하지 않으니까요."

이제부턴 이 협상을 내가 바라는 상황으로 이끌어 가면 될 일이었다.

현재 분명한 건, 더 이상 예전처럼 할 수는 없다는 것이었다.

조설훈과 조지훈도 이 자리에선 표면상으론 화기애애한 분위기를 끌어가고 있었지만, 내심으론 서로를 온전히 믿지 않고 있었다.

'모두가 각자 최소 하나씩의 거짓말은 하고 있는 셈이지.'

그러니 피차가 선뜻 나서서 '내가 병실을 책임지겠다'고는 발설할 수 없는 상황.

그렇다고 '네가(형님이) 하면 되겠다'고 선뜻 맡길 수도 없으니, 거기서 내가 중재를 나서기로 했다.

"타인인 제 입장에선 조금 주제넘은 이야기일 수도 있습니다만, 의견을 말씀드려도 될까요?"

내 말에 둘은 나를 보았다.

"제 생각에 두 분께선 모두 회장님의 건강을 염려하고 계신 거 같아요."

뭐, 이번 일이 수습되기 전까지만이라도 조성광이 살아 있어야 한다는 의미에선 틀리지 않을 것이다.

나 역시도, 지금 상황에 덜컥 조성광이 죽고 유언장이 공표되면 죽 쒀서 개 주는 걸 물끄러미 지켜보고 있어야만 할 터이고.

조지훈이 고개를 끄덕였다.

"그렇지. 그뿐만이 아니라 자식 된 도리로서 아버지를 찾아뵙지 못하는 것도 그렇고."

말만으론 뭘 못 할까.

조지훈의 효심이 어떻든 간에 그는 지금 '한 번쯤 병실을 재방문할 필요'가 있었다.

조설훈이 고개를 저었다.

"하지만 지금껏 해 오던 것처럼은 할 수 없지. 이쪽도 나름대로 사정이 있어서, 방식을 바꾸긴 해야 한다. ……부하들 중엔 도청기 건에 대해 알고 있는 녀석이 있을 수도 있으니까."

조설훈의 입장은 차라리 아무도 조성광의 병실에 출입할 수 없도록 했으면 좋겠다는 쪽일 것이다.

내게는 '부하들 간의 입장 차이' 운운하며 말을 돌렸지만, 근본적인 이유는 조광 그룹 내 몇몇 사이에 알음알음 퍼지고 있는 박길태의 죽음 때문이었다.

조설훈 쪽 인물이 병실을 지키고 조설훈 홀로 병문안을 하는 것은 조설훈도 바라는 일이겠지만, 그건 외부에서 볼 때 '이미 결판이 난 일'로 비치리라.

조지훈의 '동생들'에게 그런 식으로 상황이 비치는 건, 잠시 몸을 낮춰야 할 조설훈에게 바람직한 일은 아니었다.

'애당초 파벌이 나뉜다는 것부터가 조직이 제대로 통제되지 않고 있단 방증이지만.'

조설훈이 말을 이었다.

"방금 전 무언가 의견이 있는 것 같던데, 이성진 네 생각은 어떠냐."

그렇게 묻는 조설훈은 이미 내가 무슨 의견을 내놓을지 꿰뚫고 있는 눈치였다.

'나 역시도 이번엔 뜻을 함께해 주지.'

나는 조설훈이 바랄 만한 대답을 내놓았다.

"예. 우선 두 분은 병원에서 완전히 손을 떼 주세요."

하지만 조지훈은 내 말에 불편한 기색을 드러냈다.

"뭐? 그러면 보안 문제라든가……."

자연스럽게 말을 뱉은 조지훈은 방금 전 조설훈에게 지적받은 바 있던 '이성진 앞에서 병원에 트집 잡기'로 잡힐 우려가 있단 걸 새삼 자각했는지 얼른 말을 고쳤다.

"……나는 아버지의 경호가 필요하다고 봐서 그래. 혹시 모를 일을 대비해서. 그 왜, 네 조부님이신 이휘철 회장님도

여기 입원하셨을 때 괜한 녀석이 붙지 않게끔 대기 인원이
있지 않았냐?"

그건 그렇지.

이휘철이 입원했을 당시 입구에는 항상 경호 인원이 교대
로 지키고 서 있었으니까.

나는 미소 띤 얼굴로 대답했다.

"관련해선 병원 쪽에 부탁해 별도의 경비 업체를 비치하도
록 이야기를 해 볼 수 있을 거 같아요. 만일 경비 업체만 이
쪽에서 제공할 수 있다면 아무런 문제도 없지 않을까요?"

조지훈은 납득하지 못한 듯 떨떠름해하는 얼굴이었지만,
조설훈은 고개를 끄덕였다.

"즉, '업체'를 고르는 건 우리 임의대로 정할 수 있다는 거
냐."

"예. 다만 몇 가지 절차는 필요하겠지만요."

경비 업체를 이쪽에서 선정한다는 건, 다시 말해 조광 그
룹 휘하에 경비 업체 하나를 뚝딱 만들어 버리면 된다는 의
미였다.

'뭐, 몸 쓰는 거 하나만큼은 국내 최고 수준일 테니까 사람
구하는 것쯤은 아무렇지도 않겠지.'

조설훈이 내 말을 담담히 받았다.

"본의는 아니었지만 결국 이번에도 병원 쪽에 편의를 부탁
해야겠군."

"괜찮아요. 다른 건 몰라도 VIP 서비스만큼은 국내 최고를 자랑하는 곳이니까요."

뭐, 1일 대여에 엄청난 돈이 깨져서 그렇지.

병원 입장에서도 조성광급의 VVIP를 유치할 수 있다면 그건 그것대로 경영상 바라 마지않는 일이다.

그리고 내가 한 말은 과장이 아니었다.

삼광종합병원은 국립대학교 부속 병원에 뒤지지 않을 의료 기술뿐만 아니라 사립병원의 '융통성'도 발휘할 수 있는 곳이었으므로.

조지훈은 턱을 긁적이더니, 손바닥으로 무릎을 탁 하고 쳤다.

"아하, 그러면 되겠군. 나는 또 무슨 이야긴가 했더니……. 성진이 너, 제법인걸."

"과찬이십니다."

"아니, 아니야. 이 정도면 훌륭하지. 음."

내가 말한 건 조지훈 입장에 아주 만족할 만한 내용은 아니겠지만, 그 정도면 입장상 못 이기는 척 타협할 만한 수준은 되는 것이다.

'경비 업체의 인원 편성에 그룹 내부의 이런저런 정치가 끼어들겠지만, 거기까진 내 알 바가 아니지. 그다음은…….'

나는 미소를 살짝 누그러뜨리며 말을 이었다.

"다만 그 대신 두 분께선 한동안 병원 출입을 자제해 주셨으면 합니다."

내 말에 조지훈이 인상을 찌푸렸다.

"그러면 아버지를 일체의 면회객 없이 의사나 간호사에게만 맡기라는 의미냐? 그건…….."

나서려는 조지훈을 조설훈이 만류했다.

"아직 이야기가 끝나지 않았으니, 계속 들어 보자. 어쨌건너나 내가 한동안은 병원과 멀리해야 한다는 건 틀리지 않으니까."

"……그럽시다."

나는 살짝 고개를 숙인 뒤, 말을 이었다.

"물론 관련해 일체의 면회도 하지 말자는 제안은 아닙니다. 저도 어디서 주워들은 것에 불과하지만, 코마 상태의 환자에게 꾸준히 이야기를 들려주는 것이 회복에 좋다는 걸 어디선가 읽은 기억이 있거든요. 그래서…….."

그렇게 운을 뗀 뒤.

"그래서 한동안 상황이 진정될 때까지만이라도 병문안은아이들에게 맡기는 건 어떨까요."

아이들, 이라고는 했지만 조세광은 근신 중이고 조지훈의자식은 기껏해야 초등학교 저학년생이었다.

'그러니 소거법으로 병문안을 올 만한 건 조세화 몫이 되지.'

내 말에 조설훈은 고개를 끄덕였고, 조지훈도 잠시 생각

끝에 고개를 끄덕였다.

"하긴, 어른들 사정이야 어찌 되었건, 애들은 상관없지. 그러면 한동안은…… 세화에게 아버지를 맡겨야겠구먼."

거기까지 알아들을 머리는 있는 모양이군.

"그런가요?"

"뭐, 우리 애들은 천방지축이라서, 암만 네 빽을 쓴다고 해도 정신만 사납지 아버지껜 도움이 안 되겠군. 세화한테는 미안하지만."

"걱정 마세요. 세화는 부담 갖지 않을 거예요."

"……그래. 평소 아버지도 세화를 아꼈고 하니."

물론 조성광이 조세화에게 쏟는 그 애정엔 내 앞에선 말 못 할 스캔들이 있겠지만, 조지훈도 그 부분은 대강 얼버무 렸다.

이어서 조설훈이 미소를 지었다.

"나쁘지 않구나. 너네 또래에선 제법 어울리기 힘들 만큼 나이 차가 날 텐데도 세광이가 종종 네 이야기를 하는 까닭 도 알 것 같다."

뭐, 이래 봬도 정신연령은 40대거든.

'어쨌건 조설훈도 내 입에서 그 이야기가 떨어지길 기다리 고 있었던 모양이고.'

조설훈으로선 그나마 베스트겠지.

거기서 조지훈이 끼어들었다.

"아, 형님. 이 기회에 세화한테 기회를 줘 보는 건 어떻소."

"……기회?"

……흠. 거기서 끼어드는 건가.

그러잖아도 조지훈은 이 일이 있기 전부터 꾸준히 조세화에게 사업 제안을 던져 왔으며, 조세화의 '모친'과 함께 그녀 명의로 사업체 몇 개를 돌려놓은 바 있다는 걸 구봉팔에게 들은 바 있었다.

'그걸로 바람을 넣으니 조세화도 솔깃했던 모양이고.'

그건 그가 질녀를 아껴서가 아니라, 조설훈을 견제하고자 하는 목적 때문이지만.

'그런 조지훈도 조세화가 조성광의 유산 상속 예정자 중 하나라는 걸 알고 있다면 이렇게까지 적극적이지 않겠지.'

조지훈이 말을 이었다.

"안 그래도 방금 전에 경비 업체를 만들잔 이야기가 나왔잖수. 까짓거, 이 기회에 세화 이름으로 제대로 된 회사를 하나 차려 줍시다."

"……."

하지만 방금 전 조지훈의 제안만큼은 조설훈도 역린이었던지, 그는 미간을 살짝 찡그렸다.

조지훈이 그 표정 변화를 읽어 냈는지 아닌지는 모르나, 그는 아랑곳하지 않고 말을 이었다.

"왜, 세광이도 세화 나이 때 회사 하나 차려 주지 않았소? 여기 있는 성진이도 번듯한 회사를 굴리는 판국이니, 특이하지도 않구먼. 뭐, 형님도 아시겠지만 이미 몇 개인가 명의 이전 자체는 해 둔 상황 아니오."

조설훈은 그 제안을 탐탁해하는 눈치는 아니었지만, 이 상황에서는 그도 한 수 접을 수밖에 없었다.

"……수배해 보마."

"하핫, 이거 참 이야기가 술술 풀리는구먼."

조지훈이 싱글벙글 웃었다.

'다른 건 몰라도 조지훈의 타이밍을 보는 야성적인 감 하나는 알아줘야겠군.'

나는 조설훈의 생각이 바뀌기 전에 입을 뗐다.

"세화도 납득할 거예요. 사실, 세화는 경비 업체보다는 꽃집을 더 하고 싶겠지만요."

조지훈이 고개를 갸우뚱했다.

"꽃집?"

"아, 말씀드리지 않았나요? 실은 세화도 요즘 사업을 하나 해 볼까, 생각 중이에요."

내 말에 조지훈이 웃음을 터뜨렸다.

"하하하, 걔는 이미 사업을 하고 싶어 했구먼, 정말이지 피는 못 속인단 말이……."

거기까지 말한 조지훈은 조설훈의 무표정한 시선을 받곤

입을 다물었다.

　따지고 보면 그와 나이 차 많이 나는 동생인 조세화를 세간의 눈을 피해 딸로 키워야만 하는 그 입장은, 조세화나 조설훈에게 약간의 부채 의식 정도만 있을 뿐인 조지훈이 짐작할 바가 아닐 것이다.

　'키운 정을 붙이기도 어렵겠지.'

　조지훈은 방금 전 일이 어색한 침묵이 되기 전 억지로 입을 뗐다.

　"뭐, 그러면 그렇게 하는 걸로 하자."

　"그러면 이제부터 세화가 예전처럼, 다시 병문안을 올 수 있겠네요?"

　"음. 나랑 형님이 빠지는 것뿐이고, 그 외에 별로 달라질 것은 없겠군."

　조설훈이 불편한 심기를 누르며 말을 받았다.

　"그래."

　내 역할은 여기까지였다.

　나는 가방을 챙겨 자리에서 일어섰다.

　"이제부터는 제가 끼어들 수 있는 이야기가 아닐 것 같네요. 세화한테는 미리 말을 해 두겠습니다."

　"그래. 이번에야말로 수고했다."

　조설훈에 이어.

　"누나들 보고 싶으면 연락해."

조지훈까지.

"네, 그럼 이만 실례하겠습니다."

나는 둘의 배웅을 받으며 병실을 나섰다.

'이제부턴 나 없는 장소에서 박길태와 김수영 건으로 이야기가 오가게 되겠지.'

그 내용은 나중에 확인 가능할 것이다.

병실을 나서자마자 복도에 서 있던 조세화가 나를 반겼다.

"어떻게 됐어?"

나는 손가락으로 브이를 그렸다.

"잘 풀렸구나? 그럼, 구체적으로는……."

"그건 내려가서 이야기하자. 마침 병원 1층에 카페가 있거든."

"흐음, 그럴까……. 이찬 오빠도 함께 가요."

이찬 오빠라.

강이찬은 대답하는 대신 나를 보았다.

그러잖아도 강이찬은 조설훈과 조지훈의 부하들 사이에 서서 줄곧 심기가 불편한 얼굴로 계속 대기 중이었다.

그건 오랫동안 대기하고 있어서 그런 건 아닐 것이다.

'뭐, 나중엔 강이찬한테도 간단하게나마 사정 설명을 해야

겠지.'

나는 고개를 끄덕였다.

"강 기사님도 가시죠."

"……예, 사장님."

우리는 복도를 지나 엘리베이터에 올랐다.

어떻게 본다면.

이번 이야기는 조지훈이 적절하게 개입해 준 덕분에 일이 생각 이상으로 잘 풀린 것이라고 볼 여지도 있었다.

'이후 조설훈과 조지훈이 본격적으로 손을 잡지만 않는다면…… 하는 이야기지만.'

5장

로스트 빈은 삼광병원 1층 대기실에도 입점해 있었고, 하나둘 아메리카노의 맛을 알아 가는 고객들이 제각각 좌석을 차지하고 앉아 두런두런 이야기를 나누는 중이었다.

S&S에서 런칭한 커피 프랜차이즈, 로스트 빈은 이럭저럭 잘나가는 편이었다.

아니. 정확히 말하자면 회사 내부에서는 퍽 고무적인 평가를 받고 있는 유력 상품 중 하나였다.

'가맹점 확보를 위해 제한을 낮춘 게 득이 된 거겠지.'

그렇다곤 하나 어디까지나 선점 효과와 물량 공세에 힘입은 결과였을 뿐, 납품 단가를 대폭 낮춘 것 때문에 기대 대비 실질적인 영업이익은 그다지 크지 않았다.

'그나마 콩 태운 물에 불과한 것에 불과한 거라서 그런지 가맹점주 사이의 마진은 고평가받고 있지만……'

앞으로 몇 년만 지나면 스타벅스가 국내에 들어온다.

'……그때, 로스트 빈은 스타벅스와 맞붙어 이길 수 있을까.'

로스트 빈 브랜드 론칭 당시에는 나도 제법 자신이 있었지만 요즘은 자꾸 '죽 쒀서 개 주는 꼴이 되지나 않을까' 하는 생각이 든다.

스타벅스가 한국에 처음 점포를 열었을 당시, 사람들의 반응은 냉소적이었다.

당시엔 IMF의 여파도 가시지 않았고, 국민들이 '사치품'을 백안시하던 상황이라, 한 잔에 짜장면 한 그릇 가격과 맞먹는 '쓰고 밍밍한 검은 물'에 대해 반감이 심했던 것이다.

그래서 스타벅스 이용객들에겐 '된장'이라는 경멸 조의 아이코닉한 수식어가 붙어 그게 잠시잠깐 사회현상이 되기도 했다.

'반면 비슷한 전략을 취하고 있는 로스트 빈은 현재 호경기와 맞물려 젊은이들 사이에 별다른 반감 없이 받아들여지고 있긴 하지만.'

몇 년 뒤에도 내가 웃을 수 있을지는, 잘 모르겠다.

전 세계인의 스타벅스 사랑은 특별하다.

그 애정과 선호에는 전문 애널리스트들조차 '브랜드 이미

지와 마케팅 파워'라는 말로 얼버무릴 뿐 이렇다 할 명확한 답을 내놓지 않았고, 나는 미래에 무엇이 어떻게 될지는 알지만, '왜' 그렇게 되는지는 모르는 놈이었다.

'하긴, 스타벅스 애호가였던 전생의 내 약혼자도 왜 그런지 잘 모르겠다고 했으니.'

결국 내가 살았던 전생인 근 미래에는 저가 정책을 내세운 여러 커피 프랜차이즈와 고급화 전략을 취한 커피 프랜차이즈로 양분된다.

개중엔 스타벅스의 고급화 전략을 흉내 낸 여러 브랜드들이 있었지만, 그들도 간신히 숨통만 붙이거나 아예 망하거나 둘 중 하나였을 뿐.

'대표적으로는 중국의 루이싱 커피 같은 게 있지.'

루이싱 커피는 스타벅스의 아성에 당당히 도전장을 내밀며 중국인들 특유의 애국심(및 관시[关系])에 힘입어 급성장했으나, 결국 매출 규모를 부풀린 대규모 회계 조작이 발각되어 나스닥 상장폐지에 이르렀다.

이후엔 중국 내수 시장을 노리는 것으로 방향을 선회해 이럭저럭 팔리긴 하는 모양이지만…….

'결국 별 실속은 없었단 의미야.'

우리 로스트 빈이 그런 회계 조작을 할 리는 없겠으나, 생각할수록 입안이 쓰다.

'이럴 줄 알았으면 그냥 S&S에서 무리를 해서라도 스타벅

스를 들여올 걸 그랬나.'

사실, 한 차례 시도는 했다.

'이쪽이 스타벅스를 선점한다면 나도 괜히 머리를 싸맬 필요가 없어지니까.'

원래 역사에선 금일 그룹 쪽이 스타벅스 브랜드를 한국에 들여오는데, 그들은 1997년, 스타벅스와 금일 그룹이 각각 지분 50%를 나눈 합작회사인 스타벅스코리아를 설립했다.

그러니 같은 조건이라면 먼저 손을 내민 내 쪽이 협상에 유리할 터, 자신만만하게 연락을 넣었는데.

하지만 저쪽의 반응은 이쪽이 당황스러울 정도로 냉담했다.

'합작회사 지분 63%를 요구하는 데다 저쪽에서 CEO를 파견해 앉히고 매해 로열티까지…… 내가 미치지 않고서야 거기 응할 리가 없지.'

그랬다간 목줄이 채워져 질질 끌려다니기만 할 테니, 이는 사실상 거절이나 다름없었다.

어쩌면 내가 협상에 나섰던 시기가 너무 일렀거나, 당시 금일 그룹이 협상을 잘했거나, 이미 이야기가 끝난 것이거나 셋 중 하나일 것이다.

'……아니면 나 때문일까. 하긴, 나라도 물 건너 나라의 초등학생이 대표이사로 있는 수상쩍은 회사랑은 손잡기 꺼려질 거긴 해.'

협상할 당시만 해도 S&S는 이렇다 할 가치척도와 평가 가치가 낮은 기업이었으니까.

지분을 소유한 SJ컴퍼니도 이것저것 벌여 둔 사업만 많았을 뿐 별반 다를 게 없고.

그렇게 스타벅스와 관련한 일화는 내게 커피처럼 씁쓸한 뒷맛만을 남겼다.

"B17번 손님, 아이스 아메리카노 두 잔, 오렌지 주스 한 잔 나왔습니다!"

알바생의 낭랑한 목소리에 나는 카운터 옆으로 가서 쟁반을 챙겼다.

"감사합니다. 장사는 잘돼요?"

내가 툭 하고 던진 물음에 알바생은 당황했다.

"네? 아, 그게……."

나도 참, 뭘 물어보는 건지.

나는 알바생에게 미소를 지어 주었다.

"아니에요. 많이 파세요."

내 곁에 있던 조세화가 픽 웃으며 나를 따라왔다.

"뭐야, 사장님의 점포 조사니?"

"아니, 뭐, 그냥."

나는 대강 얼버무리며 강이찬이 지키고 있는 테이블로 향했다.

"그래도 성진이 너, 제법인데."

"뭐가?"

"로스트 빈, 장사 잘되잖아."

회계장부상으로는 그렇지.

"그뿐만은 아니야."

조세화가 말을 이었다.

"요즘 들어서 '커피 마신다'고 하면 어느새 다들 자연스럽게 로스트 빈의 아메리카노를 떠올리곤 하거든."

"……그래?"

"응, 그 전까진 커피라고 하면 다방이나 믹스커피, 호텔 카페의 비엔나커피 같은 이미지를 떠올렸는데…… 요즘은 좀, 젊고 세련된 이미지라고 할까? 내 생각엔 거기에 로스트 빈이 한몫한 거 같아."

"……."

흠.

장부는 거짓말을 하지 않는다고, 나도 모르는 사이 나름의 성과는 있었던 모양이었다.

어쩌면 이 선점 효과는 스타벅스가 국내로 들어온 이후에도 유효할지 모르겠다.

'이번 회담을 비롯해 이태석에게 경영권을 뺏기고, 운락정 때 일까지…… 요즘 일이 뜻대로 풀리지 않는 것이 많다 보니 에스프레소 같던 내 자신감도 아메리카노마냥 옅어진 모양이군.'

물론 내가 그 원한을 잊은 건 아니다.

'……흥. 그때 받은 수모는 리먼 사태 때 갚아 주지.'

그것도 그때까지 내가 무사하단 전제하에 그만한 총알을 보유했을 때의 이야기지만.

조세화가 쟁반 위의 내 오렌지 주스를 보며 픽 웃었다.

"뭐, 정작 그 로스트 빈의 사장님이 커피도 마실 줄 모르는 꼬맹이라는 건 조금 우습긴 해. 아, 이찬 오빠. 여기요."

강이찬은 조세화가 건넨 커피를 받은 뒤, 자리에서 일어나 내게 입을 뗐다.

"감사합니다. 그럼 편히 이야기 나누십시오."

그리고 강이찬은 우리 테이블과 떨어진 자리로 가 버렸다.

조세화는 조금 서운하단 얼굴로 자리에 앉으며 내게 목소리를 낮춰 물었다.

"이찬 오빠, 낯을 좀 가리는 편이니?"

글쎄. 어느 쪽이냐면 강이찬에게 그런 기미가 다소 있긴 하지만, '낯을 가린다'는 소릴 들을 정도는 아니었다.

'한성진 남매를 대하는 걸 보면 딱히 애들을 싫어하는 것도 아닌 것 같은데.'

하지만 나는 괜히 강이찬에 대해 미주알고주알 늘어놓고 싶진 않아서 되물었다.

"왜?"

"응? 별로. 네가 아빠랑 있을 때 잠깐 이야기를 나눠 봤거든."

조세화는 빨대로 커피를 저었고, 속에 담긴 얼음덩어리가 달그락거렸다.

"그런데 대답도 거의 단답식이고 그래서. 낯을 가리는 분인가, 싶었지."

"……상황이 상황이다 보니 신경이 곤두서 있어서 그랬을 거야. 그보단 언제부터 '이찬 오빠'라고 부르게 된 거야?"

조세화는 아메리카노를 빨대로 한 입 쪽 빨아 마셨다.

"그냥, 너 기다리는 동안. 이찬 오빠라고 불러도 되냐고 물으니까 상관없다던데?"

하긴, 강이찬 입에서 '이찬 오빠라고 부르렴.' 하고 스윗하게 말하는 건 어딘지 상상이 되질 않는다.

"그랬구만."

"근데, 그건 왜 물어보니?"

조세화가 히죽 웃으며 나를 보았다.

"혹시 질투?"

"……질투? 웬 질투? 내가 왜?"

"……."

"……뭐."

"……아니, 아무것도 아니야. 신경 꺼."

조세화는 커피를 벌컥벌컥 마시더니, 잔을 세게 내려놓으며 나를 흘겨보았다.

"꼬맹이."

"키는 내가 더 커."

"롱다리라 좋겠다, 정말이지……."

'롱다리'라. 그리운 유행어로군.

조세화는 그 뒤로도 잠시 나를 째려보다가 자세를 고쳐 앉으며 입을 뗐다.

"됐어. 그보단, 병실 안에선 이야기가 어떻게 된 거야? 잘 풀렸다면서, 어떻게?"

나는 주스를 한 모금 마신 뒤, 조세화를 따라 자세를 고쳐 앉았다.

"그래. 일단 세화 너도 알아 둬야 할 이야기니까, 지금부터 어떤 일이 있었는지 말할게."

나는 조세화에게 병실 안에서 있었던 일을 요약해 간추려 들려주었고, 조설훈이 카세트테이프를 듣지도 않고 부숴 버렸단 부분이며, 나서서 '덮자'고 말했던 대목에선 얼굴 가득 활짝 웃음을 지었다.

"역시 우리 아빠야. 우리 아빠 멋있지?"

"……뭐어."

나는 조설훈에 대해 왈가왈부하지 않고 설명을 이었다.

이어진 모든 이야기를 들은 뒤, 조세화는 진지한 얼굴로 고개를 끄덕였다.

"그렇게 됐구나……."

"뭐, 한편으론 잘됐지."

"응. 아무도 다치지 않고 원만하게 일이 수습되어서 다행이야."

……역시 조세화는 박길태와 김수영이 죽은 걸 모르고 있었다.

'하긴, 알고 있었다면 이런 식으로 천진하게 나올 수 없었겠지.'

내가 주스로 목을 축이는 사이, 조세화가 내게 고개를 숙였다.

"고마워. 그리고…… 미안."

"뭐가?"

"원래라면 내가 해야 할 일이었잖아. 그리고 내가 그 자리에 있었다고 해도, 너처럼 원만하게 잘 수습할 수는 없었을 거 같아."

글쎄다.

조설훈 안에서 나름의 결론이 나 있던 이상, 내가 아니라 조세화가 있었어도 결과는 비슷하게 흘러가지 않았을까.

'조세화가 사업체 일부를 받아 경영한다는 이야기까진 나오지 않았을지도 모르지만.'

나는 조세화의 말을 일부러 대수롭지 않게 받았다.

"신경 쓸 거 없어. 나는 나대로 해야 할 일을 한 것뿐이니까."

"……응. 네가 그렇게 생각한다면, 그런 걸로 하자."

말은 그렇게 했어도, 나를 보는 조세화의 눈은 호의와 감사로 가득했다.

조세화는 귓바퀴를 붉히며 우물쭈물 말을 이었다.

"그런데 신기하다. 어떻게 보면, 네가 말했던 그대로 됐네?"

"응?"

"그 왜, 시저스에서, 오빠 없을 때 말이야."

조세화가 목소리와 톤을 바꿔 말했다.

"모든 일엔 적절한 상황이라는 게 있지. 때와 장소를 바꾸면 같은 내용일지라도 결과가 달라지기도 해."

내 성대모사인가?

조세화가 웃었다.

"결국엔 이번 회담의 때와 장소, 그리고 카세트테이프 원본을 전달한 시기까지 다 맞아떨어졌잖니?"

"……꼭 그렇지만도 않아."

회담이 이런 방식으로 진행되었던 건, 그들도 박길태와 김수영의 죽음으로 발등에 불이 떨어졌기 때문이었다.

"그 자리엔 변호사도 없었고."

공증인으로서 변호사의 존재 유무는 현 상황에 전혀 다른 쟁점을 가져왔을 것이다.

하지만 이 일은 이대로 '없던 것'으로 합의되고 말았다.

내 말에 조세화가 미간을 찡그렸다.

"그치만, 할아버지는 계셨잖아? 분명 할아버지는 다 듣고 계셨을 거야."

사고방식이 퍽 낭만적이군.

뭐, 한 번은 그런 적도 있긴 하나, 그 이후부터는 아니었다.

나는 담담히 조세화의 말을 받았다.

"덧붙이자면 그때 말했던 그룹의 근본적인 경영 체계가 변한 것은 아니야. 뭐, '결과적으로' 네 몫이 생기기는 했지만 경영권이며 지분, 분배 등이 어떤 식으로 이뤄질지는 아직 모르고……."

상정 외의 사태에는 조세광이 저지른 일도 있지만, 일부러 언급하지 않았다.

조세화도 '조세광은 대체 무엇을 했을까'를 궁금해하는 모양이었지만, 이 자리에선 화제로 꺼내지 않았다.

어쩌면 그녀도 본능적으로, 그게 '일이 틀어지게 된, 오늘 회담이 이루어지게 된 결정적인 계기'였다는 걸 깨닫고 있을지 모르나, 그 사실은 상자 속에 봉인해 마음 깊숙한 곳으로 밀어 넣었을 것이다.

'현상 중 하나를 외면하는 건 방어기제 중 하나지.'

그리고 이번 일은 여기서 끝이 아니었다.

하지만, 나는 일부러 모른 척, 말을 이었다.

"아무튼 이야기는 여기서 끝. 도청기 건도 없던 일이 됐고, 이제 내가 할 일도 끝났으니까 너도 그런 줄 알아."

"⋯⋯응."

조세화는 차분히 고개를 끄덕였다가, 눈을 깜빡이더니 나를 보았다.

"아니, 잠깐. 얘가 뭐래. 이걸로 끝낼 생각이니?"

"⋯⋯엥?"

"골프 내기. 나한테 경영 컨설턴트 해 주기로 한 거 잊었어?"

아, 맞아. 그게 있었지.

⋯⋯뭐, 나야 조세화의 사업에 개입할 구실로는 적절하다만.

'여기서는 못 이기는 척 어울려 줘야겠군.'

나는 조세화에게 보란 듯 한숨을 내쉬었다.

"방금 전엔 나한테 고맙다며. 이번 건으로 끝낸 거 아니었어?"

"그건 그거, 이건 이거."

조세화가 생글생글 웃었다.

"물론 내기와는 별개로 오늘 있었던 일의 고마움은 잊지 않을 거야. 하지만 우리 사이에 청산해야 할 일은 해야 하지 않겠니?"

"⋯⋯."

조세화가 이렇게 억지를 부리는 건, 이번 일을 끝으로 나와 인연이 끊어질 것을 염려해서 그런 것이리라.

'그렇게 조급해하지 않아도 다시 엮이게 될 텐데 말이야.'

나는 하는 수 없다는 듯 주스를 한 모금 마신 뒤 입을 뗐다.

"좋아, 그러면 그쪽도 이야기를 해 보자."

"응!"

조세화는 방금 전 회담으로 이번 일이 모두 마무리되었다고 여기는 모양인지, 텐션이 높았다.

'도청기는 빙산의 일각일 뿐이고, 이번 회담조차 살인 사건을 수습하기 위해서였는데.'

조세화가 어떻게 생각하건 간에 나는 시치미를 떼며 말을 이었다.

"우선 네 명의의 경비 업체를 설립해야 하는 건 이해하고 있겠지?"

"으응…… 어쩔 수 없는 일이지만, 납득은 하고 있어."

조세화는 썩 내키진 않는단 얼굴로 고개를 끄덕였다.

"저번에 이야기한 꽃집이랑은 거리가 한참 먼 일이 되고 말았네."

저번에 잠깐 이야기가 나왔던 화훼 사업도 지나가듯 떠올린 아이템은 아니라는 양, 조세화는 굳이 관련 내용을 끄집어냈다.

"그렇다고 아예 생각을 접은 건 아니야. 그 뒤로 집에 돌아가서 곰곰이 생각해 봤는데, 네 말마따나 전국 단위의 유통망을 확보하는 일이며 농장과 계약을 맺는 것까지 고려해야 할 일이 많더라고. 나도 맨땅에 헤딩 할 생각은 없으니까 우선은 기반을 다져 가는 일부터 차근차근 진행해 볼까 해."

다소 충동적으로 꺼낸 생각이라고 보았더니, 조세화는 그녀 나름대로의 개념화와 체계화를 마쳐 두고 있었다.

"그러니까 꽃집 사업에 앞서서 무언가 다른 사업체를 꾸리고, 그 일에 들일 자금이며 인력 확보를 미리 해 두는 것도 나쁘진 않을 거 같아."

조세화가 웃는 얼굴로 덧붙였다.

"그렇게 되면 아빠도 기뻐해 주시겠지? 나도 어엿한 사업체를 꾸릴 수 있다는 걸 증명하는 셈이 될 테니까."

"……"

조설훈이 그 호적에 조세화를 들인 것은 어디까지나 그 당시 나름의 합리적인 판단이었을 것이다.

당시의 조지훈은 이제 막 장가를 가니 마니 하는 때였고, 조설훈은 '때마침' 당시 아내와 결혼 생활에 진절머리를 내던 차였다.

'아내가 부하 한 놈과 불륜이 있었다던가, 어땠다던가.'

그 입장에도 괜히 나이 차 많이 나는 늦둥이가 생겨 계승 구도가 시끄러워지는 것보단 정이 가질 않는 아내(아버지의 첩)

와 조세화를 들이는 것이 한결 낫다고 여겼으리라.

그렇게 첫 번째 아내—조세광의 친모—와 이혼 직후 재가한 조설훈은 표면상으로는 속도위반으로 얻은 조세화를 '오냐자식'으로 키워 냈지만, 실상은 달랐다.

조설훈은 조세화에게 '키운 정'조차 주지 않았다.

그런 조설훈을 자신의 친부라 믿고 있는 조세화는 그 결핍된 부친의 애정을 갈구하고자 노력했지만 소용없는 일이었다.

오히려 그 반작용으로 조세화는 조성광과 붙어 다녔고, 조성광 역시 말년에 들어 감성적으로 변하기라도 한 건지—정작 그의 두 아들에게는 이렇다 할 정을 쏟지도 않았으면서—그런 그녀를 친손주에게 쏟는 애정 이상을 쏟으며 조세화를 아꼈다.

그래서일까, 조성광이 조세화를 챙겨 줄수록 조설훈은 그녀를 백안시했다.

부친으로부터 결핍된 애정은 비단 조세화만 겪는 것이 아니었던 셈이었다.

'그러니 어쩌면, 조설훈이 조세화를 자신의 호적에 들인 것도 그 콤플렉스에 기인해 한 번쯤 아버지가 자신을 돌아봐주길 바랐던 것인지도 모르지만…….'

그 앞에서 이런 이야기를 입에 담을 만한 사람은 없는 데다가, 이런 '사내답지 않은 건' 그 스스로도 생각하지 않을 그런 것이었다.

'이번 일로 설쳐 댄 조세광은 조세광 나름대로, 조설훈에게 갈구하는 모종의 인정 욕구가 있었던 것인지도 모르고.'

나는 고개를 끄덕였다.

"뭐, 경비 업체 건도 갑작스럽게 결정된 감은 없지 않지만 전망이 나쁘진 않아. 세화 네 말마따나 기반을 다지기 위해서……라는 빌미로 시작하는 것에 있어서도 큰 문제는 없지. 파견 형태로 각종 기업에 들이는 것도 좋고, 네 경우는 일단 조광 그룹 내의 계열사와 계약을 맺는 일만으로도 충분할 테니까. 그러려면 우선……."

나는 말을 이으며 생각했다.

아마, 이쯤 해서 조설훈과 조지훈 사이에 이야기가 오고가는 중일 텐데.

그 시각, 이성진이 나간 병실에선 조설훈과 조지훈이 독대 중이었다.

"성진이 그놈, 생각보다 똑똑한 녀석인걸. 가려운 곳이 어딘지 알고 알아서 긁어 주는 기분이오."

조지훈의 말에 조설훈은 짧게 고개를 끄덕였다.

"세광이도 이성진을 일컬어 똑똑한 녀석이라고 말하긴 하더군."

"세광이가?"

"그래. 왜."

"아니, 그 있잖수. 그 녀석 여간해선 남 칭찬하지 않는 거. 집에서는 좀 다른가?"

그 말에 조설훈이 픽 웃었다.

"아니다. 말 그대로야. 그 녀석은 남을 평가하는 잣대가 엄격하니까. 아직 어려서 제 성미에 차질 않으면 불평부터 늘어놓기 일쑤지."

매사 불평불만이 많을 뿐인 놈을 그렇게 포장하다니.

조지훈은 조설훈이 제 자식에겐 무르단 생각을 하면서 피식, 따라 웃었다.

이해하지 못할 바는 아니었다.

조설훈은, 조지훈의 '형수'와 살을 맞대고 사는 사이도 아니었던 데다가, 조세광은 그 가족 구성원 속에서 유일한 자식이었으니까.

조지훈은 조설훈의 역린을 자극하지 않도록 신경 쓰며 입을 뗐다.

"……그건 그렇고, 세화 쪽에는 어떤 애들로 집어넣을 생각이오?"

"……."

"까놓고 말해서, 뭐, 적당한 애들 밀어 넣는 것쯤은 일도 아니긴 하오만, 정작 아무 사정 모르는 그 애들은 자신이 버림 패라고 생각할지도 모른단 의미요. 그렇다고 아주 잔챙이를 넣는 것도 모양새가 나쁘니, 누굴 쳐내고 거둘지는 피차 조금 신중하게 움직여야 할 일이라고 생각하는데…… 형님 생각은 어떻소."

조설훈은 딱딱한 말씨로 조지훈의 말을 받았다.

"그건 생각해 둔 게 있다."

조설훈이 말을 이었다.

"구봉팔."

구봉팔? 조지훈은 낯설지 않은 그 이름에 미간을 살짝 찡그렸다.

"구봉팔? 구봉팔이면 그…… 예전에 아버지가 거둔 그놈 말인가?"

그가 미간을 찌푸렸던 건 구봉팔을 몰라서가 아니었다.

구봉팔은 엄밀히 말해 조성광 회장이 발굴해 낸 인물이긴 했으나, 그룹 개편 당시 조설훈 휘하에 들어갔던 인물이었다.

정확히 말하자면 조설훈의 입김이 닿아 있는 정화물산에 집어넣은 인물로, 조지훈은 이 와중에도 조설훈이 자신의 입김이 닿아 있는 인물을 '중립지대'에 밀어 넣으려는 것은 아닌가 생각하는 것이었다.

하지만 조설훈은 아랑곳하지 않으며 말을 이었다.

"그래. 그 정도면 내 밑도 네 밑도 아닌 녀석인 데다가 제법 수완도 있는 녀석이지. 한때는 아버지도 놈을 제법 높이 샀을 정도니까. 더군다나⋯⋯."

조설훈은 조지훈이 염려하는 바가 무엇인지 알고 있다는 양 핵심적인 내용을 끄집어냈다.

"구봉팔은 이성진이랑 안면을 트고 지내는 사이이기도 하다."

"⋯⋯엥? 구봉팔이가 이성진이랑? 아예 신분부터가 다른데, 당최 뭔 소리요?"

넋 나간 소릴 내뱉는 조지훈에게 조설훈은 그가 따로 뒷조사한 내용을 늘어놓았다.

구봉팔이 이사장으로 있는 새마음아동복지재단, 그리고 그 복지재단에서 운영하는 요한의 집.

작년 연말, 이성진은 그 자회사로 있는 SJ엔터테인먼트를 통해 요한의 집에서 자선 행사를 열었고, 그 바람에 예기치 못한 막대한 금액이 쏟아져 들어왔다.

"하필이면 거기였나⋯⋯. 그래서 어떻게 됐소?"

"어떻게 되긴."

조설훈이 담담하게 말을 이었다.

"손을 뗐다."

"손을 떼다니⋯⋯."

"그런 일로 긁어 부스럼 만들 필요는 없지. 쓸데없는 일로 불거지기 전에 반쯤 인연을 끊었다."

"아하, 그래서……."

요즘 정화물산이 설치는 걸 내버려 두는 건가 하고 말하려다 말끝을 흐린 조지훈은 잠시 잠깐 생각에 잠겼다.

그렇게 따지면, 박길태가 죽은 장소로 Y구가 선정된 건 이성진의 입김이 닿은 결과이리라.

하지만 그 이야기는 지금 꺼낼 것이 아니었다.

조지훈이 입을 뗐다.

"……그런데 형님은 그게 정말 우연이라 생각하오?"

"왜?"

"뭔가 지나치게 딱딱 맞아떨어지는 것 같아서 그러오. 많고 많은 고아원 중에 왜 하필이면 우리 쪽에 있는 거기를 콕 짚어 했냐, 이거외다. 혹시 처음부터……."

조설훈이 피식 웃으며 조지훈의 말을 끊어 냈다.

"아니, 그건 아니다. 정말로 우연인 모양이더군."

"……."

조설훈이 말을 이었다.

"그보다 한참 전, 이성진은 요한의 집 출신의 컴퓨터 좀 다루는 녀석을 회사에 고용했다. 제법 실력은 있었던 모양이야. 그러니 이성진이 연말 자선 행사로 요한의 집을 고른 건…… 그런 의미로 보자면 우연이 아니었던 셈이고."

"……흐음, 그거 참."

조지훈이 턱을 긁적였다.

"아버지가 말하던 인연인가 뭔가 하는 그런 건가?"

"……글쎄. 어쨌건 그게 인연이라고 한다면, 이대로 이성진이 빠져나가지 않게끔 붙잡는 것도 우리에게 찾아온 기회 중 하나겠지."

조설훈이 구봉팔을 염두에 두고 있는 건, 서로의 파벌에 속하지 않은 낙동강 오리 알 신세여서 뿐만은 아니었다.

비록 이성진은 방금 전 이번 일에서 손을 떼겠다는 뉘앙스의 말을 던졌지만, 이번 건은 그 정도로 끝날 이야기가 아니었다.

차라리 구봉팔을 끌어들여서 이성진까지 그 감시하에 놓을 수 있다면, 최악으로 치달은 이번 사태에서 그나마 차선을 택한 전략이라 볼 수 있으리라.

하지만 조지훈은 생각한 바를 내색하지 않으며 고개를 끄덕였다.

"뭐, 형님 생각은 잘 알겠소. 구봉팔이 정도면 믿을…… 만하지."

조지훈이 '믿을 만하다'는 대목에서 저도 모르게 멈칫했던 건, 어떤 의미에선 구봉팔은 신뢰하기 어려운 인물이어서였다.

'정확히 말하자면, 당최 무슨 생각을 하고 사는지 모를 놈이지.'

어느 날인가 조성광이 '주워 온' 구봉팔은 야망이 있는 것도 아니었고, 여자를 밝히는 것도, 돈의 노예인 것도 아니었다.

높은 자리에 오르고자 하는 야망이 있다면 그걸 미끼로 조종하면 되고, 여자를 밝힌다면 주지육림을 안겨 주면 되며, 돈을 좋아하는 거라면 이따금 떡값을 쥐여 주는 것으로 목줄을 채울 수 있겠지만.

구봉팔은 그 움직임의 동기가 될 원천인 '욕망'을 알 수 없는 인물인 만큼, 어떻게 보면 가장 신뢰하지 못할 인물이었다.

그렇다고 해서 조성광 회장의 인품에 반해 의리라는 헛것을 좇으며 충성을 바치고자 하는 그런 부류도 아니었다.

'무언가 꿍꿍이는 있는데, 그게 뭔질 모르니.'

이 바닥의 미덕인 과묵함과 그에 걸맞은 실력까지 갖추고 있음에도 불구하고 그간 구봉팔을 종용하지 않았던 건 그런 위화감 때문이었다.

조설훈이 말을 받았다.

"세화가 차릴 회사는 그렇게, 내 편도 네 편도 아닌 애들로 만들어 두면 얼추 관리가 될 듯하다. 뭐, 나중을 생각하면 그러는 편이 관리하기도 편해지겠지."

거기엔 구봉팔뿐만 아니라, 예전에 조성광 회장에게 한 소리 했다가 이도 저도 아니게 된 일광건설 등도 포함할 수 있을 것이다.

"형님 말씀은 즉, 소위 말하는 위기는 기회다, 이거요?"

조지훈의 말에 조설훈은 앉은 자리에서 의자를 까딱였다.

"굳이 포장하자면 그렇단 거지. 그 사업에는 너와 내 지분이 들어갈 거고, 이 기회에 어중간하게 남은 걸 정리하는 차원에서 몇몇 업체를 조정할 수도 있을 거다."

"흐흐, 좋수다. 나도 반대는 하지 않겠소."

만약 이 자리에 이성진이 있었다면, 쾌재를 불렀을 것이지만, 그는 이 시각 조세화 앞에서 진땀을 빼는 중이었다.

조지훈은 히죽 웃더니 슬며시 웃음기를 거두었다.

"그러면 형님, 좀 더 본격적인 이야기를 해 봅시다."

좀 더 본격적인 이야기, 라.

어조까지 바뀐 조지훈의 말에 조설훈은 자세를 바로잡았다.

"뭐냐."

"형님은……."

조지훈이 말을 이었다.

"……형님은 내가 왜 박길태더러 병실에 도청기를 설치하게 했는지, 궁금하지 않소?"

"……."

그 말에 조설훈의 안면 근육이 꿈틀했다.

조지훈은 태연하게 말했다.

"누가 들을까 걱정 마시오. 여긴 우리 둘뿐이오."

그러면서 조지훈은 병석에 누워 있는 조성광을 힐끗 쳐다보았다.

"아버지는 깨어나실 일 없으니 안심해도 좋수다, 형님."

"……무슨 의미냐?"

"먼저 도착했을 때 미리 확인해 봤거든. 그 뭐시냐, 눈에 후레시 대 보는 걸로."

"그걸 묻는 게 아니잖으냐."

조지훈이 히죽 웃었다.

"나도 알아. 이제 와서 시비 걸려는 게 아니니까 오해하진 마시우. 나는 그저, 사실관계 몇 가지를 명확히 하고 싶었을 뿐이니까."

"……."

"게다가 여긴 화해하는 자리잖소."

조지훈이 어조를 부드럽게 고쳤다.

"형님이 아버지가 저렇게 되시기 전부터 우리 집안을 위해서 힘써 주시고 있다는 건 나도 잘 알고 있소. 사실, 형님 앞이니 하는 소리지만 아버지도 쓰러지기 얼마 전부터는 예전 같지 않으셨고."

"……."

"나는 그게 걱정이었소. 이번에도 형님 혼자서 무슨 일이건 떠맡아 해 오고 있진 않은가, 하고 말이요. 다만 뭐든 혼자서 해 오는 버릇하다 보면 때때로 멈춰야 할 때를 모를 때가 있기 마련이라고, 나는 그렇게 생각하오."

"무슨 말을 하고 싶은 거냐?"

조설훈의 나직한 말에 조지훈이 어깨를 으쓱였다.

"형님, 송충이는 솔잎을 먹어야 하는 법이오. 괜히 다른 걸 먹었다간 탈이 나기 일쑤지. 다른 것 좀 먹어 보겠다며 밭에 씨 뿌리고, 수확을 기다리다 보면 때론 흉작도 들고 그러는 거요."

"비유를 들먹이는 건 너답지 않구나."

"서로 연락 끊고 지내던 몇 년 사이 내 머리도 제법 굵어진 모양이지."

조지훈은 그렇게 말하며 냉소적으로 웃었다.

확실히, 조지훈은 조설훈이 기억하던 것보다 한층 더 성숙해 있는 것처럼도 보였다. 가정이 생기고 아이가 커 가며 나름대로 깨우친 바가 있는 것일까.

조지훈이 말을 이었다.

"형님, 요즘 들어 세상이 많이도 복잡해졌단 생각은 들지 않소? 요샌 컴퓨터니 핸드폰이니, 예전 같으면 생각도 못 할 것들이 쏟아져 나오고 있지. 이러다가 나중에는 TV도 손에 들고 다니는 시대가 오지는 않을까 몰라."

"……"

"나도 구식이지만 형님도 딱히 신식은 아니오. 새 술은 새 부대에 담으랬다고, 시대가 바뀌면 더 이상은 예전 같은 방식이 통하지 않을 때가 오기 마련이지. 그러니 예전부터 아

버지가 하던 방식도 더 이상은 상식도 뭣도 아니게 된단 거
외다. 그 왜…… 이를테면."

조지훈이 무표정한 얼굴로 말을 이었다.

"아버지 때부터 '인연'이 이어져 지금도 형님이 종종 연락
을 주고받는 박상대란 놈이라든가."

박상대.

그 이름이 언급되자 조설훈은 조지훈을 지그시 노려보았
고, 조지훈은 그 시선을 아무렇지도 않은 듯 받아넘겼다.

"내가 아무것도 모를 거라고는 생각하지 마쇼. 따지고 보
면 다 함께 한솥밥 먹고 사는 처지고, 누가 거기 잿가루를 뿌
리면 응당 알게 되는 것도 이상한 일은 아니잖소. 나도 근거
없이 허튼짓을 하진 않아."

조설훈이 조지훈을 매서운 눈으로 노려보았다.

"……그래서, 지금 나를 협박하는 거냐?"

조지훈이 머리를 벅벅 긁었다.

"거참, 오해가 없게끔 나답지 않게 통빡 좀 굴렸는데도 말
이 안 통하네."

"……."

"내가 그걸 가지고 경찰한테 팔아넘기기라도 할까 봐? 사
람 잘못 봤소, 형님."

이번에는 조지훈이 조설훈을 노려보았다.

"만약 형님이 나를 그렇게 짐승만도 못한 새끼로 봤다면

실망이고.”

“물론 경찰한테 말하진 않겠지. 그랬다간 네 밑에 애들은 다 너를 떠날 테니까.”

때론 합리성을 넘어선 관념적인 것이 조직을 지탱하는 근간이 되곤 한다.

조광은 특히 그런 곳이었다.

의리라는 말로 포장된, 언제든지 서로를 배신할 명분을 살피는 하이에나들로 가득한 소굴. 조직.

“그러니 너답지 않게 빙빙 돌리지 말고 할 말을 해라. 그걸 빌미로 나한테서 뭘 뜯어낼 생각이었냐?”

언제 주먹이나 집기가 날아가도 이상하지 않을 분위기 속에서, 조지훈은 먼저 자세를 고쳐 앉았다.

여기서 주먹질을 할 생각은 추호도 없다는 신호였다.

“……때로는 뭐든 혼자서 감당하는 것보다 나누면 더 득이 되는 것도 있기 마련이란 거요.”

“결국엔 협박이군.”

조설훈의 냉소적인 반응에 조지훈은 앉은 자리에서 주먹을 쥐었다 폈다.

마치, 이 자리에서는 꾹 눌러 참아야 한다는 것처럼.

“전부 다 조직을 생각해서 한 말이오. 나아가선 가족들까지. 지금 형님이 하고 있는 것들은 결국 우리 모두를 끝장낼지 모른단 거요.”

"……."

"솔직하게 나가자고 약속했으니, 좋소. 털어놓지. 박상대가 먼저 나를 찾아왔소."

그 말에는 줄곧 애써 냉정함을 유지하고 있던 조설훈의 인상이 구겨졌다.

"뭐?"

조지훈은 피식 웃었다.

"그 새끼는 형님을 완전히 믿지 않았단 거겠지. 꼴에 나랑 형님 사이를 이간질하려던 거 같더군. 뭐, 그간 형님과 내 사이가 원만하지 않았던 건 사실이니…… 딴에는 해 볼 만하다 여겼을 거야. 딱 그짝 놈들이 떠올릴 법한 생각 아니오? 그렇다고 내가 그걸 덥석 물었을 거라고 생각한 게 그놈의 계산 미스였고. 암만 그래도, 내가 짐승 새끼도 아닌데 가족을 배신할 리가 없잖소."

"……."

"다만 나는 나대로, 그놈 말이 진짜인지 아닌지 확인해 볼 필요가 있었고……."

조지훈이 탁자 위의 양철 가방을 툭툭 가볍게 건드렸다.

"보아하니 그놈 말은 사실이었던 거 같더구먼."

"……."

조지훈이 양철 가방 위에 손바닥을 얹은 채 입을 뗐다.

"솔직히 말하자면, 나는 예전부터 박상대 그 애송이 놈이

마음에 들지 않았소. 그 애비도 마찬가지였고, 의리라곤 눈곱만큼도 없는 작자들이니. 뭐, 이해는 하오. 아버지 때는 정치하는 놈들이랑 연줄이 있으면 일이 편했던 것도 사실이니까. 하지만 말하지 않았소? 시대가 변했다고."

"……."

대답 없는 조설훈은 인상이 구겨진 그대로였고, 조지훈이 말을 이었다.

"하지만 시대가 변해도 변치 않는 것도 있기 마련이지. 세상에 믿을 놈 하나 없어도, 가족만큼은 믿어도 좋은 거요. 아니면…… 형님은 내 진심을 몰라주겠단 거요?"

그제야 조설훈은 구겼던 인상을 펴며 의자에 등을 붙였다.

"그래. 네 말이 맞다."

자신을 배신한 박상대를 향한 분노는 잠시 접어 두더라도, 그걸 순순히 털어놓은 조지훈만큼은, 조금 믿을 수 있을 것이다.

"나는 네 말대로 구식이었던 모양이군."

그런 조설훈을 보며 조지훈이 히죽 웃었다.

"……흐흐, 형님이 농담을 하는 걸 보니 기분이 괜찮은 모양이군."

"아니, 화는 난다만 그걸 여기서 풀 일은 아니잖느냐."

조설훈의 말에 조지훈은 픽 웃으며 안주머니를 뒤지더니 힙 플라스크를 꺼내 흔들어 보였다.

"한잔할라우?"

그 능청스러운 모습에 조설훈은 그만 피식 웃고 말았다.

"그건 또 뭐냐?"

"뭐긴, 이런 일이 있을까 봐 준비해 둔 약이지."

"……그래. 그러자."

조설훈이 고개를 끄덕이자, 조지훈은 비치된 종이컵 두 개를 꺼내 탁자에 놓곤 안에 든 브랜디를 각각 따랐다.

둘은 말없이 종이컵을 부딪친 뒤, 단박에 들이켰다.

브랜디를 마시고 기분이 한결 더 나아진 조설훈은 '흐음' 하고 부드럽게 숨을 내쉬었다.

"좋은데."

그런 조설훈을 보며 조지훈이 씩 웃었다.

"23년산, 형님 취향이지? 나야 뭐 소주가 최고지만."

"일부러 내 취향에 맞춰 준 거냐?"

"흐흐, 이래 뵈도 내가 밑 준비는 철저하지 않소? 이런 날이 오길 기다리면서 준비한 거지."

조지훈은 조설훈의 빈 잔을 채우고, 자신의 잔을 채웠다.

"한 가지 더 물어봅시다."

"뭐냐."

"길태는…… 형님이 한 거요?"

조설훈은 잠시 뜸을 들였다가, 대답했다.

"아니."

"……."

"……."

"……그러면 됐소."

조지훈은 술을 한 모금 마신 뒤, 잔을 내려놓았다.

"박길태 그놈은……. 한창땐 내가 좀 귀여워했던 것도 사실이지. 어떻게 보면 때를 잘 타고난 거고, 한편으론 그 정도가 놈이 가진 그릇의 한계란 거야."

"……."

"나도 사고였단 것쯤은 얼추 알고 있수다. 일부러 제낄 만큼 대단한 놈도 아니고, 그놈 팔자가 거기까지였단 거겠지."

조지훈은 잔을 마저 비운 뒤, 입가를 훔쳤다.

"그러니 형님은 지금 조사받고 있는 놈 입단속이나 시켜주시오. 나도 덮어 둘 테니까. 이 일도 시간이 지나면 잠잠해지지 않겠소."

"그래. 고맙다."

"신경 쓰지 마쇼. 형님이랑 나 사이인데……."

그때, 조설훈 안주머니의 핸드폰이 울렸다.

위잉-하고 떠는 진동음에 조설훈이 멈칫했고, 조지훈은 빈 컵에 술을 따르며 어깨를 으쓱였다.

"자리를 비킬까?"

"아니. 거기 있어."

조설훈 나름대로 신의를 지키고자 제스처를 취한 것일까,

그는 숨길 것 없이 보란 듯 앉은자리에서 전화를 받았다.

"예. 조설훈입니다."

─도대체 일 처리를 어떻게 한 겁니깨!

씁, 하필이면.

조설훈은 상대방의 목소리를 들으며 눈썹을 씰룩였고, 수화기 너머에 있는 게 누군지 눈치챈 조지훈은 피식 웃었다.

"놈도 양반은 못 되겠군."

그 이죽거림에 조설훈은 눈으로 주의를 준 뒤, 박상대의 전화를 마저 받았다.

"무슨 일입니까?"

물론 마음 같아선 박상대에게 욕을 한 바가지 퍼부어 주고 직접 찾아가 그 재수 없는 면상을 박살 내 버리고 싶었겠지만, 조설훈은 지금 무척 냉정했다.

만약 박상대가 조금 더 눈치가 빠릿한 인물이었다면 전화를 받는 조설훈의 목소리가 부자연스러우리만치 딱딱하단 걸 눈치챘겠지만, 그도 그럴 경황은 없는 듯했다.

─지금 몰라서 묻는 겁니까? 지금 인터넷에 난리가 났단 말입니다!

"……인터넷?"

─웬 놈이 물고기 배 속에서 반지를 찾았다고, 심지어는 그걸 인터넷에 기사를 올렸다 이겁니다. 어떻게 알았는지 반지 주인이 나라는 것까지…….

인터넷이니 기사니, 게다가 물고기? 순간적으로 박상대가 무슨 횡설수설하는 말을 하는지 이해하질 못한 조설훈이었지만, 덜컥 하고 마음에 걸리는 키워드가 있었다.

반지.

거기서 잠시 멈칫했던 조설훈은 이어서 모르는 척 시치미를 뗐다.

"도대체 무슨 말씀을 하시는지 모르겠군요. 인터넷이며 물고기, 반지라니, 다 무슨 말씀이십니까?"

ㅡ……후우.

수화기 너머 흥분을 주체하지 못한 박상대의 한숨 소리가 들렸다.

ㅡ됐습니다. 만나서 이야기하시죠.

"알겠습니다. 곧 찾아뵙겠습니다."

딸깍.

핸드폰을 덮은 조설훈은 종이컵 속의 브랜디를 쭉 들이켠 뒤, 으득, 종이컵을 구겼다.

"후우. 그나마 이게 있어서 다행이군."

조지훈이 조설훈을 물끄러미 쳐다보았다.

"놈을 어쩔 거요?"

조설훈은 잠시 생각하다가 대답했다.

"재낀다."

조설훈의 담담한 말씨에 조지훈이 웃었다.

"하하하, 그래 봬도 빽 있는 놈이라 쉽지 않을 텐데."

조설훈이 고개를 끄덕였다.

"안다. 그래도 일단은 뭔 이야기를 하는 건지 들어 봐야지. 어차피 아직은 때가 아니야."

핸드폰을 주머니에 찔러 넣은 조설훈이 몸을 일으켰다.

"그렇게 됐으니 이만 간다."

"같이 나갑시다. 아, 한동안은 피차 출입금지인데, 아버지한테 인사는 안 하실 거요?"

조설훈은 힐끗, 병석에 누운 조성광을 보았다.

"……됐다. 어차피 깨어나실 일도 없을 텐데."

조지훈은 머리를 긁적이더니 조설훈을 따라 자리에서 일어섰다.

"그럼 이만 나가 봅시다. 할 이야기도 끝났고, 형님이랑 화해도 했으니……. 아, 이건 어떻게 할까?"

조지훈이 양철 가방을 툭툭 두드려 보이자, 조설훈은 피식 웃었다.

"네가 알아서 처리해라."

"……알았수. 그러면 이건 이쪽에서 처분하지."

달각, 병실 문이 열리고 조설훈이 앞장서 방을 나섰다.

그 뒤를 따르던 조지훈은 잠시 조세화의 홀인원 기념 트로피를 힐끗 살폈다가, 문을 닫았다.

조성광 홀로 남은 병실은 텅 비고 무척이나 고요했다.

6장

노트에 빼곡하게 찬 필기를 보며 조세화는 혀를 내둘렀다.

"……성진이 너 생각보다 본격적인데?"

나야 미리 생각해 둔 바를 그녀에게 늘어놓았을 뿐이지만, 나는 내색하지 않으며 어깨를 으쓱였다.

"아직까진 병실에서 있었던 이야기는 그렇게 전개되지 않을까, 하는 가설에서 출발한 내용일 뿐이야. 구체적으로는 뭐가 어떻게 될지 나도 아직 잘 모르고."

"그래도……."

가만히 내 이야기를 듣던 조세화가 고개를 돌렸다.

"……응?"

그녀를 따라 고개를 돌리니, 왠지 성난 것처럼 보이는 조설훈이 수행원을 대동하고 병원 로비를 가로질러 발걸음을 옮기는 중이었다.

"아, 빠⋯⋯."

그 모습에 조세화는 반가워하며 자리에서 일어서려다가 멈칫하더니 불안한 눈빛으로 나를 보았다.

"⋯⋯혹시 이야기가 잘 안 풀린 걸까?"

"그런 거 같진 않은데."

나는 덤덤한 얼굴로 멀찍이서 그 뒤를 따르는 조지훈을 가리켰고, 조지훈은 멀리서 우리를 발견하더니 얼굴 가득 활짝 미소를 지으면서 우리가 있는 카페로 걸어왔다.

그 모습을 본 강이찬은 잠시 멈칫하긴 했지만, 장소가 개방된 공간이며 그에게 적의가 없다는 걸 알아채곤 자세만 고쳐 앉았다.

'조지훈도 악의는 없었겠지만, 그 바람에 카페 손님들이 허둥지둥 짐을 챙겨 일어서는걸.'

부하에게 예의 양철 가방을 맡긴 조지훈은 씩 웃으며 우리가 있는 좌석에 의자를 끌어와 털썩 앉았다.

"혹시 기다린 거냐? 그런 거라면 미안한데."

"아닙니다, 조지훈 이사님. 저희 나름대로 앞으로 해야 할 일을 이야기 중이었어요."

"이사님이라니, 뭐냐, 우리 사이에 그런 딱딱한 호칭은 필요 없어. 그냥 삼촌이라 불러라, 하하하."

조지훈은 호탕하게 웃으며 내 어깨를 가볍게 툭툭 두드렸는데, 그것만으로도 어깨가 빠지는 줄 알았다.

'쓥, 진짜. 곰도 아니고.'

하지만 조지훈의 그 허물없는 태도 덕일까, 조세화는 반쯤 안도하는 눈치로 조지훈을 보았다.

'반쯤'이라는 건, 완전히 마음을 놓았단 의미는 아니었다.

"작은아버지, 아빠는요?"

"음? 아, 형님은 따로 급히 볼일이 있어서."

다른 급한 볼일이라.

설마 박상대 쪽 일인가?

'하긴, 오늘은 김기환이 인터넷에 기사를 올리기로 예정한 날이었으니.'

보좌진을 통해서든 뭐든 관련한 이야기를 들었을 테니, 박상대는 지금 똥줄이 탔으리라.

조지훈이 말을 이었다.

"그 바람에 안 그래도 원랜 오늘 둘이서 움직일 일이 있었는데, 그러질 못하게 됐다."

조세화며 조지훈도 겉으로 내색하진 않았지만, 그 둘의 시선은 부하 손에 들린 양철 가방을 잠시 스쳤다.

"그랬군요……. 어라?"

조세화는 멈칫하더니, 고개를 갸우뚱하곤 코를 킁킁하더니 조지훈의 상의에 코를 갖다 대고 킁킁, 다시 한번 냄새를 맡았다가 인상을 찌푸리며 조지훈을 밀쳤다.

"작은아버지, 술 마셨죠?"

조세화의 말에 조지훈은 멋쩍어하며 머리를 긁적였다.

"어떻게 알았냐?"

"어떻게 알긴요, 술 냄새가 나잖아요."

그러면서 조세화가 조지훈의 정장 상의를 툭툭 두드렸다.

주름이 흔들리는 모양으로 보아, 안주머니에 힙 플라스크라도 넣어 두고 있는 모양이었다.

"작은아버지, 병원 내에는 술 반입 금지인 거, 몰라요?"

커피콩 볶는 냄새와 병원 냄새, 조지훈에게서 나는 희미한 담배 냄새 사이에서 그걸 맡아 내다니.

'개코인가.'

그러면서 조세화가 눈을 흘기니, 조지훈은 헛기침을 했다.

"흠, 흠, 뭐어, 좋은 일이 있었으니까. 형님이랑 가볍게 한 잔했는데……."

"……."

뒤이어 조지훈이 빙긋 웃으며 조세화를 보았다.

"그래도 뭐, 걱정할 거 없다. 앞으론 잘 풀릴 일만 남았으니까."

그 뒤이은 말만큼은 가식이 느껴지질 않아서, (내게는 불행하게도)조설훈과 이야기가 잘 풀린 모양이었다.

'술잔까지 나눴다니, 비 온 뒤에 땅이 굳고 있는 건가.'

분명 둘 사이엔 넘을 수 없는 강물이 흐르고 있었을 텐데도.

속으로 쓴물을 삼키는 나와는 달리 조세화는 이제 반쯤 남아 있던 우려를 완전히 내려놓으며 활짝 웃었다.

"잘됐어요. ……정말로."

물론 조세화는 잔소리를 잊지 않았다.

"그 대신, 앞으론 병원 내에 술 반입하고 그러지 마세요. 이번만 봐드리는 거예요."

"어이쿠, 알았다. 알았어. 나 참, 무서운 조카를 뒀네, 그래. 이만하면 아버지를 믿고 맡길 수 있겠구먼. 하하하."

조지훈은 제 무릎까지 쳐 가며 호탕하게 웃었다.

"그건 그렇고."

그는 탁자 위에 조세화가 빽빽하게 필기해 둔 노트를 힐끗 쳐다보면서 말을 이었다.

"둘이서 사업 이야기 중이었냐?"

"네, 작은아버지. 보실래요?"

조세화가 노트를 슥 내밀었지만, 조지훈은 보지도 않고 손사래를 쳤다.

"아니, 됐다. 잠깐 보기만 해도 멀미가 나. 너도 알겠지만 난 그런 쪽은 영 젬병이거든."

글쎄, 과연 그럴까.

조지훈이 말을 이었다.

"그러고 보면 성진이한테 얼추 이야기를 들은 모양이구나."

조세화가 고개를 끄덕였다.

"네. 제 명의로 경비 업체를 만들기로 하셨다면서요?"

"그랬지. 뭐어, 형님과 나 사이에 그렇고 그런 일이 있다 보니까…… 물론 형님과 나 사이는 이제 아무런 문제도 없지만, 밑에 애들 생각은 또 아직 그러질 않잖냐. 해서, 너에겐 미안하게 됐다."

"아니에요, 작은아버지. 저도 좋은 기회라고 생각하거든요."

조세화의 말에 조지훈이 씩 웃었다.

"그것도 들었다. 세화 너, 사업에 흥미가 있다면서."

조세화는 쑥스러워하며 우물쭈물 대답했다.

"오빠도 하는데, 저라고 못 할 게 있나요. 안 그래도 엄마나 작은아버지가 예전에 제안하셨던 것도 있고……. 정말로 저에겐 좋은 기회니까, 제 입장은 너무 염려하지 마세요."

조지훈은 잠시 흐뭇한 시선으로 조세화를 바라보다가 내 어깨를 툭툭 두드렸다.

"그래, 이왕 이렇게 된 거, 성진이한테 잘 배워 둬라. 나도 오늘 처음 만난 녀석이긴 하지만 정말 괜찮은 놈이야."

뭐, 이 시점의 나를 싫어하는 사람은 손에 꼽을 정도이긴 하지.

'……아니, 내 회사 부하들은 악덕 사장이라면서 싫어하고

있으려나.'

뒤이어 조지훈은 조세화에게 무어라 귓속말을 했고, 조세화는 얼굴이 빨개지더니 투닥투닥 조지훈의 어깨를 때렸다.

"아, 정말, 그런 거 아니거든요!"

"아니긴, 뭘. 잘해 봐."

"……끄응."

조세화는 빨개진 얼굴로 몸을 비틀면서 새침하게 커피를 한 모금 쪽 빨아 마셨다.

뒤이어 조지훈이 턱을 긁적이곤 대수롭지 않은 척 입을 뗐다.

"아, 그치. 이야기가 나와서 말인데, 지금은 아버지 병실 앞이 비어 있거든."

제 사람 한둘은 붙여 둘 줄 알았더니, 박길태 건으로 크게 데인 조지훈은 약조한 대로 인원을 철수시킨 모양이었다.

"병원 내 보안을 의심하는 건 아니지만, 세화 쪽 이야기가 진행되기 전까지 땜빵으로 설 만한 애들 없을까?"

조세화가 끼어들었다.

"작은아버지도 참, 걱정이 과해요. 그리고 성진이네 회사는 컴퓨터 소프트웨어랑 식당이랑 카페에 연예계…… 생각해 보니 많기도 하네. 뭐, 아무튼 그런 쪽이거든요? 경비 업체랑은 하등 관계가 없다고요."

조세화가 그렇게까지 말했지만, 조지훈은 그 시선을 줄곧 나를 향한 채 말을 받았다.

"만사불여튼튼이라고 하지 않냐. 나도 그냥 한번 물어보는 거야."

대수롭지 않은 듯 말하는 조지훈.

나는 순간적으로 평소처럼 시치미를 뗄까, 생각했다가 멈칫했다.

'……설마, 그는 지금 나를 경계하고 있는 건가.'

어딘지 모르게, 순간적으로.

조지훈이 나를 보는 시선 속에서 그가 내 존재 뒤를 살피는 듯한 예리한 흔적을 읽은 기분이 들었다.

저래 보여도, 아니 저런 부류이기에 더더욱, 그에겐 언어화되지 않는 야성적인 직감이 발달해 있으리라.

마침 조지훈의 부하인 박길태가 죽은 Y구 건설 부지 현장은 구봉팔이 이사장으로 있는 새마음아동복지재단 명의였다.

그러니 조지훈은 어쩌면, 내가 구봉팔과 이번 일에 따로 연관이 있으리라 생각하고 있을지 모른다.

'숨겨서 의심을 사느니 조금 드러내는 것도 나쁘진 않지.'

나는 미소 띤 얼굴로 대답했다.

"음…… 그렇게 말씀하시니, 사실 생각나는 사람이 있긴 해요."

내 말에 조지훈은 입꼬리를 슬쩍 움직였고, 조세화는 어리둥절해하며 물었다.

"응? 혹시 너, 경비 업체도 경영하고 있었니?"

"그런 건 아니고…… 사실 따지고 보면 조광 그룹이랑 관련이 있는 분이 있거든. 너도 아는 사람이야. 그 왜, 구봉팔 이사장님이라고…….'

구봉팔의 이름이 언급되자 조세화가 미소 띤 얼굴로 고개를 끄덕였다.

"아, 구봉팔 아저씨! 맞아, 그분이 계셨지."

다만 조세화의 입에서까지 구봉팔이 언급될 줄은 몰랐다는 듯, 순간적으로 조지훈의 얼굴이 굳었다가 스르륵 풀어내며 입을 뗐다.

"세화 네가 어떻게 구봉팔이를 아는 거냐?"

"어라, 작은아버지도 알고 계세요?"

"……그야 우리 그룹 사람이니까. 예전엔 일도 함께했었고."

"와…… 그랬구나. 인연이네요."

이번엔 조지훈의 시선이 나를 향했다.

"성진이 너는 구봉팔이랑 어떻게 알고 지내는 사이냐?"

조지훈의 추론 과정까진 알 수 없었지만, 그가 구봉팔과 내 관계를 의식하고 있는 건 분명했다.

"세광이 형 소개로 알게 되었어요."

"……세광이가?"

"네. 그러니까 거슬러 올라가면 작년 연말쯤 요한의 집에서……."

공식적으로 내가 구봉팔과 안면을 튼 건 내가 처음 필드에 나섰던 날이었다.

당시 구봉팔은 조세광의 꼬붕 노릇을 하며 골프백을 짊어졌고, 그때만 하더라도 구봉팔은 조세광에게 상납금을 바치는 한물간 건달에 지나지 않았다.

그러다가 조세광과 나 사이에서 이런저런, 입 밖에 내기 힘든 신경전 끝에 조세광은 구봉팔을 놓아주었다.

'어떻게 보면 그때부터 이 사태의 톱니바퀴가 본격적으로 돌아가기 시작했다고도 볼 수 있지.'

이후 SJ컴퍼니의 후원금을 받아들이게 된 새마음아동복지재단은 음지를 벗어나 본격적인 행보를 시작했고, 동시에 구봉팔은 조광 그룹의 간섭을 벗어나게 되었다.

구봉팔과 나 사이에 있었던 표면적인—우리 둘 사이의 거래를 배제한—일화를 전해 들은 조세화는 자못 흥미롭다는 듯 고개를 끄덕였다.

"그런 일이 있었구나. 그러잖아도 '만나 뵙기 힘든 이성진 사장님' 소문은 줄곧 들어 왔는데, 어쩐 일로 우리 골프 클럽에 행차하시나 궁금했거든."

"……응? 만나 뵙기 힘든? 뭐?"

내 말에 조세화가 씩 웃었다.

"몰랐니? 우리 사이에선 너 되게 유명한데. 사실 그날 내가 골프장에 간 것도, 오빠가 너랑 부킹이 됐다기에 성진이 네 얼굴이나 한번 볼까 싶어서였거든.”

“……”

유력가 2, 3세가 모인다는 예의 '영 앤 리치 클럽'은 줄곧 의식하고 있었지만, 이진영이 중간에서 수를 쓰고 있었나.

'……그걸 고마워해야 할지 원망해야 할지는 모르겠지만.'

들으니 아무래도 '모임'에서 나에 대한 수요는 줄곧 있었던 모양이었다.

한편 내 이야기를 들으며 생각에 잠겨 있던 조지훈이 툭 하고 입을 뗐다.

“혹시 지금 부를 수 있겠냐?”

“예? 하지만 구봉팔 이사장님은 제가 사전 약속도 없이 함 부로 부를 수 있는 분은 아닌데요. 한번 연락은 해 볼 수 있 겠지만…….”

잠시 나를 물끄러미 쳐다보던 조지훈이 고개를 저었다.

“아니다. 그냥 해 본 소리니까 신경 쓰지 마. 어차피…….”

거기까지 말한 조지훈이 어조를 바꿔 말을 이었다.

“사실은 경비 업체 관련해서 구봉팔이한테 연락을 넣어 볼 까, 형님이랑 이야기가 나왔었거든.”

“그래요?”

조세화까지 알고 있다면서 나서니 조금 의심을 거둔 건가.

나에겐 다행이었다.

조지훈이 웃으며 내 어깨를 툭툭 두드렸다.

"음. 그쪽은 나중에 우리끼리 차분히 이야기를 나눠 볼 테니 신경 쓰지 마라. 며칠 정도야 뭐……. 세화 말마따나 나도 걱정이 지나친 거겠지."

거기까지 말한 조지훈은 의식적으로 손목시계를 들여다보더니 자리에서 일어섰다.

"그럼 그렇게 알고. 나는 이만 가 보마."

"바래다드릴게요."

조지훈은 자리에서 일어서려는 조세화를 자연스럽게 만류했다.

"아니다. 바깥에 더운데 그럴 거 없어. 가기 전에 담배도 한 대 피울 거고. 혹시 세화 너……?"

"작은아버지도 참."

조세화가 눈을 흘기자 조지훈은 호탕하게 웃으며 자리를 떴고, 나도 적당히 작별 인사를 했다.

"정말이지, 짓궂으셔."

조세화는 멀어지는 조지훈을 보며 그렇게 툴툴거리더니, 힐끗 내 눈치를 살폈다.

"너는 이제부터 어떻게 할 거니? 혹시 오늘도 바빠?"

"아니, 뭐……."

물론 나도 이쯤 해서 적당한 구실을 대고 자리를 파해도 좋겠지만, 한 가지 확인해 볼 것이 있었다.

계기를 던져 준 김에 나는 조세화에게 슬쩍 말을 붙였다.

"오늘은 일부러 널널하게 일정을 잡아 뒀으니까, 조금 더 어울려 줄게."

"으, 응? 무슨 의미니?"

당황하는 조세화를 보며 나는 어깨를 으쓱였다.

"오늘 너, 회장님 병문안도 못 했잖아. 너도 책임자가 됐으니까, 보고 차원에서 한번 찾아봬야 하지 않을까?"

"……같이 가 줄 거야?"

마음 같아선 혼자서라도 병실로 가서 확인해 보고 싶지만, 그럴 수 없으니 문제지.

나는 미소 띤 얼굴로 고개를 끄덕였고, 조세화는 눈에 띄게 기뻐했다.

"그래, 그럼 지금 당장 가자. 사실 말이 나와서 하는 이야기지만 사업 이야기는 어른들 이야기가 진행된 뒤에 해도 되는 거고……."

나는 주섬주섬 자리를 챙기는 조세화에게 툭 하고 말을 던졌다.

"아참, 세화야."

"응? 왜?"

"병실에 놓인 꽃병, 그때 우리가 갔을 때 그대로던데. 이참에 그것도 갈아 줘야 할 거 같아."

"……정말? 그러고 보니 요 며칠간은 전혀 신경을 못 썼

네…….”

죄라도 지은 양 중얼거리는 조세화는 미소 띤 얼굴로 말을 이었다.

“알았어, 가는 길에 사 가자. 내 단골은 아니지만 근처에 꽃집 있는 거 봐 뒀거든.”

그런 조세화에게 나는 미소를 지었다.

‘이걸로 잠시 잠깐 병실에 혼자 있을 시간은 벌었군.’

내 생각이 맞는다면 오늘 있었던 일은 분명, 이대로 끝날 일은 아니었다.

만약 오늘.

정진건이 Y구 경찰서를 찾아오는 길을 헤매지 않았더라면 그는 여기서 소환 조사에 응해 Y구 경찰서를 방문한 구봉팔을 만났을지도 모를 일이었다.

또는, 구봉팔이 수사 협조에 미진한 태도를 보이며 시간을 끌었다면, 그건 그것대로 둘이 만날 기회가 찾아왔을지도 모른다.

만일 그랬다면 수사 진행 방향도 조금은 그 궤를 달리했을지 모르나, 결과적으로 둘의 대면은 이루어지지 않았다.

이성진이 조성광의 병실에서 삼자대면을 하고 있던 그 시각, 정진건은 Y구 경찰서에 도착했다.

"××경찰서 정진건 형사입니다."

"말씀은 많이 들었습니다. Y경찰서 석동출 형사입니다."

사건 담당 형사와 정진건이 악수를 나눴다.

"정 형사님의 협조에 감사드립니다. 덕분에 얼마 전 박길태의 집에서 만화책을 찾았습니다."

"아닙니다. 운이 좋았죠."

정진건의 말에 석동출 형사가 너털웃음을 터뜨렸다.

"운이 좋긴요. 게다가 하신 일은 그뿐만도 아니었고 말입니다. 하하."

정진건이 양상춘을 대동하고 사건 현장을 방문한 그날 이후, 미적지근하던 수사에 진척이 생겼다.

경찰은 박길태의 집을 조사해 Y구 사건 현장에서 발견된 편을 제외한 만화책 전질을 찾았을 뿐만 아니라, 당시 양상춘이 현장 근처에 있으리라 추측한 '사라진 총탄 세 발'마저 찾아냈다.

인근 지면에서 발견된 총탄 세 발의 탄조흔은 김수영이 갖고 있던 리볼버와 일치했다. 그걸 지목하니 목격자인 지동훈은 동요하는 모습을 보였다고, 정진건은 반장에게 전해 들었다.

'그렇다고 열리지 않던 지동훈의 입을 연 건 아니었지만.'

한강 변사체 사건도 미궁에 빠진 마당에 뒤이어 발생한 총격 사건은 청장 선에서도 관심을 기울이고 있었다.

미제 사건 두 개, 그것도 토막 살해와 총기 사건처럼 하나도 좌시하기 어려운 것이 연달아 겹치면 청장도 불편해진다.

그 와중 정진건은 양상춘과 함께 Y경찰서 관할 구역에서 유력한 단서 몇 가지를 찾아냈고, 청장에게 쪼이고 있던 각 경찰서장은 정진건을 매개 삼아 피차의 관할이며 정치적 입장을 넘어선 수사에 임하려 하고 있었다.

그리고 오늘 정진건이 Y구 경찰서를 찾은 것도 표면상으로는 수사 협조라는 명목이었으나, 실질적으론 청장으로부터 내려오는 공치사용 호출이었다.

「높으신 분들은 자기들이 한마디 하면 그게 주마가편(走馬加鞭)이 된다고 생각하는 모양이니까.」

이를 공식적으로 처리할 수 없는 건 어디까지나 두 사건이 '미결'인 상황이기 때문이라고 반장은 정진건에게 귀띔했다.

「그렇다곤 해도 정 형사, 이번 고과는 기대해 볼 만하겠는데?」

반장은 그렇게 말하며 웃었지만.
'이러나저러나 결국은 사건이 해결되는 걸 전제로 한 이야

기야.'

어차피 고과는 별로 신경 쓰지 않는다. 오히려 정진건에겐 청장의 개입으로 인해 앞으로 있을지 모를 수사 공조의 가능성만이 달가웠다.

'지금은 한강 변사체 사건과 총격 사건 사이에 무언가 상호 연관이 있을 거라는 추측에 이른 상황이고.'

어쩌면 양상춘이 오는 길에 지나가듯 말했던 '별도의 조직'이 만들어지는 것도 허황된 이야기는 아니게 될지도 모를 터.

그렇게, 각자의 관할 구역을 넘어선 공조가 이루어지려 하고 있는 상황에서 정진건을 대하는 석동출의 태도는 꽤 바람직한 것이었다.

'내가 사건 현장을 들쑤신 것도 사람에 따라선 관할 구역을 넘어서는 월권이라 볼 여지도 있는 일이었는데, 별달리 신경 쓰지 않는 모양이어서 다행이군.'

그것도 마당발인 반장이 뒤에서 손을 써 준 덕분이겠지만.

석동출은 뒤이어 경찰서를 둘러보고 있던 양상춘을 보았다.

"저, 이분은……."

그 말에 양상춘은 고개를 돌려 석동출을 보았다.

"국과수 양상춘 박사입니다."

"아, 그러셨군요. 이번에 큰일 하셨다고 들었습니다. 양 박사님께서 도움을 주신 덕에 수사의 갈피도 새로이 잡혔고요."

석동출의 미소 띤 말에도 양상춘은 시큰둥한 얼굴이었다.

"제가 뭔가 했다면, 그건 어디까지나 초동수사가 미흡해서 그랬을 뿐입니다."

"……예?"

비록 악의는 없다지만.

마치 시비를 거는 듯한 양상춘의 훅 하고 들어온 말에 석동출은 저도 모르게 당황했고, 그 사이로 정진건이 눈치껏 끼어들었다.

"아, 그러고 보니 지동훈은 여전히 입을 다물고 있다고 들었습니다."

석동출은 떨떠름한 얼굴로 고개를 끄덕였다.

"예. 놈도 끈질기더군요. 안 그래도 현장에 '제3자'가 있었단 가설에 수사 방향을 맞추고 있습니다만…… 그래서 오시기 전에 구봉팔을 만났는데 당일은 알리바이가 있는 것 같더군요. 그것도 지금 알아보는 중이지만, 거짓말은 아닌 것 같습니다."

정진건이 고개를 끄덕였다.

"구봉팔이……. 그렇군요."

흠, 오기 전에 이미 소환 조사가 끝난 건가? 타이밍 한번 공교롭군.

석동출이 정진건을 힐끗 살폈다.

"구봉팔을 알고 계십니까?"

"아뇨. 사건 현장의 토지 소유주라는 것 정도로만 알고 있습니다."

정진건은 시치미를 뗐다.

굳이 꼽자면 이성진을 통해 건너 건너 아는 사이라고 볼 수도 있겠지만, 구봉팔과 실제로 만난 적은 없던 것도 사실이고.

왠지, 구봉팔과 관련해선 지금 건드리면 안 될 것 같단 느낌이 들었다.

정진건이 재차 말을 이었다.

"혹시 조광 쪽도 Y구 관할 수사 중입니까?"

"……예. 아무래도 죽은 박길태가 그쪽 출신이다 보니 내부 항쟁도 염두에 두고 있습니다. 왠지 지동훈한테 붙은 변호사도 조광에서 붙여 준 인물인 거 같고요."

석동출이 투덜거렸다.

"문제는 내부 항쟁이라고 보기엔 박길태나 김수영이 조광 내에서 이렇다 할 중요 인물이 아니라는 겁니다만, 뭐, 그쪽도 수사 중이긴 합니다."

만일 박길태가 어느 정도 급이 되는 인물이었다면 캐내도 나올 것이 있겠지만, 한물간 삼류 건달인 박길태를 아무도 주목하지 않았던 것이 패착이라면 패착이었다는 투였다.

'……아무래도 박상대와 유착은 후보에 두지도 않은 모양

이군.'

석동출이 말을 이었다.

"일단 조설훈이랑 조지훈 둘 쪽에 사람을 붙여 두긴 했습니다. 마침 오늘 둘이 삼광종합병원에 모이는 거 같더군요."

"삼광종합병원……?"

"예. 조성광 회장이 그쪽에 장기 입원 중이거든요. 아무래도 오늘내일하고 있는 모양이니 유산 상속 문제로 모인 건 아닌가, 싶긴 합니다만 그것도 두고 봐야죠. 흠, 내부 항쟁이 있었다면 둘이 한자리에 모이진 않을 텐데……."

삼광종합병원이라.

왠지 모르게, 정진건의 뇌리에 이성진의 얼굴이 스치듯 지나갔다.

'설마……. 아니겠지.'

그때 잠자코 있던 양상춘이 대화에 불쑥 끼어들었다.

"만약 그게 아니라면?"

저도 모르게 움찔한 정진건과 별개로, 석동출은 의아한 듯 양상춘을 보았다.

"무슨 말씀이십니까?"

양상춘은 대답하는 대신 담담한 어조로 물었다.

"조설훈과 조지훈은 사이가 어떻습니까?"

질문에 질문으로 응했음에도 불구하고, 석동출은 인내심 있게 대답했다.

"두 형제 사이가 썩 좋다고 할 수는 없습니다. 조성광 회장이 쓰러지고 난 뒤, 조광 그룹은 사실상 조설훈과 조지훈 파벌로 나뉘었고요. 그래서 저희도 내부 항쟁설을 후보에 넣고 있었습니다."

양상춘이 턱을 긁적였다.

"역시 그렇군요. 다만, 저는 왠지, 오늘 두 사람이 하필이면 이 상황에 '병원'에서 만났다는 게 마음에 걸립니다."

"이 상황이라니……."

양상춘이 나직이 입을 뗐다.

"화살 세 개."

"화살 세 개?"

양상춘은 심드렁한 얼굴로 말을 받았다.

"일본 전국시대에 모리 모토나리라는 다이묘가 있었습니다. 우여곡절 끝에 쥬고쿠 지방을 장악한 인물인데……."

석동출은 갑자기 웬 옆 나라 역사 이야기인가, 하고 어리둥절해했지만 양상춘은 아랑곳하지 않고 말을 이었다.

"다 건너뛰고, 뭐, 어쨌든 그는 아들 셋을 불러 이렇게 말했다죠. '한 개의 화살은 쉽게 꺾이지만, 세 개를 뭉치면 쉽사리 꺾이지 않는다'고…… 얼추 그런 이야기입니다. 요즘 와서는 후세에 창작되었다는 설이 일반적이긴 합니다만, 어쨌건 형제간에 우애가 중요하단 교훈을 담은 이야기죠."

"……."

"으레 한창 집안싸움을 하다가도 외부의 위협이 가해지면 뭉치는 것이 인간입니다. 저는 오늘 병원에서 있을 두 사람의 만남이 그런 의미를 담은 건 아닐까 싶어서 말입니다."

경찰 수사를 외부의 위협에 빗댄 건가.

양상춘은 오늘 있을 청장의 방문에 앞서 깨끗하게 닦아 둔 책상 위를 손가락으로 쓱 훑었다.

"보고서에도 썼듯이 저는 이번 사건을 계획범죄가 아닌 우발적 살인으로 보고 있습니다. 만약 박길태 및 김수영을 죽음에 이르게 한 '제3자'가 조광이 비호해야 할 만한 인물이라면, 그 뒷수습을 위해 조설훈과 조지훈이 손을 잡았단 가능성도 배제할 수 없죠."

그 말에 석동출은 눈을 가늘게 떴다.

"……흠. 조광의 두 거물이 손을 잡아야 할 정도의 인물이라. 박사님은 그게 누구일 거 같습니까?"

양상춘은 멀뚱히 석동출을 보더니 어깨를 으쓱였다.

"그야 모르죠. 그건 경찰이 알아낼 일 아닙니까?"

"……."

저 인간이 진짜.

이러니 다들 양상춘을 괴짜 취급하며 정진건에게 일임하는 것이리라.

정진건은 석동출과 양상춘 사이에 시비가 붙기 전 얼른 끼어들었다.

"즉, 양 박사, 자네는 그 용의자가 사이 나쁜 조씨 형제 둘이 나서서 수습해야 할 만한 인물이란 건가?"

양상춘이 고개를 끄덕였다.

"가능성 측면에선 그럴 수도 있다는 거야. 석 형사님도 지동훈에게 붙은 변호사가 조광이 대준 거라고 말했고, 지동훈은 지금 조광 측에 입막음을 강요받고 있는 거겠지. 가족으로 협박 중인가? 아니면 위증죄까지 감수해 가며 나중에 따라올 영광을 기다리나?"

후, 하고 손가락에 묻은 먼지를 불어 낸 양상춘이 석동출을 보았다.

"혹시 그 집안에 셋째는 없습니까?"

미리 약속했던 대로 조성광의 병실 앞은 일체의 경호 인력 없이 텅 비어 있었다.

조세화는 그 적막함에 살짝 쓴웃음을 지으며, 꽃을 든 반대편 손으로 똑똑, 노크를 했다.

"할아버지, 저예요. 세화. 들어갈게요."

달각, 문을 열고 들어간 병실은 조성광에게 연결된 생명유지장치의 간헐적인 기계 소리와 에어컨 소음 외에 아무것도 들리지 않을 만큼 적요했다.

그 적막 속에서 조세화의 언질이 있어서 그랬는지, 나는 병실 내부를 떠도는 술 냄새를 맡은 것 같은 착각마저 들었다.

조세화는 청결한 병원 냄새 사이에 숨은 듯 스민 희미한 술 냄새와 담배 냄새의 원인이 시든 꽃 때문이라는 양 곧장 탁자 위의 화병으로 걸어갔다.

"정말이네, 다 시들어 버렸잖아."

그녀는 투덜거리며 화병을 들었다.

"할아버지가 이 시든 꽃을 보면 서운하셨을 거야."

조세화는 시든 꽃을 버리곤 곧장 병실에 비치된 세면대로 향했다.

'저번에 방문했을 땐 바깥을 나가더니.'

순간적으로 설마 조세화가 지금 나를 경계하고 있는 건 아닌가 싶을 정도였다.

'……아니, 오늘은 그냥 기분이 좋아서 그러는 거겠지.'

세면대에서 들리는 쏴아, 하고 물 트는 소리 사이로 조세화의 목소리가 들렸다.

"고마워, 성진아. 오자고 해 줘서. 덕분에 조금 찜찜하던 게 사라졌어."

"아니, 신경 쓰지 마."

이래서야 조세화가 돌아오기까진 10초도 되지 않겠군.

시간이 없다.

나는 대답을 이으며 재빨리 병실을 둘러보았다.

'조지훈 정도 되는 인간이 아무런 대비도 하지 않았을 리 없어.'

그는 보이는 것 이상으로 교활했고, 철두철미한 성격이었다.

'……그러니 무언가 보험을 들어 뒀겠지.'

사실, 짐작 가는 바는 있었다.

'몇 번 찔러보았지만, 조지훈은 이걸 묘하게 의식하고 있었어.'

나는 전생에 들은 이야기를 떠올리고 있었다.

「시체를 묻을 때는 말이지. 깊게 판 시체 위로 흙을 덮은 뒤 그 위로 개를 묻고, 거기에 흙을 덮어 두면.」

그러면서, 당시의 조세광은 히죽 웃었다.

「사람들은 개를 볼 뿐, 그 아래에 있는 시체는 보지 못하는 법이지.」

즉.

한 번 있었던 일이 두 번 다신 없으리란 보장은 없다.

오히려 역발상으로, '그럴 일이 없을 것'이라고 믿는 허점을 찌른다.

나는 병실에 놓여 있던 조세화의 홀인원 기념 트로피를 손에 들었다.

그 쓸데없이 크고 화려하고 무거운 트로피가.

'……가볍군.'

살짝 흔들어 보니, 속에서 달그락, 소리까지 들렸다.

'빙고.'

그 직후 세면대의 쏴아 하는 물소리가 그쳤고, 나는 등을 돌린 채로 자연스럽게 트로피를 구석으로 밀쳤다.

"짠, 예쁘지?"

양손에 싱싱한 꽃이 담긴 화병을 들고서 천진하게 웃는 조세화를 보며, 나는 미소를 지었다.

"응, 그러네."

조지훈의 패착이라면, 한편으론 너무 신중했다는 점에 있을 것이다.

다음 권으로 이어집니다

변호사 윤진한

이해날 현대 판타지 장편소설

『어게인 마이 라이프』의 작가 이해날,
당신의 즐거움을 보장할
초특급 신작으로 돌아왔다!

아버지의 복수를 위해
악랄한 변호사가 되었으나 대기업에 처리당한 윤진한
로펌 입사 전으로 회귀하다!

죽음 끝에서 천재적인 두뇌를 얻은 그는
대기업의 후계자 경쟁을 이용해
원수들의 흔적마저 지우기로 결심하는데……

악마 같은 변호사가 그려 내는
두 번의 인생에 걸친 원수 파멸극!